Infinite Dendrogram
インフィニット・デンドログラム
18. King of Crime
海道 左近
イラスト タイキ

新生〈デス・ピリオド〉
始動！

Character

レイ

レイ・スターリング／椋鳥玲二（むくどり・れいじ）

〈Infinite Dendrogram〉内で様々な事件に遭遇する青年。
大学一年生。基本的には温厚だが、譲れないモノの為には
何度でも立ち上がる強い意志を持つ。

ネメシス

ネメシス

レイのエンブリオとして顕在した少女。
武器形態に変化することができ、大剣・斧槍・盾・風車・鏡・双剣に
変化する。少々食い意地が張っている。

シュウ

シュウ・スターリング／椋鳥修一（むくどり・しゅういち）

王国の討伐ランキング一位、【破壊王】。

リアルでは玲二の兄であり、デンドロでは着ぐるみ姿で活動している。

レイが〈Infinite Dendrogram〉を始める前から様々な冒険を繰り広げてきた。

ゼクス

ゼクス・ヴュルフェル

『悪人』になることを目的に罪を犯す【犯罪王】。

指名手配の〈超級〉のみを集めた最強の犯罪クラン〈IF〉のオーナー。

現在は監獄に収監中。

インテグラ・フラグマン

インテグラ・セドナ・クラリース・フラグマン

アルター王国の【大賢者】。第一王女アルティミアと
近衛騎士副団長リリアーナの古くからの友人。
先々期文明の名工の名を継いだ謎多き女性。

〈Infinite Dendrogram〉
-インフィニット・デンドログラム-
18.King of Crime

海道左近

HJ文庫
987

口絵・本文イラスト　タイキ

Contents

前話 少数派の正義と多数派の悪

□■二〇四四年六月某日《ぼうじつ》

――轟音《ごうおん》が鳴り響《ひび》く。

爆発音《ばくはつおん》が響いたのは王国とレジェンダリアの境にある山中の森……だった場所。
昨日まで存在した古い森林も、今は見る影《かげ》もない。
まるで空爆《くうばく》でもされたかのように木々は吹《ふ》き飛んでいた。
そして、その原因である大破壊《だいはかい》は今も続いている。
大地を揺《ゆ》らし、空にまで響く音に、逃《に》げ出す森の生物はいない。
当然だ。戦いが始まって既《すで》に一時間。
森に生きるモノは既に逃げ出したか、死んでいる。
今この森に立つのは――二つの巨影。

『――オォ!!』

一方の巨影――全高一〇〇メテルにも及《およ》ぶ巨大《きよだい》な人型のロボットが動く。
反響《はんきよう》する咆哮《ほうこう》と共に大地を揺らしながら亜音速《あおんそく》で疾走《しつそう》し、一息に跳躍《ちようやく》する。
跳躍の先にはもう一体の巨影――奇怪《きかい》な円盤《えんばん》を連ねたオブジェが立っている。
直径一〇〇メテルはあろうかという円盤が三枚、円柱の如き軸《じく》で大地に貫《つらぬ》かれている。
傍目《はため》にはまるでチベット仏教のマニ車のようにも見えるその姿。
しかし、不気味なことに円盤にはそれぞれ生物の顔が付随《ふずい》していた。
『捻花《ネジレバナ》ァ!!』
跳躍で円盤に到達《とうたつ》する瞬間《しゆんかん》に、鋼の巨神は螺旋《らせん》の右掌底を放った。
それは間もなく円盤を掴《つか》み、速度と膂力《りよりよく》をもって捩《ね》じ切るだろう。
『――《空間回転》』
だが、最上段の円盤の一言で――鋼の巨神の右腕《みぎうで》が逆に捩じ切られた。
『……木断《コダチ》ッ!!』
右腕ごと攻撃《こうげき》を潰《つぶ》された鋼の巨神はなおも動き、空中で飛び廻《まわ》し蹴《げ》りに移行する。
最初からそれを見越《みこ》した二段構え、一撃の重さは先刻の掌底を上回る。
しかしそれが直撃《ちよくげき》するよりも早く、

『――《地形回転》』

鋼の巨神の直下の地面が、畳《たたみ》返しのようにひっくり返る。

捲《めく》れ返った地面は、鋼の巨神の巨体《きょたい》をさらなる質量によって弾《はじ》き飛ばす。

『ッ！』

鋼の巨神は弾き飛ばされながらも空中で回り、落下の衝撃《しょうげき》を抑《おさ》え込《こ》む。

だが、着地と同時にその動きが鈍《にぶ》る。

『警告。エネルギーセル、残量なし。迫撃決戦形態《フル・オフェンスモード》、維持《いじ》できません。セルの再生成まで、非戦闘《せんとう》状態で二四時間。他の戦闘用残弾《ざんだん》も僅少《きんしょう》』

鋼の巨神の機械音声……〈エンブリオ〉は必殺スキルに必要な資材が尽《つ》きたと告げる。

同時に、鋼の巨神の姿が本来の形である戦艦《せんかん》へと戻《もど》っていく。

『だったら変形解除と同時に全兵装から火力を叩《たた》き込む！　全弾Bタイプだ！』

『了解《りょうかい》』

主の声に応じ、〈エンブリオ〉は全兵装の弾頭《だんとう》を変更《へんこう》する。

そして完全に戦艦へと戻った瞬間、そのエンジンを全力で吹かして移動する。

直後、戦艦のいた地面が再び畳返しのように捲れ返った。

『バルドルッ！　ありったけ叩き込め!!』

『了解』

木々の残骸《ざんがい》を圧《へ》し折りながら爆走《ばくそう》する陸上戦艦の如き〈エンブリオ〉が、主の声に応じて己《おのれ》の内蔵兵器の全《すべ》てを放出。幾百幾千の砲弾《ほうだん》とミサイルが、円盤を目指して飛翔《ひしょう》する。

その有様を円盤の三つの顔は目視して、

『『『――オロカ』』』

ゆっくりと回る三枚の円盤それぞれに張り付いた顔が、笑《え》みを浮《う》かべる。

『――《空間回転》』

最上段の円盤が呟《つぶや》いた言葉の直後――全ての火力は向いた方角を反転させ、撃《う》ち放った戦艦自身に跳《は》ね返る。

それこそは円盤がもつ三大回転が一つ、空間そのものを自在に回す《空間回転》。

『チィ……！』

戦艦の主が舌打ちと共に、動力機関を全力で稼働《かどう》させての回避《かいひ》を試みるが……。

『――《地形回転》』

その回避行動の最中に二段目の円盤の顔がそう唱える。

するとまるで回転卓《たく》のように――円盤の軸を中心に周囲の大地が回った。

それこそは三枚の円盤の第二の回転、《地形回転》。先刻までの畳返しに留《とど》まらず、自らの軸が突《つ》き立った地点から半径一〇キロメテルを自在に回すことができる。

そしてこの回転は、回避せんとした戦艦を地形ごと火力の只中《ただなか》に引き戻していた。

『……!!』

直後、戦艦は爆炎に包まれた。搭乗者《とうじょうしゃ》は船外に逃《のが》れた様子もなく、諸共《もろとも》に炎の中。

それは生存など不可能な状況《じょうきょう》であると、円盤にも分かった。

やがて戦艦は炎の中で燃え落ちたのか、消えていった。

『『ヨウヤク、死ンダカ』』

三枚の円盤の顔は巨大な爆炎を見下ろしながら、クツクツと笑った。

小癪《こしゃく》にも《空間回転》の間合いの外に身を置き続けた相手だったが、最後は勝負を焦って自らの大火力で滅《ほろ》び去ったのである。

『先ニ死ンダ、黒イ男トイイ、手古摺《てこず》ラサレタ』

『手傷モ、負ッタ』

『コノ対価、人間共ニ、支払《しはら》ワセン』

三枚の円盤の銘《めい》は、【螺神盤《らしんばん》　スピンドル】。この地に古くから住まう古代伝説級の〈UBM〉であり、この一帯を根城として周辺地域の人々を支配していた。

そして器物でありながら肉食であるこの〈UBM〉は生贄《いけにえ》を要求し、それを捕食《ほしょく》することを楽しみとする怪物《かいぶつ》であった。

この怪物を討伐《とうばつ》せんと、これまでに多くのティアンが立ち上がった。

中には、戦闘系の超級職《スペリオル・ジョブ》や天地から訪《おとず》れた武芸者もいたが、全ては【螺神盤】の前に敗れ去った。

それほどに、この円盤の怪物は強い。〈UBM〉を管理する者が見れば、『限りなく神話級に近い古代伝説級の一体』と評するだろう。

それこそ、他の〈UBM〉をあと一体でも倒《たお》せば神話の領域に到達する。

しかし今日、そんな大怪物をたった二人だけで討伐しようと訪れた者達《たち》がいた。

結果は、その者達の惨敗《ざんぱい》。

一人は円盤の第三の回転、《生命回転》――細胞分裂《さいぼうぶんれつ》のサイクル加速による細胞過剰増《かじょうぞう》殖《しょく》で破裂《はれつ》し、残る一人も今しがた自ら放った砲火《ほうか》によって消え失《う》せた。

結局、今回も彼《かれ》ら……【螺神盤】の勝ちだ。

『疲労《ひろう》シタ。癒スタメニ、今日ハ、タラフク喰ラオウ』

『村一ツ、潰ソウ』

『ソレガ、イ、イ』

しかし今後の楽しみの算段をしている内に、三段目の円盤の言葉が途切《とぎ》れる。

一定だった円盤の回転も、まるで錆《さ》びついたかのようにぎこちない。

『『ドウシタ？』』

『…………』

一段目と二段目が尋《たず》ねても、三段目は答えない。

やがて円盤は完全に停止し、円盤に取り付けられた顔も白目をむき、口を鯉《こい》のようにパクパクと開閉させて……。


「――さようなら」

その口から全く違《ちが》う声を発して――内側から砕《くだ》け散った。

なんとも呆気《あっけ》なく……古代伝説級最高峰《さいこうほう》の怪物は三分の一が死んだ。

『ナ……ン……ダト!?　弟ヨ……弟ヨ……ドウシタ……！』

『何トイウコトダ！　誰《だれ》ダ！　誰ガ……コンナコト……許サレテナルモノカ！』

生まれてから連れ添《そ》い続けた存在との離別《りべつ》に、一段目と二段目は衝撃を受け……。

「ああ。兄弟関係だったのですね。御愁傷様《ごしゅうしょうさま》です。それは貴方方《あなた》にとって、とても悪いことだったのでしょうね。そして許されざる罪なのでしょう」

『『⁉』』

三段目の砕け散った顔の中に、何者かが立っていることに気づいた。

「でしたら――この私はとても満足です」

何者か――黒髪黒瞳《くろかみこくとう》以外の特徴《とくちょう》が薄《うす》い青年は、穏《おだ》やかに微笑《ほほえ》みながらそう言った。

それは、第三の円盤が破裂させて殺したはずの人間だった。

『『貴様……死ンダハズデハ⁉』』

「飛び散ったくらいでは死なない体なもので。シュウが派手に引きつけてくれたおかげで、容易《たやす》く弟さんの中に入れました」

異常な発言をごく自然な様子で口走りながら、黒髪の男は一段目と二段目を見上げる。

強大な怪物の三分の一を殺しておきながら、それを誇《ほこ》る様子も興奮する様子もなく、蔑《さげす》む様子も怯《おび》える様子もない。

まるで夕暮れの海を眺《なが》めるような穏やかな顔で、黒髪の男は佇《たたず》んでいる。

『オノレ……オノレオノレ‼　殺シテクレルゾ‼』

一段目の円盤は激昂《げきこう》し、《空間回転》の回転座標を男そのものに設定する。

数瞬《すうしゅん》後には、黒髪の男は空間ごと捩じ切られるだろう。

「この私に構っていると危険ですよ？」

だが……黒髪の男はそう言って、今も燃え盛る炎を指差した。

「――《ストレングス・キャノン》」

その瞬間、炎を突き破《やぶ》り――光の砲弾が飛来する。

『ナ、ニ……⁉』

そして、事は決する。一段目の円盤が空間の回転座標を再設定するよりも早く、二段目の円盤が地形を回転させようとも無意味に、光弾は一段目の円盤に急接近。

「――くたばりやがれ」

炎の中からそんな言葉が聞こえると同時に、一段目の顔面を莫大《ばくだい》な威力《いりょく》で消滅《しょうめつ》させた。

『ゲェ……ガァ………』

『兄者ァ……‼』

一段目が断末魔《だんまつま》を、二段目が嘆《なげ》きの声を上げる。

そして【螺神盤】とは対照的に、一人の男は不敵な笑みを浮かべながら炎の中に立っていた。男は左腕《ひだりうで》に装着した大砲《たいほう》の〈エンブリオ〉を消しながら、残り一枚になった【螺神盤】を見上げる。

「案の定、回転が間に合わなかったな。ま、一時間もやり合ってたんだ……てめえらの対応速度は把握《はあく》済みだ」

そう言った男の声は……戦艦の中から聞こえたモノと同じだった。

『莫迦《ばか》ナ、オ前モ死ンダハズデハ……』

「生憎《あいにく》とBタイプのBはブラフ《Bluff》のBだ。見掛《みか》け倒《だお》しの特殊効果弾《とくしゅこうかだん》なんだよ」

その言葉が正しいと証明するように、男は炎の傍《そば》でも熱そうな様子の一つも見せない。

「……ま、着ぐるみは燃えたがな。見掛け倒しでも無傷とはいかねえ」

下半身だけ燃え残った着ぐるみに溜息《ためいき》を吐《つ》きながら、上半身裸《はだか》の男はそう言った。

『オノレ……！　弱小ノ人間如キガ、我ノ兄弟ヲ……！』

「……てめえらの敗因はそれだ」

『ナニ……？』

「この山奥《やまおく》で神様面して格下相手に無双《むそう》や生贄要求ばかりしてたから、危機感も戦闘勘《せんとうかん》も腐《くさ》ってたんだろうな」

『何ヲ言ッテ……！』

「だから、こんな時間稼ぎにも気づかない。——兄弟の仇《あだ》を二人も前にしていつまでベラベラ喋《しゃべ》ってんだよ」

そこまで言われて二段目の円盤はようやく黒い男の姿がないことに気付き、

「《シェイプシフト》――【破壊者】の左腕《リンクス・アルム》・力の巨砲《マハト・カノーネ》」

彼の死角では、左腕を己の物ではない腕《うで》と砲《ほう》に変えた黒い男がいた。

それは、戦艦の男の腕と砲と瓜二つ《うりふた》だった。

「改めて――さようなら」

最後の砲撃《ほうげき》が放たれ……あっさりと【螺神盤　スピンドル】の最後の一枚は消滅した。

◇

【螺神盤　スピンドル】。触《ふ》れることすらタブーとされ、付近の村々から生贄を捧《ささ》げられ続けた恐《おそ》ろしい怪物は、そうして二人の人間に討伐された。

けれど、一目で今の二人を人間と分かる者はいないかもしれない。

一人は【螺神盤】を倒してすぐにアライグマのようなキグルミに着替《きが》えていて、シルエットでは新手のモンスターに見える。

そしてもう一人は……黒い男から黒くて丸い葛餅《くずもち》のようなスライムになっていたので、

いよいよ人間には見えない。

『……勝ったクマ』

「そのようですね。ああ、特典はこの私が貰《もら》ったようです」

『ま、決め手はそっちだったたから仕方ねえクマ』

二人……【破壊者《デストロイヤー》】シュウ・スターリングと【犯罪王《キング・オブ・クライム》】ゼクス・ヴュルフェルは、ほんの数分前の死闘《しとう》が嘘《うそ》のように気軽に言葉を交《か》わす。

しかし最期《さいご》こそあっけなかったが、実際はそれほど楽な戦いではなかった。

彼らが相対した【螺神盤】のスペックは非常に高かった。ステータスと能力だけを見れば、単独での勝利は難しかっただろう。

二人の勝因は、これまで勝ち過ぎていたがゆえに【螺神盤】の戦闘勘が鈍り、相手を甘《あま》く見ていたこと。

そして、二人だったからに他《ほか》ならない。

二人が交互《こうご》に敵の気を引き合い、相手の作った隙《すき》に円盤を順に仕留める。

そうした連携《れんけい》がなければ、鈍っていても【螺神盤】は二人に勝利していただろう。

もっとも、この二人はそんな連携の打ち合わせなど一度もしていない。

単に『こいつならこのくらいはやるはずだ』という信頼《しんらい》……あるいは警戒《けいかい》でお互《たが》いの動

きを察し合っただけだ。

そのくらいには、お互いを知っている二人である。

『…………』

もっともシュウは、隣《となり》で葛餅になっているゼクスを見て『こいつ、疲《つか》れ果てると人間の形を保てないのか』と知らなかった新情報に少し驚《おどろ》いてもいたが。

ゼクスの〈エンブリオ〉はＴＹＰＥ：ボディのヌン。スライムが基本の姿であり、普段《ふだん》の姿も変形の結果。今は……形を整えることもできないほどに消耗《しょうもう》している。

あるいは、今がこの犯罪者を〝監獄《かんごく》〟送りにする絶好の機会かもしれなかったが、今のシュウに打つ手はない。切り札の第一形態も含《ふく》めて弾薬《だんやく》が尽きているので、物理攻撃が効かないゼクスに通じる攻撃手段がないからだ。

この時からリアルの時間で一ヶ月後、【破壊王《キング・オブ・デストロイ》】のジョブに就《つ》いた後のシュウならば話は違ったかもしれない。

しかし、この時はそうではなかった。

「この私が特典武具をいただいてしまってすみません」

自分を見下ろすシュウの視線をどう解釈《かいしゃく》したのか、ゼクスはそんな言葉を放った。

『構わねークマ。こっちはちっさい子供が生贄ワゴンされてるのに腹立ってぶちのめしに来ただけクマ』

「そうでしたね。けれど、きっと感謝はされませんよ」

周囲の村々は、【螺神盤】に生贄を捧げることを許容していた。

この地は【螺神盤】の縄張《なわば》りであり、それにより他のモンスターが来ることを妨《さまた》げられていたからだ。生贄を要求されることを除けば、危険は少ないとすら言える。

未《いま》だ見ぬ強大なモンスターに村ごと食われる不安を抱《いだ》くより、定期的に必要経費として子供を食わせた方が安全で良い生活を送れる。それが村々の考えだった。

それは、【螺神盤】を神に据《す》えた一種の宗教とも言えた。

実際、シュウが討伐に向かうと口にした時は蛇蝎《だかつ》を見るような視線と、数限りない悪罵《あくば》を浴びせられた。

生贄を求める怪物を討伐することこそが、村における大罪だった。

ゼクスの方は、だからこそ討伐に乗り出したわけだが。

「あれを倒したことで将来的な死者は増大するかもしれません。きっとこの事件の被害者《ひがいしゃ》達《たち》は、シュウを正しいとは思っていません。それこそ、生贄の子供を出した家さえも」

『だろうな』

しかし、シュウはケロリとしたものだった。

『俺《おれ》は俺の望むままに動いて、俺にとってはそれが正しかった。けど、大勢の村人にとっては正しくなかった。それだけだろうさ』

「……少数派でも怖《こわ》くはないと」

『多数派になるために意見を曲げたら、自分も、自分の正しさも、なくなっちまうさ』

「それがシュウの正義、ですか？」

『正義なんて大仰《おおぎょう》な言い方はしねえよ。俺は、俺が望む可能性を諦《あきら》めないってだけだ。それだけは……誰に否定されようが曲げねえよ』

もう残骸すら残っていない【螺神盤】が立っていた地を見ながら、彼は言葉を続ける。

『今回は『子供の生贄要求するクソ円盤をぶっ壊《こわ》す』ことを望んで、それを実行した。だから罵倒《ばとう》されようが……討伐したことはこれっぽっちも後悔《こうかい》しねえさ』

そう言って、シュウは着ぐるみの内側で笑った。

『ま、王国とレジェンダリアの知り合いに連絡《れんらく》して、縄張りが空白化したこの辺りの警備《けいび》網《もう》を敷《し》き直してはもらうけどな。そのくらいの後始末はするさ』

「…………」

シュウを見上げながら、ゼクスは考える。きっとシュウにとって他人の評価などさほどの意味もない……ただの副産物でしかないのだろう、と。

彼は彼自身が望むことをして、その意味も価値も彼にだけ分かればいいのだろう。

そんな風に、他者に影響《えいきょう》を及ぼすが他者によっては揺るがない。着ぐるみを着ても、三枚目を演じても、あるいは他者をその実力でねじ伏《ふ》せても、本質は不変。

確立した、強い自分自身。

逆風の中でも己を……自分の正義を貫く者。

そんなシュウに対し、ゼクスは多くのことを考えて……少しだけ[redacted]した。

「正反対ですね」

『ん？』

「この私は多数派《村人達》が望まないことのために討伐に来ました。シュウは少数派《自分》が望むことのために討伐に来ました。行動と結果は同じでも、どこまでも正反対ですね」

『前から俺達《たち》はそんなもんだろ。それこそ、初顔合わせだったテレジアの件からな』

シュウは、ゼクスの言葉を『今更《いまさら》だ』と言った。

「ええ。彼女《かのじょ》が【邪神《ジ・イーヴィル》】であることをあなたが世間に隠《かく》しているのは彼女自身のため。この私が隠しているのは隠していた方が世界のためにならないからです。本当に、正反対ですね」

自分が望むこと——自分の正義を貫くシュウ。

世界が望まないこと――世界の悪を網羅《もうら》するゼクス。

この二人はどこまでも正反対で……それゆえに噛《か》み合うことも多かった。

正義と正義はぶつかり合うが、正義と悪は噛み合って歯車を回す。

二人の関係はそんなものかもしれなかった。

『…………』

だからこそ、だろうか。

自分の犯罪の邪魔《じゃま》をすることが多いシュウを、ゼクスは決して嫌《きら》いではなかった。

それだけではない。王国最悪の犯罪者でありながら、個人の欲求というものをほとんど持たないこの男《ゼクス》にも……一つの欲求が芽生えた。

(いつかシュウが超級職になって、この私と条件が五分と五分になったとき……)

ゼクスはスライムの姿でシュウを見上げながら……自分の欲求を心に抱く。

(この私と、最後まで……)

その欲求を……しかし今は口には出さなかった。

彼がそれを口にして、彼に伝えるのはまだ先の話だ。

◇

それから二人は適当な言葉を交わして別れた。

この後も二人は幾度《いくど》も遭遇《そうぐう》し、世間話をし、小競《こぜ》り合いをし、この日のように共闘《きょうとう》しながら日々を過ごした。

ゼクスはきっと、シュウのことを友人であり、自身にとっての特別であると思っていた。

シュウもきっと、この最悪の犯罪者のことがそこまで嫌いではなかった。


けれど、こちらの時間で一年以上の時を経て。

第一次騎鋼戦争と呼ばれる戦の直前に……二人は激突《げきとつ》することになる。

〈マスター〉とティアンの誰も知らない戦い。

鋼の巨神と暗黒の巨神が激突する最大の死闘。


破壊と罪、二人の王はその時……砕け散るまで戦い続けた。

Open Episode 『King of Crime』

第一話 リアルでの人間関係

□椋鳥玲二《むくどりれいじ》

孤島《ことう》のバトルロイヤルからリアルで一日が経過した四月二十一日の金曜日。

俺が通うT大にはどこか浮《うわ》ついた空気が満ちていた。

それも無理はない。再来週五月三日水曜日から五月七日日曜日までは五連休……要するにゴールデンウィークなのだから。

友人や恋人《こいびと》との旅行計画など、楽しげな話題が自然と耳に入ってくる。中には五月一日二日の授業も自主休講し、来週末からの九連休で長期旅行に行くと話している者もいる。

新入生の間では、『実家に帰省する』という話も多い。慣れない大学生活も一ヶ月経《た》つ頃《ころ》なので一度実家に帰る人が多いのだろう。

今朝のことだが、俺自身も母さんから「帰ってきたら?」という電話が来た。

少し悩《なや》んだが、別にホームシックの類にはなっていないし、実家に帰ってもすることがないので今回は見送ろうと思っていた。

しかし「今回は帰らない」と言おうとした矢先に、母さんから衝撃の一言が放たれた。

「お姉ちゃんも帰ってくるのよ。ほら、五月五日はお姉ちゃんの誕生日でしょう？」

その一言で、少なくとも五月五日は実家に帰省する必要が生じてしまった。

実家で姉の誕生祝いをするときに不在だと……後が怖い。

あの姉は俺相手ならそんなことで機嫌《きげん》を損ねはしないだろう。

しかし、「この前は会えなかったから」とでも言いながら訪問してきて、埋《う》め合わせと称《しょう》して俺をまた海外のどこかに善意で連れ去る危険はある。……もう南米は嫌《いや》だ。

実家があるN県N市には新幹線で二時間もあれば着く。それにデンドロでのゴールデンウィークの用事は今のところないので、五日には実家に戻れるだろう。

誕生日といえば、兄の誕生日は三月三日だ。

姉と兄は端午《たんご》の節句と雛祭《ひなまつ》りの年子という、何ともレアで目出度《めでた》い組み合わせである。男子と女子のお祭りが逆ではあるが。

ちなみに、俺の誕生日は七月七日だ。両親も狙《ねら》ってそんな日に産んだわけでもないのだろうが、子供の頃は……というか今も不思議に思ってはいる。

朝から気疲《きづか》れしてしまって、午前の講義もどこか上の空だった。

まぁ、今抱《かか》えている悩みは帰省と姉のことだけでなく、デンドロのこともあるけれど。

そうして講義の内容も頭に入らないまま午前が終わり、俺は大学の第二食堂でミートソーススパゲッティをぼんやりと見下ろしていた。

フォークをクルクルと回してパスタを絡《から》めるも、口にも運ばず回し続けている。

「どしたん玲っち？　夏バテ？　大丈夫《だいじょうぶ》？　あやとりする？」

「夏には早ーべ？　五月病っしょや。こっちもちょい早いけど」

「きっと血に飢《う》えてるんだよ。最近デンドロで悪魔《あくま》肉食べてないから」

食事を共にしていた学友達……夏目《なつめ》、春日井《かすがい》、冬樹《ふゆき》がそんなことを言い始めた。

「……お前ら好き勝手言ってくれるな、特に冬樹」

悪魔肉なんて【魔将軍《ヘル・ジェネラル》】との戦闘以外では食ったことねえよ。お前といい夏目といい悪魔ネタ擦《こす》り過ぎだろ。

なお、同じく同級生の友人である秋山《あきやま》はバイトがあって今日は不在だ。

「じゃあ何で物憂《ものう》げ？　例のガチャチケでハズレでも引いた？　……それとも、まさかの失恋《しつれん》!?　本当に大丈夫？　あやとりする!?」

「……椋鳥。来週合コンやるけど来るけ？」

「二人とも待ってほしい。彼はメイデン持ちだからデンドロでは自動的に女の子と二四時間一緒《いっしょ》なんだ。あとネット情報だと彼の周りには変な女性が寄りまくるらしいから、失恋ではないはず。むしろ逆に……女性と付き合い過ぎて疲れているのかも」

「……その辺にしておけよお前ら、特に冬樹」

あとイベントでゲットしたチケットはまだ使ってないぞ夏目《アルト》。

「夏バテでも五月病でも、ましてや失恋でも多恋でもない。ちょっと家のことで疲れてたんだよ。あとは……この一ヶ月、デンドロで起きたことを振《ふ》り返っててな」

「「あー」」

「わかるー♪　あれって大イベントだったからね」

春日井と冬樹は納得《なっとく》したような声を出し、イベントを共にした夏目は同感という風にうんうんと頷《うなず》いていた。

「王国は大変そうだからね」

「……ああ」

……本当に、この四月は色々ありすぎた。

最初の土日がトルネ村とカルチェラタンでの事件。次の土日にはハンニャさんと【光王《エフ》】の事件。その後の土日は講和会議。そして昨日は〈アニバーサリー〉。

内部では三倍時間なので体感はまた少し異なるものの、リアルタイムだと毎週何かしら大事件《イベント》が起きている。

まぁ、それを言ったら三月からそんなだった気もするが。

……今度の土日は何もないよな？

「しかもほとんど全部関《かか》わってるんだよ……」

例外は講和会議と同時に起きた王都のテロだけだ。

「気晴らしにあやとりする？」

「しない」

「やっぱり合コン……」

「行かない」

「椋鳥君。【獣王《キング・オブ・ビースト》】との動画は見応《みごた》えあったし、再生数も伸《の》びてたから安心しなよ」

「……それ安心か？」

昨日のイベントで重兵衛《じゅうべえ》が言っていた【獣王】戦の動画は俺も確認《かくにん》した。投稿者《とうこうしゃ》は【魔将軍】の時と同じ人物で、内容はなぜか王国側を……そして俺を持ち上げた編集だった。

他に映像記録もないため、ネットなどではその動画の内容が事実として広まっている。

……流石《さすが》にもう誰がやっているのかの見当はついている。

白衣の〈超級〉の影《かげ》がちらつくことにも、俺は溜息を吐く。

「天地の方は国のイベントって何かないのか？」

「特にないっぽい？　とりあえず東青殿《アタシのとこ》はお暇《ひま》かな？」

「南朱門《うち》はイベントねーべや」

「僕《ぼく》の所属する北玄院《ほくげんいん》家が最北端《さいほくたん》の黒羽《くろわ》家との戦に勝った、ってくらいかな」

天地は一つの国ではあるものの、内側では幾《いく》つもの大名家——日本語への自動翻訳《ほんやく》の結果なので本来は違う名称《めいしょう》かもしれない——に分かれている。そして戦国時代のように大名家の間での内戦が多いらしく、冬樹の属する北玄院家はその最中であったらしい。

「黒羽家っつーと噂《うわさ》の無謀《むぼう》な戦だべ？」

「うん。当主交代した黒羽家が四大大名の一つである北玄院家《うち》に攻《せ》めてきたんだよ」

四大大名というのは春日井の南朱門《なんしゆもん》、夏目の東青殿《とうせいでん》、冬樹の北玄院、あとは西白塔《せいはくとう》という天地でも特に強力で歴史もある四つの大名家のこと。名前から分かるように、東西南北に分かれている。

ここにいない秋山は四人の中では一人だけそれらとは別の家に属している。

……あの重兵衛は夏目と同じ東青殿の所属だそうだ。

「ちなみにそれ、戦国大名で言うとどんなバランス？」

「北玄院家が戦国時代の武田家、黒羽家が安土桃山《あづちももやま》時代の伊達《だて》家、ってところかな」

……わりとバランス取れてそうだが。わざわざ時代を言及《げんきゅう》したのは双方《そうほう》の最盛期として比較《ひかく》したのだろう。無謀という程《ほど》に開きがあるようにも見えない。

「黒羽家も自領にセーブポイントを抱えた有力大名ではあったし、ティアンの戦力は六対四というところかな。でも、〈マスター〉は違う。北玄院家には二人の〈超級〉、ビッグマンさんと無量大数沙希《さき》さんがいたからね」

……どっちも名前が大きい。

「結局、仕掛《しか》けられた戦だけどカウンターでこっちが圧勝した」

「……ふむ」

〈マスター〉が戦力の決定的な差となる……西方での第一次騎鋼戦争に近い話だ。

「最初の会戦で大きく勝って、向こうの当主も討《う》ち死《じ》にしたからね。あとは犠牲《ぎせい》を抑《おさ》えながらジリジリと領土を食《は》んでいる状態さ。それに空白地に跋扈《ばっこ》する賊《ぞく》に対処する必要もあった。戦にまだ参加できない僕なんかもそれ関連のクエストは受けてたしね。……と言っても、最近は変なことになってるんだけど」

「変なこと？」

「一言で言えば第三勢力だよ。モンスターみたいな見た目の……レジェンダリアとかにいそうな亜人《あじん》が突然《とつぜん》大挙して奇襲《きしゅう》をかけてくるんだ。お陰《かげ》で北玄院家の動きもストップ気味。僕もデスペナしちゃったし」

「モンスターみたいな見た目の亜人……か」

冬樹の話と似たようなものは、王都でのテロでも姿を見せた。

【蟲将軍《バグ・ジェネラル》】に率いられた蜂型《はちがた》亜人の軍団だ。

「……………」

【蟲将軍】と相対した霞達《かすみたち》の話によれば、【蟲将軍】は『ワタシに力と新たな兵士を与《あた》えてくれたあの御方《おかた》』と言っていたらしい。

大陸を挟《はさ》んで真逆の位置にある王国と天地。距離《きょり》が離《はな》れすぎているので糸を引いているのが同一人物とも思えないが……少し気にかかった。

「玲っちってばまたお悩み？　頭の体操であやとりする？」

「いや、これはきっと謎《なぞ》亜人の味を想像してるんだよ。彼のバトルスタイルならきっと虫や死体も食べるはずだからね！」

「……二人の発言に頭痛くなってるだけだと思うべ」

とりあえずここで考えるのは無理そうだからまた後で考えよう。

ていうか、本当に俺を何だと思ってるんだ？

……死体は【ゴゥズメイズ】の時に食べたけどさ。

◇

大学の講義も夕方までには終わり、俺は早々と帰路に就いた。

明日からはまた土日なので、デンドロに集中できる。

この土日には先送りにしていた〈デス・ピリオド〉の本拠地《ホーム》の物件探しがあるし、ギデオンでは俺も少し関わっている〈トーナメント〉が開かれる。

比較的《ひかくてき》、楽しそうな部類の用事だ。

「まぁ、あとは平穏無事《へいおんぶじ》に済めばいいんだけどな」

そんなことを考えて自転車を漕《こ》いでいる内に、自宅マンションが見えてきた。

「ん？」

ちょうどマンションの前ではドアを閉めたタクシーが走り去り、後には一人の……見知った女性の姿が残っていた。

彼女は女性が一人で持つには数が多い紙袋《かみぶくろ》を足元に置き、『さてどうしたものかしら』と悩んでいるようだった。恐らくは買いこみすぎてしまい、タクシーならともかく部屋まで運ぶには量が多かったのだろう。

「こんにちは」

「ムクドリ・サン。コンニチワ」

金髪《きんぱつ》が目を引く外国人の彼女は、まだ少しぎこちない日本語で俺と挨拶《あいさつ》を交わした。

俺は、彼女とは知り合いだ。

「荷物、よければ運ぶの手伝いましょうか？」

「いい？」

「ええ、お隣ですし」

彼女……フランチェスカさんはこのマンションで俺の隣の部屋に住むご近所さんである。

荷物を運ぶのもさほど手間にはならない。

「アリガトウ」

「困った時はお互い様《さま》ですから」

そう言って俺はフランチェスカさんの荷物の三分の二を受け持つ。

紙袋は二つだったが、抱えると意外と重い。

中からはカチャカチャと小さなガラス瓶《びん》の擦《こす》れ合うような音がする。

「瓶が沢山《たくさん》入ってますけど、これは？」

「塗料《とりょう》。粘土《ねんど》。大学の課題、来週まで」

「ああ。美術系の大学なんですね」

「はい。念のため、考えて、買い過ぎ」

フランチェスカさんはまだ日本語が堪能《たんのう》ではないらしく、単語での返答が多い。

こっちの言葉は分かるようなので、聞くことはできるが話すのに難儀《なんぎ》しているのだろう。

「大学はどちらの？」

「T藝《げい》大、一年生」

なるほど、うちの大学同様にここからそう遠くない大学だ。

同じマンションに住んでいるのだから当然と言えば当然だけど。

「……？」

けど、一年生？

俺より年上だと思ったけど……同い年？

「……私、二一歳《さい》」

「あ。はい」

俺の疑問を察したのか、フランチェスカさんはそう言った。

海外の人で年齢《ねんれい》が分かりづらかったが、やはり年上ではあったらしい。

後からこちらの大学に入学することを決めたならそういうこともあるか。

日本語を話すのにまだ慣れていないのも、こちらに来てから日にちがさほど経っていないからなのだろう。

隣人《りんじん》になって一ヶ月以上だが、こうして話す機会はあまりなかったな。

「アナタは？」

「俺ですか？」

世間話を続けながら、俺達はエレベーターに乗り込《こ》んだ。

「一八歳。T大の一年生です」

「……C'est surprenant」

……今、フランス語で『意外』とか『驚き』って言われたか？

俺ってやっぱりT大生には見えないんだろうか。デンドロでも知り合いによく言われるんだよな。ジュリエットとか、ビシュマルさんとか。

でもチェルシーあたりは逆に「どこそれ？」みたいなリアクションだったな。まぁ、リアルで海外在住の人にはそんな程度のものなのかもしれない。

などと俺が考えていると、

「一四歳くらい、思っていた」

「そっち⁉」

フランチェスカさんの返答にこちらが驚かされた。

つうか、四歳も若く見られてたの⁉

日本人は若く見えるっていうけど、高校すっ飛ばして中学生レベル⁉

「ちゃんと大学生ですよ。というか、中学生でこんなとこに一人暮らしできませんよ」

「そう。………」

フランチェスカさんはそう言って、何か納得して頷いている様子だった。

けれど、その口元で小さくフランス語で呟《つぶや》いたような気がした。

それはうまく聞き取れなかった。

けれどなんとなく……『私は一人で暮らしていたけれど』、と言っている気がした。

「到着《とうちゃく》」

エレベーターは目的の階に止まり、荷物を抱えた俺達が下りる。

ちなみに俺達が住んでいるのはマンションの一三階である。

まぁ、俺が一三階なのは偶然《ぐうぜん》ではなく、選んだ結果だ。数字が不吉《ふきつ》なので比較的入居者が少ないらしく、兄にタダで借りるものなのでせめて不人気で安い部屋を選んだ形だ。

欧米《おうべい》の人と思われるフランチェスカさんもこの一三階に住んでいるが、そういうのを気にしない性質なのだろう。あるいは宗教が違《ちが》うのかもしれない。


俺はそのまま荷物をフランチェスカさんの部屋にまで運んだ。

部屋に入っても大丈夫か尋《たず》ねると、フランチェスカさんは頷いた。

ドアを開けると、玄関《げんかん》から微《かす》かに絵の具と粘土の臭《にお》いがした。

ちらりと周りを見ると無香性《むこうせい》の消臭剤《しょうしゅうざい》が置いてある。

恐らくこの臭いを消すためなのだろうが、消しきれてはいないようだ。……俺が気にすることでもないが、フランチェスカさんの敷金《しききん》は返ってこないかもしれない。

「荷物はどこに運びます？」

「ココで大丈夫」

「分かりました」

俺は瓶を割らないようにゆっくりと玄関に荷物を下ろした。

「アリガトウ。良ければ、お茶でも……と言いたいケド」

フランチェスカさんは玄関の先、俺の部屋と同じ間取りならＬＤＫに繋《つな》がる扉《とびら》を見る。

……言わんとしていることは察した。ドア一枚挟んだ上に消臭剤込《こ》みでこれだけの臭いということは、臭いに慣れていない人間がお茶をできる環境《かんきょう》ではないのだろう。

「お構いなく。また何か困ったことがあったら言ってください。お隣ですし」

「そう。このカリは、いずれ返すワ」

やはり日本語に不慣れなのか、何だかバトル漫画《まんが》みたいな言葉だった。

◇◆◇

□■フランチェスカ・ゴーティエ

荷物運びを手伝ってくれたお人好《ひとよ》しの隣人と言葉を交わし、私は玄関のドアを閉めた。

会話したのは引《ひ》っ越《こ》してきてなぜか日本の麺類《めんるい》を寄越《よこ》してきたとき以来だけど、話していてストレスを覚えるタイプの隣人でないのは救いね。

『……それにしても、あれで大学生だったのね。日本人の年齢ってよく分からないわ』

誰《だれ》と話すわけでもない言葉は、自然と母国語で口を出る。

彼《かれ》と話していたときも少し出ていたけれど、恐らく聞き取られてはいないだろう。

何にしても助かった。日本は比較的治安がいいから、道や床《ゆか》に荷物を置きっぱなしにしても置き引きされる確率は低いだろうけれど。彼のお陰で二度手間にはならずに済んだ。

『ふう……。大学が休みになる前に課題を済まそうと、買い込み過ぎてしまったわね』

買い物を終えてカートからタクシーに荷物を移してから気づくのだから、間抜《まぬ》けなこと。

『来週末からの連休。ゴールデンウィーク、だったかしら。変わった時期の連休ね。……課題を済ませれば向こうに集中していられるから、私にとっても好都合ではあるけど』

私は独り言を呟きながら、玄関の荷物をＬＤＫ……その先の作業場へと運ぶ。

玄関から繋がったドアを開けると、私には慣れ親しんだ粘土と塗料の臭いが鼻をつく。

部屋のそこかしこには、私の作った花瓶《かびん》ほどのサイズの像や自作フィギュアが置かれている。まだ乾《かわ》いていないものもあり、臭いは残っている。

２ＬＤＫの間取りの内、一部屋は寝室《しんしつ》だけれどそれ以外は概《おおむ》ねこんな状態。

一部屋は作業場だし、リビングとダイニングは作ったものを置くためのスペースだ。

塗料に引火しても怖いので最近は料理もできていない。

我ながら、この雑然さは向こうでのクランを思い出すわね。……ベクトルは違うけれど。

『普通《ふつう》のアパルトメントだったら追い出されていたわね』

幸いにしてここは賃貸料《ちんたいりょう》が高い代わりにそういった心配もない。

隣室《りんしつ》の彼の反応から察するに臭いも隣には漏《も》れていないらしい。

……それでも引き払《はら》う時には清掃《せいそう》業者を呼ぶべきかもしれない。

『…………』

などと考えられるくらいに、今は生活に余裕《よゆう》がある。

わざわざ欧州《おうしゅう》から離れ、高級なアパルトメントを借り、日本の藝術大学に入って、卒業どころか死ぬまで悠々《ゆうゆう》と生活できるくらいには金銭は潤沢《じゅんたく》だ。

『……一度くらいは、墓参りに行った方がいいのかしらね』

去年の暮れに死んで、不本意にも妹だけでなく私にまで遺産を遺《のこ》さなければならなかった人のことを、少しだけ気の毒に思った。

『そういえば、あの子は今頃《いまごろ》どうしているかしら』

今は遠く離れて暮らす妹の、……正確には向こうでの妹のことを考える。

あの人の死後の遺産分配の都合で再会し、私の方から向こうに誘《さそ》ったあの子。

前に〈ＤＩＮ〉の記事で見たときは、西方に勝るとも劣《おと》らない面倒《めんどう》ごとに巻き込まれているようだったけど。

……根が純粋《じゅんすい》なせいか昔からあれこれと悩んでこじらせる子だから、カルディナでストレスを抱えてなければいいけど。

荷物を運び終えてから、リビングに置いてあるソファに腰掛《こしか》けた。

インスタントのコーヒーを淹《い》れて、テレビで母国のニュース番組を眺《なが》めながら一服する。

……私には慣れ親しんだものだけれど、塗料とコーヒーの匂《にお》いが混ざると黒い絵の具でも飲んでいる気分になるわね。

『……せめて来客を迎《むか》えられる程度には片付けようかしら』

今日のようなこともある。リビングとダイニングの卓上《たくじょう》くらいは空けて、部屋に置くのも乾いて匂いの弱いものだけにしようと決めた。

コーヒーを飲み干してから、作業に入る。

卓上に飾《かざ》ってあった粘土像や自作フィギュアを選んで手に取る。それらは作ってから少し時間が経って乾燥《かんそう》したもの。つまり仕舞《しま》っても問題ないものを選別しながらフランス語の新聞紙に包み、仕舞っていく。

こちらに住み始めたのは二月からなのに、もう随分《ずいぶん》と作ったものね。大学や向こうでの活動時間が一日の多くを占《し》めていたのに、私はどこで時間を捻出《ねんしゅつ》したのかしら。

『……あら』

片付けている最中、私は卓上の隅《すみ》にあった像を手に取った。

それは球体から触手《しょくしゅ》をはやした怪物《かいぶつ》の粘土像だった。

これを作った時のことはよく覚えている。

今から一ヶ月も前……半ば供養で作った代物《しろもの》だ。自分で言うことではないかもしれないけど、製作時の憤《いきどお》りや悔《くや》しさが込められているのがよくわかる。

『…………』

私はジッとそれを見続けて……睨《にら》んで……他の像と同じように包装して仕舞いこんだ。

『……次はしくじらない。あの時の借りは必ず返すわ』

仕舞われた怪物の粘土像――【ＲＳＫ】と私が名づけたモノを見下ろして、そう呟いた。

片づけを一段落させて、私は寝室に移動した。ベッドの傍《そば》、私の腰《こし》ほどの高さのチェストの上には……とあるゲームのハードが置かれている。

『さて……』

私はハードを装着してベッドに横になる。

このシークエンスも、既《すで》に数え切れぬほど繰《く》り返した。

向こうでの……〈Infinite Dendrogram〉での私を生きるために。

『今日はまず、右腕《みぎうで》の最終調整からかねぇ』

そうしてフランチェスカ《私》は、――今日も【大教授《ギガ・プロフェッサー》】Mr.フランクリンとして〈Infinite Dendrogram〉にログインした。

第二話 呼び出し

□【聖騎士《パラディン》】レイ・スターリング

家での用事を済ませてからデンドロにログインした。

降り立ったのはもはやお馴染《なじ》みな王都の噴水《ふんすい》だが……ここも例のテロで戦場になったのでそこかしこにその痕跡《こんせき》がある。

壊《こわ》れたままということではない。しかしジョブや〈エンブリオ〉で直した結果、修復後の新しい部分と壊れていない昔の部分のパッチワークのような状態が見受けられる。

時間を重ねれば自然に馴染んでいくとは聞いているが、しばらくは王都中がこんな状態だろう。

「レイ」

そんな風に周囲の風景を見ていると、ネメシスが紋章《もんしょう》から出てきた。

「ネメシス」

「今日からまた連休であろう？　次のジョブを取得してレベル上げでもするか？」

昨日、イベント後の狩《か》りで【斥候《スカウト》】のレベル上げも終わって現在のレベルは二五〇。ようやくカンストまであと半分というレベルになった。

次のジョブには悩んでいるが、一先《ひとま》ず以前の候補に挙がった【騎士《ナイト》】、【司祭《プリースト》】、【冒険家《アドベンチャラー》】あたりを取得しようかと考えている。【騎士】と【司祭】は【聖騎士】とマッチするし、【冒険家】も汎用性《はんようせい》の高いスキルが多いので、【聖騎士】をメインジョブにしていればほぼ無駄《むだ》なくスキルを使える。

ただ、それらのレベル上げは後にしよう。

「それよりも他の用事が優先だな。ギデオンでの催《もよお》しも明後日だし」

「ああ。それがあったのぅ」

「メールで連絡《れんらく》とったけど、もうギデオンに移動してるらしいから俺《おれ》も行かないと」

これまで色々あったので、クランのメンバーとはメールアドレスを交換《こうかん》している。

私用だったり連絡用に取得したり事情は人によって違うが、ともあれこれでクラン間の連絡は取りやすくなっている。

ちなみにリアルでの連絡はデンドロと違って自動翻訳されない。そしてルークやフィガロさんは英語圏《えいごけん》の人なので、イオ達《たち》は「フリーの翻訳ソフトが必須《ひっす》です……！」って言っていたけど。

「シルバーに乗ればすぐ着くから、先に王都での用事も片付けるけどな」

「ふむ。それにしてもギデオンまでの移動も楽になったな。以前はマリリンの竜車《りゅうしゃ》で日を跨《また》いで向かったというのに」

「そうだな」

あれもこちらの時間に換算《かんさん》すれば三ヶ月以上も前か。

先輩《せんぱい》が封鎖《ふうさ》していた〈サウダ山道〉を渡《わた》り、夜にマリーの作ったクソマズい食事と呼べない何かで悶絶《もんぜつ》し、翌日には【ガルドランダ】と戦って……あの時も本当に色々あったな。

……しかし、何で今日はこんなに過去を振り返っているんだろうか？

「走馬燈《そうまとう》？」

「……急に何を縁起《えんぎ》の悪いことを言っているのだ？」

「もしかして姉との再会が確定して、体が死の危険を感じて過去を顧《かえり》みているのか？」

「御主《おぬし》にとって姉とはどんな存在なのだ」

「暴風雨」

「……それは人間の喩《たと》えとしてはどうなのかのぅ」

まぁ、姉の話はちょっと棚《たな》に置こう。まだリアルで一週間後のことだし。

「とりあえず魔王骨董品店《まおうこっとうひん》に寄って、それから城だな」

「ふむ、そういえば取り寄せしていたのだったのぅ」

「ああ」

◇

話は俺がデスペナから復帰して王都に戻った日に遡《さかのぼ》る。

俺は王都や王城の状況《じょうきょう》を確認した後、その足で魔王骨董品店を訪《おとず》れていた。

それは全損した【ＶＤＡ】――【ヴォルカニック・ダークメタル・アーマー】に代わる鎧《よろい》を探すためだ。

先輩から貰《もら》ったあの鎧はカルチェラタン以降の戦いで長く役立ってくれた。

しかし、あの【獣王《べヘモット》】との死闘《しとう》で修復不可能なまでに壊れてしまった。

そのため新しい鎧を見繕《みつくろ》う必要が生じ、以前から何度か利用している魔王骨董品店に足を運んだのである。

けれど、店頭で探しても適した鎧は見当たらなかった。

レベル帯が合わなかったり、性能が【ＶＤＡ】よりも落ちたり、といった具合だ。

だからひとまずの繋ぎと割り切って性能が劣る鎧を購入《こうにゅう》しようとしたところ、頭巾《ずきん》で顔を隠《かく》した店主さんからこう切り出された。

「時間はかかりますけど前にお客さんが着てた【VDA】よりも良い鎧、他の支店にならあるから取り寄せましょうか？　もちろんお客さんのレベル帯で装備可能なものですよ」

どうも俺がアイテムボックスを買いに来たときのことを覚えていたらしい。

そして当時の俺の装備も記憶《きおく》しており、比較してより高性能なものを用意できるという。

この申し出は願ってもないことだったので、俺は取り寄せをお願いした。

◇

「で、多分もう届いてるはずなんだよ」

昨日のイベントにはギリギリ間に合わなかったが……着て行ったら重兵衛《じゅうべえ》に俺の胴体《どうたい》ごと斬《き》られていたかもしれないのでむしろ良かったと言える。

「新しい鎧か。……どんな鎧かのぅ」

「性能が良いなら、それに越したことはないさ」

「いや、私が気にしているのは性能ではない」

「じゃあ何を気にしているんだ？」

「……いい加減、このやりとりで察してほしいところではあるのぅ」

ネメシスの言葉に疑問を覚えたが、話している内に魔王骨董品店に辿《たど》り着いた。

ドアを押《お》し開くと、カウンターには今日も頭巾の店主さんの姿があった。

「すみません、取り寄せをお願いした鎧って届いてますか？」

「はい。届いてますよ」

店主さんはそう言ってアイテムボックスから一領の鎧を取り出し、カウンターに置いた。

「……え？」

その鎧のデザインに、俺は少なからず驚《おどろ》いた。

「む、この鎧は……同じものか？」

そう、店主さんがカウンターに置いたのは……紛《まぎ》れもなく【ＶＤＡ】だった。

デザインも、手に取った重量も、前のものと変わらない。

……いや？　鎧の内側の作りが少し違う。

こちらの方が着用した時に動きやすそうだし、どことなく堅固《けんご》にも見える。

「はい。レジェンダリア産の【ＶＤＡ】です。ただ、お客さんが前に着けていたものとは見た目は同じでも違います。作り手の技量差で基礎《きそ》性能はこちらの方がいくらか高いですし、何より仕様が違います」

「仕様?」

「生産品ですからね。生産時にある程度は仕様を変えられるんですよ。前にお客さんが着ていた【VDA】は、生産スキルで装備可能レベルを引き下げる作りになっていました」

そういえば、先輩もそんなことを言っていた。前の【VDA】は装備可能レベルが一〇〇以上というものだったが、元々は二〇〇以上なのだという。

「この【VDA】の装備可能レベルは元のままですが、代わりに《HP増大》と《破損耐《たい》性《せい》》の装備スキルがついてます」

「へぇ」

「ちなみにこれの《HP増大》はスキルレベル五の仕様なので、HPが五〇%増えます」

「ものすごい増えるな!?」

俺でもHPが一万以上増えるぞ!?

「そんなトンデモな増え方する装備は特典武具以外で見たことがないのぅ……。しかし店主よ。それだけ強力なスキルが付いた生産品、かなり希少なのではないか?」

ネメシスの質問に、店主さんは頷《ふよ》く。

「それはもう。生産時のスキル付与には失敗もありますし、強力なスキルほどそのリスクは上がります。《HP増大》のスキルレベル五。加えて《破損耐性》もありますので……まともな製作者でも今回の付与が成功する確率は二%もないでしょう。しくじると装備自体が劣化《れっか》します。製法にもよりますが、マイナスの効果が付与されることもありますね」

……それはまた、怖《こわ》い話だ。生産系はハイリスクハイリターンであるらしい。

「【レシピ】もあるので素の状態の物はDEXやスキルが足りていれば比較的簡単に生産できますが、高性能なカスタム品は本当に希少ですよ。この鎧も昔の職人、何代か前の【匠神《ザ・クラフト》】が遺したものです」

それはすごい。外見は同じでも内側の作りや基礎性能まで違うのはそのためか。

「前の【VDA】もいいもの……というか【VDA】が作れるだけで優《すぐ》れた技術の証です し、装備可能レベルを一〇〇も下げていたのは良品です。ですが、流石に【匠神】のハンドメイドの方が優れています」

「……それほどの逸品《いっぴん》、高いのではないか？　成功率二%なら単純計算で五〇倍の価値があるのでは？」

ああ、そうだった。値段も気になる。

取り寄せてもらったのに予《あらかじ》め値段を聞いていなかった。

そして気になるお値段は……。

「お値段を申し上げれば、歴史的価値も加味して――――二億リルです」

「たっけぇ……！」

しかし……無理もない値段設定だ。ＨＰが五〇％アップとなれば、俺より上のレベル帯でも喉《のど》から手が出るほど欲《ほ》しい人はいるだろう。耐久型《たいきゅう》でＨＰ特化の超級職《スペリオル・ジョブ》とか。

むしろ金銭で買えるだけ驚きの大特価とすら言える。

それでも超級職くらいしか手が出ないだろう……普通ならば。

「い、い、い、い、お客さんなら払えるくらいですね」

うん。買えてしまう。

なぜなら、俺の所持金は色々あって現在は――四億リル近くあるからだ。

あまり使うこともないまま貰い続け、さらには〈超級激突《げきとつ》〉やカシミヤとトムさんの決《けっ》闘《とう》で大博《おおばくち》打した結果である。【ブローチ】を買い込んでもあまり減らなかった。

『というか、なぜこの店主は御主の懐《ふところ》事情を把握《はあく》しておるのだ？』

知らん。プロの商売人だからそういうのもお手の物なんだろう。

「…………」

この所持金は本拠地探しの資金にしようと思っていた。

だが……この鎧は今の俺には強い助けになる。

これを逃《のが》すと手に入れる機会もなさそうだし、どうしたものか……。

「でもお金よりは物々交換《ぶつぶつこうかん》の方が嬉《うれ》しいです」

と、悩《なや》んでいる俺に店主さんがそんなことを切り出してきた。

「え？」

物々交換……って二億リル分も何と？

「お客さん、以前カルチェラタンの事件にも関《かか》わってましたよね？」

「はい」

そのことまで把握されているのかと思いながらも、俺は頷《うなず》いた。

「その際、先々期文明の兵器から出てきた金属の粉を沢山手に入れたとも聞いています」

「金属の粉？　……あぁ、あれか」

それはあの先々期文明の鯨型巨大兵器《くじらがたきょだいへいき》が墜落《ついらく》した後、その残骸《ざんがい》の跡地《あとち》に大量に残っていたものだ。あれらは王国が回収したが、俺も鯨を倒《たお》したのでアイテムボックス三個分ほど受け取っている。

しかし使う機会もあまりなく、防毒マスクの【ストームフェイス】を作ってもらった後は死蔵している状態だ。

「それと交換してもらえませんか？　というか、引き取らせてください」

「はぁ、別にいいですけ……」

「一〇〇グラム二万リルで」

「たっかぁ⁉」

何そのお値段⁉　いけない白い粉の末端《まったん》価格みたいになってるけど⁉　粉だけどそういうのじゃないぞ⁉

……ていうか、待ってくれ。

俺はそれをアイテムボックス三個分持っている。

取り出したことがないので総重量は不明だが、チュートリアルではチェシャが初期装備のアイテムボックスでも一つにつき一トンは入ると言っていた。

つまり、俺が持つ粉は最低でも三トン分……六億リルか。

「……鎧の代金差っ引いても資産が倍額になるではないか」

そうね。白い粉の取引怖いね。

色々あって東京湾《とうきょうわん》に沈《しず》められそう。コワイ。

「落ち着け、心の声のテンションが少しおかしい」

あまりの金額に気が動転していた……。

「あの、何でそんな値段に？」

「あれって【セカンドモデル】の製造に使われている金属粒子《りゅうし》ですよね。あれが色々な上位装備を作るのに有用であるのは分かってるんです。けど、ほとんどは国が押さえて回ってきません。その多くは国による【セカンドモデル】の製造に使われています」

王国は戦力アップのために【セカンドモデル】の生産を最優先にしていたはずだ。残りも限られているだろうし、原料のまま世間には流していないのだろう。

「市場に出回った【セカンドモデル】から素材に還元《かんげん》しようとしても、製造の過程で合金になっているので純粋な素材ではなくなっています」

「ふむ。つまり、あの粉を素材のまま、それも個人で大量に持っているのがレイしかいないということだな？」

「そういうことです」

なるほど。価値の高さと、俺にこの話を持ち掛《か》けてきた理由は納得がいった。

……さて、どうするか。

金銭で購入することもできるが、今後本拠地探しもあると考えると残しておきたい。

クランに生産職の人がいればこの素材を提供することも考えられたのだが、生憎《あいにく》と〈デス・ピリオド〉にはいない。ここは売却《ばいきゃく》してもいいだろう。

ただ、生産職の人が今後クランに加入することもあるかもしれないので、全《すべ》ては売らずに残しておこう。

「お譲《ゆず》り頂けないでしょうか？」

「……アイテムボックス一個分なら」

俺は所持していた金属の粉のアイテムボックスを店主さんに差し出した。

交渉《こうしょう》は成立し、俺は新しい鎧……高性能の【ＶＤＡ】を入手した。

なお、店主さんがアイテムボックスの容量と内部の粉の重量を調べると、アイテムボックスは初期装備よりも内容量の多いものだったらしく、一箱に三トン入っていた。

結果として鎧に加えて四億リルも入手することになったのである。

……あと六トンもあるんだけど。

◇

二代目【ＶＤＡ】を手に入れた後、俺は王城へと足を運んだ。

以前よりも数が多い気がする衛兵の人達に挨拶し、先日の事件で融解《ゆうかい》したために新築となった正門をくぐる。

「なんだか登城するのも慣れてきたな」

「そうだのぅ。……あと城の衛兵も御主の格好に慣れてしまった気がするのぅ。今後ちゃんと不審者《ふしんしや》を取り締《し》まれるのか心配になる」

そんなことを話しながら歩いていると、王城のあちこちから工事の音が聞こえてきた。

テロで破壊《はかい》された施設《しせつ》の修繕《しゆうぜん》作業だが、同時にこれまで機能停止していた防衛設備の再整備も進めているらしい。

【グローリア】と先の戦争で宮廷《きゆうてい》の魔法《まほう》職が壊滅《かいめつ》していて手付かずだったらしいが、インテグラの帰還《きかん》でようやく手を付けられるようになったとのこと。

他にも色々あって、彼女《かのじよ》に限らず今の城内はものすごく忙《いそが》しいらしい。

「アズライトは言わずもがな。リリアーナと病《や》み上がりのリンドス卿《きよう》も休む暇《ひま》なしか」

「人手不足なのもあるのだろうがな。王城ゆえに、街の復旧ほど〈マスター〉の手を借りられぬだろうし」

「セキュリティとか機密情報もあるもんな……」

〈エンブリオ〉のスキルが使用できないので、街よりも時間がかかるそうだ。

それでも王城の顔である正門は何とか建て直したらしい。

ちなみに現在のこの城を真上から見ると、ド真ん中に地下から最上階の屋根まで貫通《かんつう》した大穴が空いている。

リリアーナとインテグラから聞いた話では【炎王《キング・オブ・ブレイズ》】の最終奥義《おうぎ》の痕跡らしい。

おまけに必要な魔力《まりょく》の配線も狙《ねら》ったように寸断されているし、とある区画は猛毒《もうどく》に汚染《おせん》されて立ち入り禁止。……これ、完全修復いつになるんだろうか。

「さてな。それに襲撃者《しゅうげきしゃ》によって物的被害《ひがい》だけでなく人的被害も出ているからのぅ」

「……そうだな」

街を襲《おそ》った【蟲将軍《バグ・ジェネラル》】の軍団と城を襲った【炎王】・【猛毒王《キング・オブ・ヴェノム》】によって、先のフランクリンの事件よりも多数の死者が出ている。

その三者のいずれも倒されていることが、死者への慰《なぐさ》めになるかも分からない。

ただ、これにも一つ問題がある。

それは……城の襲撃者はあと二人いたということだ。

一人目は、リリアーナが正門で目撃《もくげき》した蝙蝠《こうもり》に変身する男。この蝙蝠の男を誰かが撃破《げきは》した形跡《けいせき》がない。というか、破壊工作だけで誰とも戦闘《せんとう》した形跡がないそうだ。

ただ、なぜか魔力の配線などだけでなく城の絵画や家具まで壊していて、リリアーナが不審《ふしん》がっていた。インテグラは「きっと家具や壁床《かべゆか》とでも戦ってたんじゃないのかな？」と茶化《ちゃか》してリリアーナに怒《おこ》られていたが。

現場近くに第三王女のテレジアがいたそうだが、『隠れていたから何も知らない』という趣旨《しゅし》の答えしか得られなかったらしい。

そしてもう一人は……蝙蝠の男よりも余程《よほど》に危険だ。

それは、【盗賊王《キング・オブ・バンディット》】ゼタ。

皇国に一時的に属していた〈超級〉。

皇国を抜《ぬ》けることで、講和の盲点《もうてん》を突《つ》こうとした罠《わな》の要であった人物。

そして襲撃に際して、迅羽《じんう》と交戦して彼女を撃破せしめている。

その【盗賊王】は……少なくとも撃破されていない。

なぜなら、〝監獄《かんごく》〟に入ったという情報がないからだ。

同時に、皇国にある〈DIN〉の支部でも姿は確認《かくにん》されていないらしい。

可能性は二つ。デスペナルティに遭《あ》ってから一度もログインしていないか、そもそもまだ生きて王国のどこかに潜《ひそ》んでいるか。

いずれにしろ襲撃犯が二人も行方《ゆくえ》知れずのままで、この城のどこかに潜伏《せんぷく》している恐《おそ》れがあるということだ。いつもより衛兵の数が多いのはそれも理由だろう。

「…………」

ただ、未《いま》だ尾《お》を引くそんな事件でも、重傷者の復帰が早かったこととミリアーヌ達が無事だったことは救いだろう。

近衛騎士団《きしだん》は毒に汚染された者や重傷を負った者がほとんどだったが、インテグラの応急処置で一命を取り留め、王都に帰還した女化生《おんなけしょう》先輩の回復魔法で快復した。今は全員が仕事に復帰している。

それと、事件の際にエリザベートの婚約者《こんやくしゃ》であるツァンロンが倒れたそうだが、今は傷一つない。

マリーがエリザベートに話していたのを聞いた形だが、彼は黄河の特殊《とくしゅ》超級職【龍帝《ドラゴニック・エンペラー》】であり、それゆえに高い回復能力があったらしい。

要人の中ではフィンドル侯爵《こうしゃく》のみ重傷を負ったが、女化生先輩の治療《ちりょう》で快復している。

ただし、これらの治療行為《こうい》に関して一つ問題がある。

先輩が講和会議でアズライトの指示に従っていたのは、ハンニャさんの事件で出来た膨《ぼう》大《だい》な借金の形に嵌《は》められ、【契約書《けいやくしょ》】に従っていたからだ。

この治療も、アズライトは借金の減額を対価に行わせようとしていた。

しかしその直前に、先輩は借金全額を返済してしまったのである。

おまけに『ふっふーん、これでうちは自由やー。いやー、やらしい王女にこきつかわれそうだったからしんどかったわー。あ、でも今後も用事があるときは請け負《う》《お》うから心配せんといてー。随時交渉《ずいじこうしょう》やけど』などと煽《あお》ったらしい。

トドメに『で、重傷者の治療やけど何を対価にしてくれるん？　お金以外で頼《たの》むえ？』などとのたまったらしい。

忠臣達の命には代えられず、結果としてアズライトはまたロクでもない契約を結ばされたらしく、前に会ったときはものすごく機嫌《きげん》が悪そうだった。頭を抱《かか》えながら、『国内の金銭の動きはチェックしていたのに……』と呟いていたのが印象的だ。

隠し財産でもあったのか。

それともどこかの誰かを治療する代わりに法外な金銭を分捕《ぶんど》ったのか。

どちらにしても女化生先輩の首輪は外れてしまったのである。ギデオンの〈トーナメント〉開催《かいさい》を急いでいるのもこの辺の事情があるのかもしれない。

「……ん？」

先日の事件の後処理について思いを馳《は》せていると、廊下《ろうか》に見知った姿を見つけた。

廊下の窓から顔を出しながら、煙管《きせる》……型のシャボン玉吹《ふ》き具《ぐ》を咥《くわ》えてプワプワと泡《あわ》を飛ばしているその人物は……。

「迅羽？」

『ン？　ああ、レイ、カ。こんにちワ』

窓と高さを合わせるためかいつもより背が低い迅羽は、吹き具を持つのと反対の手をあげて挨拶《あいさつ》してきた。

『鎧新調したのカ。中々良い性能だナ』

流石《さすが》は迅羽。一目でこの二代目【VDA】の装備スキルを把握したらしい。

「ああ。いつまでも代用装備じゃ何かあったとき困るからな。それより迅羽、こんなところで何してるんだ？」

『手持《ても》ち無沙汰《ぶさた》でナ。スキルで警備の手伝いをしてはいるが、暇なんでボーッとしてタ』

「手持ち無沙汰って？　たしかそろそろエリザベートやツァンロンと一緒《いっしょ》に黄河に帰るから、準備で忙しいんじゃないのか？」

たしか前に話したときはそんなことを言っていた。

最初は皇国との戦争の助《すけ》っ人《と》として雇《やと》うかもしれないということだったが、エリザベートの輿入《こしい》れが決まったので道中の護衛として雇うことにしたそうだ。テロで狙われたりもしたので護衛に〈超級〉の一人二人は要《い》るだろうという話で。

迅羽も『会うのはこれで最後かもしれねーナ』みたいなことを言っていた覚えがある。

『そのはず……つーか、本当はもう黄河への帰り道のはずだったんだけどナ』

そう言うと迅羽はアイテムボックスから新聞を取り出し、俺に手渡《てわた》した。

紙面の見出しには、『カルディナとグランバロアの衝突《しょうとつ》激化』、『〃魔法最強〃VS〃人間爆弾《ばくだん》〃、最大の広域殲滅《せんめつ》戦』、『湖上都市ヴェンセール壊滅』などと書かれている。

「これって……」

『こっちの戦争だけでなく隣《となり》も隣で武力衝突ダ。危なくて陸路でも海路でも帰れねーヨ。俺とツァンはともかく、エリザベートと文官がやばいからナ』

〃魔法最強〃と〃人間爆弾〃……この二人の殲滅能力は兄をも凌駕《りょうが》すると、当の兄本人から聞いている。

陸路はそんな連中が争うカルディナを通り、海路は航海中に戦火が拡大するかもしれないグランバロアを通る。貴人を連れて移動するにはかなりリスクが高い。

「でも、王国だって今は小康状態だけど、いつまたこの間みたいになるか分からないぞ」

『あア。だから今は本国から迎えが飛んでくるのを待ってる状態だナ』

「迎え？」

『グレイって奴ダ。オレと同じ〈黄河四霊《しれい》〉の一人、〃霊亀《れいき》〃のグレイ・α・ケンタウリ。あいつの〈超級エンブリオ〉、ラピュータは飛行要塞《ようさい》だからナ。こういう時の乗り物としちゃ最適だヨ』

飛行要塞の〈超級エンブリオ〉、ラピュータか。

……なんか呪文《じゅもん》一つで落ちそうな名前だけど。バ○ス。

『あいつは目立つし他国にも睨まれるから動かし辛《づら》かったんだがナ。カルディナから許可が下りたんで移動できるようになったらしいゼ。取引の結果らしイ』

「取引って？」

『ま、珠絡《たまがら》みだナ。ツァンがこの国に持ってきて、今度の〈トーナメント〉でも使われる〈UBM〉の珠だヨ』

「珠って、あの？」

〈UBM〉の珠。黄河では宝物獣《ほうもつじゅう》の珠とも呼ばれる、かつての【龍帝】が〈UBM〉を封《ふう》印《いん》したアイテム。

封印したままでもその力の一部を使うことが出来るが、封印を解いて倒せば特典武具を入手できる。かつてフィガロさんも珠に封《ふう》じられていた〈UBM〉と戦い、勝利している。その戦果がいつも羽織っているあの蒼《あお》いコートなのだという。

エリザベートとツァンロンの婚姻《こんいん》に際して、黄河から王国に十個の珠が贈られた。

アズライトはこれをどのように運用するか、誰《だれ》を引き込《こ》むのに使うかをずっと考えていたそうだが……あの講和会議の後に結論を出した。

それが……ギデオンの〈トーナメント〉だ。

詳細《しょうさい》はギデオンに移動してから再確認するが、簡単に言えば〈UBM〉への挑戦権《ちょうせんけん》を懸《か》けて多数の〈マスター〉を集め、参加料の代わりに契約で『一定期間は王国に敵対行為《こうい》を取らない』と縛《しば》るものだ。

フランクリンのテロで出てきた寝返《ねがえ》り組という存在と、後は『借金を返すまで』という契約で一時的に女化生先輩を制御《せいぎょ》できた経験から考えたらしい。

ちなみに挑戦権以外に『王国に伝わるレアな武具を進呈《しんてい》する』という副賞もあるが、そちらには俺も関わっている。……洗浄役《いい》で。

「珠がどうし……いや、そういえばカルディナって」

『あア。今あっちはそれで大問題なんだヨ』

珠を巡《めぐ》るカルディナ内部での事件の噂《うわさ》は俺も聞いたことがある。

カルディナの大都市で巨大な蛆《うじ》の怪物が暴れたとか、それと戦う巨大な金属像やドラゴンが現れたとか、そんな噂だ。

そして手元の新聞によると、今回のグランバロアとの争いもその珠が原因らしい。

『カルディナに流入した珠の権利を黄河が放棄《ほうき》する代わりに、黄河勢力の国内移動の一時的な制限解除。あと要請《ようせい》に応じて護衛の派遣《はけん》を約束させた』

「……ふむ。つまり『もう珠を返せとは言わない。煮《に》るなり焼くなり好きにしていい。代わりにこっちの嫁入《よめい》りの邪魔《じゃま》はせずに見逃《みのが》せ。むしろ手伝え』ということかの」

『ま、そういうことだナ』

……最初の原因は珠を盗《ぬす》まれた黄河にあるが、その責任を権利と一緒に放棄して、代わりに便宜《べんぎ》を図《はか》ってもらう形か。

『ま、カルディナに返せと言っても一問着《ひともんちゃく》あるだろうし、どうせ戻《もど》ってこないなら相手に譲歩《じょうほ》したことにして他の条件をくっつけるってことだロ。結構強《したた》かなんだよな、うちのトップ……っつーか第一皇子』

「それってツァンロンのお兄さん、だよな？」

『そうだヨ。めっきり弱ってる今の皇帝《こうてい》に代わってバリバリ働いてる人ダ。黄河で〈マスター〉への対応を優遇《ゆうぐう》寄りに決めたのも第一皇子だナ』

「エリザベートとツァンロンの結婚《けっこん》もその人の提案か？」

『いや、それは皇帝の発案らしいゼ。オレもよくは知らねーけド。でもオレを護衛につけたのは第一皇子だナ』

何か複雑なことになっているし、どこか引っ掛かる。……王国自体が色々と厄介《やっかい》な状況で黄河の皇室の話まで思案するのは考えすぎかもしれないが。

「でもそれだと黄河も迅羽とグレイって人がいなくて、困るんじゃないか？」

『ま、国内のマフィアは先日ぶっ潰《つぶ》したらしいしナ。隣国《りんごく》の情勢もカルディナはあんなだし、天地も平常運転の内戦中。人手も要らないナ。……それに残った二人はピーキーだが、戦力としてはお墨付《すみつ》きダ』

「?」

『〈黄河四霊〉でも、オレ達《たち》二人はまだ大人しい部類ってことだヨ』

この誰が相手でも勝ち目がありそうな迅羽と、飛行要塞という規格外の〈エンブリオ〉を操《あやつ》るグレイ氏が……黄河の〈超級〉では大人しい部類?

「あとの二人はどうなのだ?」

『どっちも得意とする戦いの形が限定されてル。けど、二人の内の一人は……状況次第《しだい》でお前のアニキや【獣王】くらいにやべーヨ』

……黄河という国には、まだ隠し玉が残っているらしい。

『まぁ、オレの方の事情はそんなところだが、レイの方は何で城ニ? エリザベートの姉は今こっちにはいないゾ。あとリリアーナって姉ちゃんもナ』

まぁ、そうかもしれないとは思った。

日程的にギデオンに移動して準備しておかないとだろうし。

でも、今回はちょっと違《ちが》う。

「ああ、今日は二人じゃなくて、別の人と会う約束をしてるからな」

前回ログアウトする前、王都での俺の宿に呼び出しの手紙が届いていた。

日にちと時間をいくつか提示されて、そのタイミングなら何時《いつ》でもいいと記されていたので、俺は今日ここに来ている。

『誰と会うんダ？』

今回、俺を呼んだ人物は……。

「インテグラだよ」

インテグラ・セドナ・クラリース・フラグマン。

俺が駆《か》るシルバーをはじめとして、数多《あまた》の先々期文明の遺物に名を遺《のこ》した人物と同じ姓《せい》を持つ人物に……俺は呼ばれているのだった。

◇

彼女《インテグラ》について俺が知っていることは少ない。

彼女自身と話したのは一回だけ。

彼女から聞いたのは名前と、【大賢者《アーチ・ワイズマン》】であるということ。

彼女に関する話は、アズライトとリリアーナから聞いた。

二人の幼馴染《おさななじみ》であること。

幼少期に家族が彼女を遺して亡《な》くなり、天涯孤独《てんがいこどく》であったこと。

しかしその後、先代の【大賢者】に才能を見出《みいだ》され、育てられていたこと。

彼女は若くして徒弟《とてい》の中で最も才能と実力があると噂されていたこと。

あの【グローリア】の事件の少し前に、先代の命で旅立っていたこと。

旅の最中に【大賢者】になったらしいこと。

先の王都襲撃テロの最中に帰還し、ツァンロンと協力して【炎王】に対処したこと。

フラグマンの姓を名乗りはじめたのは帰還してからであること。

今は王城の設備修復に従事していること。

彼女について聞いたのはそのくらいだ。

彼女達《たち》の間には思い出話も多々あるのだろうが、そこまでは聞いていない。

また、フラグマンと名乗り始めた理由も分からない。

ともあれ、今日の話でそのあたりも聞くことができるかもしれない。

俺は城内にある先代の【大賢者】と徒弟達が使っていたという研究室の扉《とびら》をノックした。

すぐに「どうぞ」と声がして、俺が開けるまでもなく扉は内側へと開いていった。

室内には多くの書架《しょか》と机があり、机の上には様々な器具、大量の紙束が置かれている。

そんな雑然とした知識の坩堝《るつぼ》とも言うべき部屋の中心で、彼女……インテグラは小柄《こがら》な体格に比してかなり大きな椅子《いす》に、深く腰掛《こしか》けていた。今日はあのトンガリ帽子《ぼうし》を被《かぶ》っていないために、ネメシスよりもなお背が低く見える。

彼女は読んでいた紙束を机に置き、俺達に声をかけてくる。

「やあ。ようこそ、レイ・スターリング君。それとその〈エンブリオ〉君。ちょうど手が空いたところだ。良いタイミングだよ」

「ああ。こんにちは。……で、今日は何の用なんだ？」

俺がそう言うとインテグラは椅子に腰《こし》を下ろしたまま、指を振《ふ》った。

すると室内にあった椅子が二脚《きゃく》、俺達の方へと独りでに動いてきた。

「まずは座《すわ》り給《たま》えよ。少し長く話すことになるだろうからね」

「……そうか」

促《うなが》されて、俺達は近づいてきた椅子に座った。

するとまた椅子は動き出し、インテグラと話しやすい位置にまで移動していった。

それだけでなく、室内にあった小さな丸机、ティーセットまで動き出し、お茶会のセッティングをし始めていた。

「……魔法使《まほうつか》いの部屋、って感じだな」

まるで子供のころに見た海外のアニメ映画だ。

今もローブを着ているし、外で会ったときは魔女然《まじょ》としたトンガリ帽子も被っていたので、俺がこのファンタジー……とも言い切れぬほど混沌《こんとん》とした〈Infinite Dendrogram〉で会った人々の中では、最も魔法使いらしい人物だ。

俺が驚きと、そして奇妙《きみょう》な新鮮《しんせん》さに目を見張っていると、インテグラは笑《え》みを浮《う》かべながら、自動で動くティーポットに紅茶を注がせていた。

「簡単な地属性固体操作魔法の応用だよ。このお湯も熱エネルギーの増幅《ぞうふく》で沸《わ》かした。仕組みが分かれば燐寸《マッチ》を擦《す》るのと大差ないさ」

彼女がそう言うと紅茶の入ったティーカップが二つ、俺達の方にやって来た。

「でも、見てるとすごく不思議だよ」

「これを不思議と言うなら、レジェンダリアにもいつか行ってみればいい。あそこでは私がやったような魔法仕掛《じか》けではなく、生きた家具がもてなすからね」

それこそ美女と野獣《やじゅう》のアニメ映画に出てきたようなものだろうか。

「ちなみにこの茶葉もレジェンダリア産。癖《くせ》はあるが、私の好みのものだよ。気に入って

くれるといいけど……」

「うむ、いただくとしよう」

ネメシスが紅茶に口をつけたので、俺も紅茶を飲む。リアルでは嗅《か》いだことのない不思議な香気《こうき》が鼻を通るが、味自体は飲みやすい程度の渋味《しぶみ》と甘味《あまみ》があって中々良い味だ。

「おいしいよ。ありがとう」

「それは良かった。さて、本題に入ろうか。用件は二つあるけど、どちらも全く別の事柄《ことがら》なのでどちらから切り出すか迷うところだ。けど……やっぱりこちらからにしようかな」

インテグラは何か悩みながらそんなことを言っている。

俺はその間にまた紅茶を啜《すす》り、

「君、アルティミアの恋人《こいびと》なのかい？」

「ぶふぅ……!?」

行儀《ぎょうぎ》悪くも口から噴《ふ》き出していた。

「げほっ、ごほっ……！」

あまりのことに紅茶が気管に入った……！

「ち、違う！　レイはアズライトの恋人などではない！」

「え？　じゃあリリアーナの方かな？　先に会ったのも彼女らしいし」

「そっちも違うわぁ⁉」

俺が呟《せ》き込んでいる間に、ネメシスがなぜか顔を真っ赤にしながら猛抗議《もうこうぎ》していた。

あー、やっと咳が落ち着いてきた。

「ふ、二人とも大事な友人ではあるけど、彼氏《かれし》彼女《かのじょ》とかそういうのじゃあない……！」

「ふむ。二人の体とか地位に興味は？　非常に優良物件だよ？　特にアルティミア」

「ないよ！」

ていうか、友人兼《けん》国王代理を優良物件とか言うなよ！

「……そこまで力強く『体に興味がない』と言われると友人達《たち》がかわいそうなのだけど。

えー、じゃあ見たこともないのかい？　私達が一緒に入浴したのは数年前だけど、二人ともかーなーり綺《き》麗《れい》だと思うよ？」

「見たことなんてな……！　…………あ」

…………あー、うん。

アズライトのは見たことあるわ。混浴だし、事故だったけど。

「おや、ここで初検知…………え？　そっちはあるの？　わりと本気で君達の関係が気になってきたんだけど？」

「と、とにかく！　下心とか異性として好き合ってるとか、そういうのはないから！」

「……ふむ。まぁ、分かったことは分かった。これで呼び出した本題は終わりだよ」

「今のセクハラ質問が呼んだ理由だったのか御主《おぬし》⁉」

ネメシスが驚愕《きょうがく》しているが、俺も同じ気持ちだ。

二人の裸《はだか》に興味があるかとか付き合ってるかとか聞かれるために呼ばれたのか……。

「いやいや、幼馴染として二人の近くに男の影《かげ》があれば興味を持ってしまうものさ。なにせ、二人ともそういうのとは縁遠《えんどお》かったからね。気になって仕方がない」

「……子供なのにませすぎだろう」

迅羽とかもそうだったけど、何だかデンドロで会う子供って精神的に成熟し過ぎている気がするな……。

「うん？」

ただ、俺の言葉にインテグラは不思議そうに首を傾《かし》げた。

「君、たしかアルティミアと同い年か、一つ上くらいだろう？　なら私の方がいくらか年上だよ。敬いたまえ」

「え？」

マジで？　外見年齢《ねんれい》通りに十二歳《さい》くらいかと思って、『幼馴染って言っても年齢幅《はば》あるなー』とか思ってたんだけど……。

「すみませんでした……」

「ははは、冗談《じょうだん》さ。別にタメ口でも気にはしないよ。私自身が亡くなった師匠《ししょう》以外には敬語を使わないからね。気にしない気にしない。でも年上ってことは覚えておくんだよ？」

「は……いや、分かった」

しかし、ネメシスよりも幼そうで、しかもティアンなのに俺より年上だったか。

レジェンダリアにいるっていうエルフみたいに長寿《ちょうじゅ》な人種でもないだろうに。

「……で、実際には何歳なんだ？」

「女性に年を聞くなよ」

……たしかに失礼だったかもしれない。

「ではもう一つの用件に移ろう。こっちはおまけみたいなものだけどね」

マジでさっきの『恋人なのかい？』が本題だったのか……。

「実は君の所有する【白銀之風《ゼフィロス・シルバー》】を見せて欲しいのさ」

「シルバーを？」

「そう。名工フラグマン……初代の創《つく》った最後の煌玉馬《こうぎょくば》がもう一つの用件さ」

最後の煌玉馬、か。カルチェラタンでマリオさんに話を聞いたときは五騎《き》に含《ふく》まれない試作機か、あるいは新機能の実験機という話だったが……後者であるらしい。

それに初代……ということはやはりインテグラの名乗ったフラグマン姓は偶然《ぐうぜん》の一致《いっち》ではなく、先々期文明の名工から継《つ》いだ名前ってことか。

……どう考えても本題はさっきのセクハラ質問じゃなくてこっちじゃないか？

「分かった。けど、俺としてもシルバーとフラグマンについて聞きたいことが……」

「後者は私の姓……私と彼《かれ》の関係のことだろう？　それも含めて話すとするよ」

インテグラはそう言って、自分自身を掌《てのひら》で指し示した。

「まず説明すると、私が過去の名工の子孫という訳ではないよ。師匠もフラグマンだったけれど、やはり血の繋《つな》がりはない。単に我々師弟《してい》の間で継いできた名前ということさ」

「師弟の間で継いできた名前……武家や芸能で継いでいく名跡《めいせき》みたいなものか？」

「ああ。天地の風習だね。近からず、遠からずかな。私の師匠は【大賢者】であると共に、フラグマンの名も継承《けいしょう》していた。私も師匠が死んだから代わって【大賢者】に就《つ》き、フラグマンと名乗り始めたのさ。と言っても、名を継いでも技術は名工と謳《うた》われた初代には及《およ》ぶべくもないけどね」

「そういうものか」

「ああ。技術面での継承は三代目あたりで絶えたそうだからね。煌玉蟲《こうぎょくちゅう》を知ってるかな？　あれらを作ったのが三代目さ」

ああ、死音《しおん》が乗ってる蜘蛛《くも》を作った人か……。

「だから君の【白銀之風】のことは前から気になっていたんだよ。それこそ、君がこれを手に入れる前からね」

「？」

「初代フラグマンがこれを作ったことは知っていたけれど、仕様や性能に関しては代々のフラグマンにも一切《いっさい》情報が遺っていなかったんだ。他の五騎のスペック表はあるのにね」

それは不思議な話だ。作った記録があるならばスペック表を遺せなかった、あるいは記録が散逸《さんいつ》したという訳でもないんだろうが……。

「だから、フラグマンの名を継いだ私としては、一度自分の目で確かめておきたかったのさ。それで、見せてもらっても構わないかい？」

「ああ。俺としても、気になってることがあるしな」

「さっきの話かい？」

「ああ。シルバーのスキル、三つ目がまだ詳細不明なんだ。それが分かればいいなって」

煌玉獣《こうぎょくじゅう》の運用を主とする【煌騎兵《プリズム・ライダー》】となったことで、製作者である初代フラグマンのメッセージは読むことができた。

しかしそれは、『権限が足りないので詳細はまだ開示できない』というものだ。

発動したのはこれまでたったの二回。カルチェラタンの戦いとイベントでの重兵衛戦だ。シルバー自身の判断でスキルを限定使用しているようだが、そもそも何をどう使用しているのかも分からない。

今回インテグラに見てもらって、それが分かるなら僥倖《ぎょうこう》だ。

「了解《りょうかい》。それも含めて視《み》てみよう」

「外に移動するか？」

「いや、スペースもあるからここでいいよ」

了承《りょうしょう》を得られたので、俺はアイテムボックスからシルバーを呼び出した。

重兵衛に付けられた傷は既《すで》に直っているシルバーだが、屋外ではなく屋内に呼び出されたことが疑問だったのか少し首を傾げた。

それでも蹄《ひづめ》を鳴らすこともなくその場にジッと立っている。

「それじゃあ見せてもらうよ」

「分かった。シルバー、大人しくな」

『…………』

シルバーは了承したように、嘶《いなな》きのような駆動音《くどうおん》を発した。

なんだかカルチェラタンでマリオさんにシルバーを見てもらったことを思い出すな。

「少し時間がかかるかもしれないが、待っていてもらえるかな？　お茶とお菓子《かし》はいくら食べても構わないから」

「うむ！　待たせてもらおう！　モグモグ……」

「…………」

既に茶菓子《ちゃがし》に手を出していたネメシスを見て、伯爵《はくしゃく》夫人の屋敷《やしき》でネメシスがクッキーを平らげたことを思い出した。

……今回は加減しろよ？

インテグラは丁寧《ていねい》にシルバーを扱《あつか》っていた。

手で触《ふ》れ、あるいはレンズや端子《たんし》のようなものを近づけて何かを確かめている。

「分解はしないんだな」

「ある程度は《透視《とうし》》や精査の魔法で開けなくても視えるからね。それに言っただろう？　私の技術は初代に及ばない。迂闊《うかつ》に分解して戻せなくなっても困る」

「なるほど……」

子供の頃《ころ》、好奇心《こうきしん》に負けてドライバーで玩具《おもちゃ》の時計を分解してみたら戻せなくなった思い出が蘇《よみがえ》る。あのときは兄がちゃっちゃと直してくれたが。

しかしインテグラの話を聞くと、生物然としたフォルムのシルバーも内部は精密機械であることを思い出す。

そういえばあの鯨《くじら》や兜蟹《かぶとがに》も生物らしいフォルムだった。

先々期文明の機械はああいうものが多かったんだろうか？

と、ここで一つの疑問を思い出した。

「なぁ、ちょっと質問してもいいか？」

「どうぞ」

「シルバー達……煌玉馬を含めた煌玉獣って他の機械とどう違うんだ？」

残骸《ざんがい》から得られた情報によれば、同じく生物型だった鯨と兜蟹は煌玉獣ではなかったそうだし、両者の区別がどこにあるかは疑問だった。

「どう違うか、ね。シリーズが違うと言えば話は早いけど、そういうこととは別に先々期文明の頃はある程度の定義付けが為《な》されていたらしいよ」

「定義付け？」

「大雑把《おおざっぱ》に言えば、次の二つの条件にあてはまるものが煌玉獣だよ。『人工知能を搭載《とうさい》し、自律行動ができる』。そして、『人間の搭乗《とうじょう》を前提とする』というものさ。ああ、大前提として、魔力で駆動《くどう》するというのもあるけどね」

人工知能による自律行動と、人間の搭乗。

それはどこか矛盾《むじゅん》しているようにも思うが……シルバーはたしかにそれに当てはまる。

「だから、人工知能のない今の〈マジンギア〉のような機械は煌玉獣ではないし、人工知能はあっても人間の入る余地がない機械式ゴーレムも当てはまらないのさ」

「そういう区分か」

無人機だった鯨と兜蟹はこちらなのだろう。

「それと、初代が作ったものの中には煌玉人《こうぎょくじん》というのもあるよ。人工知能を搭載したスタンドアローンの機械人形さ。それらは人間の搭乗を前提としないため、煌玉と付いていても煌玉獣ではない。だからこそ煌玉人と名付けたのかもね」

「なるほど……」

「ややこしいことに、君とアルティミアがカルチェラタンで戦ったっていう量産型煌玉人、煌玉兵は人間……というか生物の搭載を前提にしているから煌玉獣なんだよ」

……なんか生物の分類みたいになってきた。

ハクジラ亜目イッカク科シロイルカ属シロイルカ……みたいな。

「じゃあ今からでも人工知能搭載して人間が搭乗する機体を作れば、それは煌玉獣認定《にんてい》されるってことか？」

「されるだろうけど、難しいね。なにせ人工知能関連の技術が遺失しているもの。レジェンダリアや黄河は精霊《せいれい》や霊魂《れいこん》を器物に封じ込めて人工知能にするけど、煌玉獣に必要なのはそういう魔的な知能ではなく、純然たる科学技術に基づいた人工知能だからね」

区分けは大雑把に思えたが、その実レギュレーションは細かいようだ。

「初代や三代目はそれに関して天才的だったけれど、後続の私達は誰もできないんだよ。基礎《きそ》知識を伝えられても理解できない、と言うべきかな」

「そういうものか……」

「大昔のドライフでは、古代の機械式ゴーレムを捕獲《ほかく》して人工知能を取り出し、それを現行の〈マジンギア〉に載《の》せる研究も一時期していたらしいけれどね。プログラムの再調整ができなくて頓挫《とんざ》したと聞くよ」

ドライフで人型ロボットができたのは、フランクリンの〈叡智《えいち》の三角〉が【マーシャルⅡ】を作ってからだ。それまでは戦車型やパワードスーツ型しかなかったので、人型であろうゴーレムの人工知能をそのまま流用できなかったのだろう。

そもそも、人間が搭乗するようなプログラムにもなっていなかったはずだ。

「じゃあカルチェラタンの【セカンドモデル】工場は……」

「ある意味、画期的な〈遺跡《いせき》〉だよ。ひょっとするとここから煌玉獣の時代が再興するかもしれない。【煌騎兵】に就く人も増えているようだしね」

現在の王国では【セカンドモデル】の普及《ふきゅう》に合わせ、【煌騎兵】のジョブを取得する〈マスター〉やティアンが増えている。

ある程度の速度を発揮でき、空中を歩行し、バリアも展開できる。機械であるがゆえに体調の差異もないし、世話の手間もかからない。

乗騎としては既存《きそん》の騎獣《きじゅう》より扱いやすく、人気であるそうだ。

まぁ、一定の力量を超《こ》した騎兵《きへい》系統は、既に愛用する騎獣がいるので乗り換《か》える人も少ないらしいが。

「ああ、そうだ。オリジナルの煌玉馬を持っている君に伝えておきたいことがある」

「？」

「初代の遺した情報を整理していて見つけたもの……煌騎兵系統上級職の解放条件さ」

「あ、それは気になる」

たしか、まだ誰も就いていなかったはずだ。

カタログにはなく、〈DIN〉の情報網《じょうほうもう》にも掛《か》かっていない。シルバーのメッセージにあった権限どうこうも、上級職になれば解禁されていくかもしれないので気になる話だ。

「煌騎兵系統上級職、【煌玉騎《プリズム・キャバリア》】の解放条件は三つ。まず、【煌騎兵】のスキルである《煌玉権限》のスキルレベルが一以上であること。次に、合計レベルが四〇〇に達していること。そして最後に……」

「最後に……？」

「世界全体での《煌玉権限》のスキルレベルの合計が五〇〇〇を突破《とっぱ》していること」

……なんだって？

「それって……」

「要するに、世界中で煌玉獣と【煌騎兵】が普及していないと出てこないんだよ、このジョブ。レベル条件も厳しいし、レア上級職の類だね」

……なるほど。それでは誰も就いていない訳だ。

【煌騎兵】をカンストしても、《煌玉権限》のスキルレベルは一止まりだからな。

「単純計算で五〇〇〇人が就かなきゃダメなのか……」

「まぁ、段々と普及しているし、このペースならそう遠くない内に届くんじゃないかな」

〈マスター〉だけだと厳しいが、ティアンでは王都以外……貴族諸侯《しょこう》の各騎《き》士《し》団《だん》でも配備が進んでいる。

たしかに、達成は不可能ではなさそうだ。

じゃあそれまでに下級職のレベル上げを終えて準備しておくか。現状は特に上級職の選《せん》択肢《たくし》もないし、シルバーがいるならその【煌玉騎】になるのも良さそうだから。

このままだとシルバーも力を発揮しきれない。……宝の持ち腐《ぐさ》れにならないように気をつけよう。

しかし……ここまで話を聞いていて一つの疑問を覚えた。

「煌玉獣って初代フラグマンが作ったものだよな？」

「そうだね」

「けど、その前から【煌騎兵】のジョブはあったのか？」

ジョブ自体が煌玉獣の普及を前提とした煌騎兵系統。

煌玉馬が存在しなければ、ジョブ自体がほぼ無意味な代物《しろもの》になる。

では、煌騎兵系統ジョブは、煌玉獣が誕生して新たに増えたのだろうか？

「初代が作る前からジョブ自体はあった、と伝わっているよ」

「それも不思議な話だな。存在しないもののためにジョブがあるなんて……」

因果関係がこんがらがっている。

「うん。でも、これは煌騎兵系統に限らず、ジョブ全般《ぜんぱん》に言える話なのだけれどね」

「？」

「これは私の師匠……のさらに師匠が調べた話」

インテグラがそう言うと、部屋に置いてあったキャスター付きの黒板がカラカラと俺達の近くに動いてきた。次いで、白墨《チョーク》が独りでに動き出して黒板に絵を描《か》き始めた。

ちなみにそれらを魔法《まほう》で行っているのだろうインテグラは、今も視線と手はシルバーに向けたままである。

……なんか魔法使いじゃなくて超能力者《ちょうのうりょくしゃ》みたいだな。

「天地には【角力士《スモウ・レスラー》】という変わった上級職がある。それは相撲《すもう》という競技にも関《かか》わりがあるのだけど」

ああ、〈Infinite Dendrogram〉のジョブにもあるんだっけ。

神事じゃなくてあくまで競技なんだな。……それはさておき、黒板にデフォルメされたおすもうさんが描かれているのは説明のためなんだろうか。

「ところが、相撲という競技の文化はこの一〇〇〇年かそこらの間に広まったものなんだよ。【角力士】の方は先々期文明の頃にも見つかっていたらしいのにね」

「……うん？」

競技が広まる前から、その競技に関連したジョブがある？

【煌騎兵】と同様に、卵とニワトリの関係がおかしなことになっている。

「聞いた話では、〈マスター〉の移動する向こう側の世界にも、【角力士】と同じジョブがあるそうだね」

「ああ、うん。ジョブっていうか、職業だけど。別にジョブに就いたからってレベルやスキルがある訳でもないし」

「そういうものだと聞いているよ。そちらはまず競技があって、ジョブがあるのだろう？」

「ああ……」

その点が、リアルとこちらでは真逆だ。

「同じような話は他にもある。そもそも、人が機械技術を使い始める前から【整備士《メカニック》】はあったのだろうしね」

……そうか。そもそも、煌騎兵系統に限られた話ではないのか。

「名称《めいしょう》は、君達の移動する向こう側と一致しているものも多い。私の【大賢者】のような魔法職だってそうだろう？」

「実在非実在はともかく、概念《がいねん》としては存在するな」

「それは偶然の一致かもしれない。あるいはこの世界を創った何者かが、この世界にジョブという仕組みを埋《う》め込むときに、君達の移動する向こう側のような……『どこか他の世界に存在する職業』を参照してジョブを定めたのかもしれない」

「…………」

ゲーム的に考えれば、現実の職業を参考にしてジョブを設定し、プログラミングした。

けど……〈Infinite Dendrogram〉の場合、そうでない可能性もある。

「じゃあ【煌騎兵】と煌玉獣は……」

あれらが異彩《いさい》を放つのは、リアルに存在しないため。

他のジョブ……リアルに存在する職業や概念と違って、ここにしかないものだからだ。

だけどもしかしたら……。

「〈マスター〉の移動する向こう側でもないどこかには、【煌騎兵】という職業があって、煌玉獣も一般的《いっぱんてき》に扱われていたのかもしれない、ということさ」

リアルでも、〈Infinite Dendrogram〉でもないどこか。

それは別のゲームかもしれないし、あるいは……。

「しかしそうなると、初代フラグマンは偶然にも煌玉獣の仕様に当てはまるモノを作ったってことか」

人工知能を積んで、人の使用を前提とした、魔力《まりょく》で動く機械。

偶然に作ることは確かにあり得る。

そして作ったからこそ【煌騎兵】が日の目を見た。

「むしろ【煌騎兵】や上級職の【煌玉騎】から反映して、作ったモノが煌玉獣と呼ばれるようになったのか？」

「普通に考えれば、そうなるね」

「だよな。そうでもないと初代フラグマンが最初から煌玉獣や【煌騎兵】のこと、それらがあるどこかを知っていて作ったことになってしまうし」

この世界に存在しない概念を、この世界に存在する者が知っていることはありえない。

だから、やはり偶然の一致なんだろう。

バカなことを言ってしまった。

「…………………」

けれどなぜか――インテグラは俺を凝視《ぎょうし》していた。

それは素《す》っ頓狂《とんきょう》なことを言い出したことに呆《あき》れているというよりは、むしろ……。

「インテグラ？」

「……いや、〈マスター〉の想像力は凄《すご》いなと思って感心したんだよ。私が師匠から最初に話を聞いたときは、そんな風には考え至らなかったからね」

「そうか。まぁ、流石《さすが》にありえない考えだからな」

「ははは、そうかもしれないね。ああ、ちょうどシルバーのチェックも終わったよ」

インテグラはそう言って、シルバーから手を離《はな》した。

「早いな！　ずっと話し込《こ》んでいたのに……」

「これでもフラグマンの名を継いでいるからね。話しながら作業を進めるくらいはできるさ。さて、幾《いく》つか話したいことがある」

インテグラは椅子に座り、喉《のど》を潤《うるお》すためか紅茶を一口飲んでから話し始める。

「まず基本は他の煌玉馬の設計と大差なかったよ。……が、胴体《どうたい》に未知の機構が入っているし、全身にもそこに繋がった配線が通っている。恐《おそ》らくここが【白銀之風】のオリジナリティなのだろうね」

「オリジナリティって？」

俺が尋《たず》ねると、インテグラは深く溜息《ためいき》を吐《つ》いた。それは俺の質問に対してではなく、その『オリジナリティ』に対するものであるように感じられた。

「失礼。……まぁ、言ってしまえば初代フラグマンは天才だったけれど、一つ問題があったということさ」

「問題？」

「それは、同じものを二つは作らないということ」

「え？　でも【セカンドモデル】やカルチェラタンの煌玉兵は……」

「少し語弊《ごへい》があったね。正確には、手ずから作る一品物は、ということさ。工業生産の量産型は別だよ」

「ああ、そういうことか。でも、芸術家とかなら普通じゃないか？」

「……初代は芸術家じゃなくて、あくまで科学者だ。優《すぐ》れたモノならば複製して当然なんだ。一度作れば、量産できる。……でも、初代はそうじゃなかった」

そう言ってインテグラは再び溜息を吐いた。

「己《おのれ》が全身全霊《ぜんれい》を傾《かたむ》けて作るモノは、常に別のモノ。だからどれほどの傑作《けっさく》でも複数は作らなかったし、結果として駄作《ださく》ができても気にしなかった」

「傑作と駄作……」

「傑作は煌玉人の一体。銘《めい》は【瑪瑙之設計者《アゲート・デザイナー》】というのだけど、端的《たんてき》に言えばＤＥＸ極振《きょくふ》りのアンドロイドさ。そこらの生産系超級職が裸足《はだし》で逃《に》げ出すくらいの製作技術を持っていた。加工技術に関しては初代フラグマンさえ上回る。実際、初代の助手として様々な開発に従事していたそうだ」

「それはすごいな……」

「ああ、すごいだろう。でも、初代はそれさえも複製しなかった。明らかに開発速度が向上するのが分かっているのに、一体だけしか作らなかった。コンセプトすら被らせなかったんだよ。そればっかりは理解に苦しむ。ＥＮＤ特化やＡＧＩ特化を作るより先にそれを複製してほしいよ。というか遺っていれば二代目から私までもっと手際《てぎわ》よく……」

「どうどう」

余程《よほど》にそのことについて腹に据《す》えかねているのか、インテグラはなんだかヒートアップしているようだった。

シルバーもちょっとビビっている。ネメシスは気にせずお菓子を食べている。

……ていうかネメシスはさっきから全く話に絡《から》んでこないな。

「……すまないね。フラグマンとして継いだものは色々あるのだけれど、【瑪瑙《アゲート》】は遺しておいてほしかったのに遺ってないものの筆頭だったからね」

たしかに、そんな煌玉人がいれば王国の情勢ももっと良くなっていたかもしれない。

「それで話を戻《もど》すが、コンセプトを被らせないことを重視していたために、事前に『駄作なんじゃないか』と思われるものでも作ってしまう」

「それって？」

「【黒曜之地裂《オブシディアン・アースエッジ》】という煌玉馬だ」

……それ、フィガロさんの持ってる馬なんだけど。

「そもそも煌玉馬のコンセプトは『戦闘《せんとう》系超級職の戦域拡大』だったのに、空も飛べないし海上も走れないので意味がない。おまけに地上に戦域を限定するならば、ＡＧＩ系の戦闘系超級職は自分で走った方が速いときている。無用の長物なんだよ」

……フィガロさんも言ってたなぁ。『自分で走る方が速いから、レース競技でしか使わない』って。

「おまけに他機種に比した利点である馬力と重装甲《じゅうそうこう》も、超級職同士の戦闘……奥義《おうぎ》の撃《う》ち合いではあってないようなものだ。シリーズのコンセプトに真っ向から対立した結果出来上がった駄作なので、はっきり言って救いようがない」

滅茶苦茶酷評《めちゃくちゃこくひょう》されてる……。

「強《し》いて言えば、耐久《たいきゅう》系超級職の騎馬《きば》としては有用かもしれないね。少し前までのゴルドと同じく、破損する可能性は高いけれど」

「それも怖《こわ》い話だな。それで、シルバーのオリジナリティって何だったんだ？」

恐らくはそれが、第三のスキルにも関わるものだろう。

「それは……」

「それは……？」

俺は固唾《かたず》を飲んでインテグラの言葉を待ち、

「――分からなかった」

――昔の漫画《まんが》みたいに椅子《いす》ごとひっくり返った。

「そ、そうか……。分からなかったか……」

「正確には、全部は分からなかったということさ。分かったこともある。とりあえず、この子の機構は『風属性魔法』の類じゃない」

その言葉に、今度は別ベクトルで驚《おどろ》いた。

「風属性じゃないって？　でも、《風蹄》を何度も使っているし、そもそも名前も【白銀之風】だぞ？」

「どうもその【風】ってネーミングは、そのときの初代フラグマンの感傷によるものらしいからね。機体としての本質は別にありそうなんだ」

「機体としての本質……」

思い出すのは、カルチェラタンの空。

鯨との戦いで激突《げきとつ》必至と思えたあの瞬間《しゅんかん》、シルバーに乗った俺達《たち》は鯨の真下にいた。

あるいはあれが第三のスキルと……シルバーの本質に関わるものだったのか。

「それに、風属性だと腑《ふ》に落ちないこともある」

「というと？」

「先の講和会議。陛下がこれで風属性煌玉馬である【翡翠之大嵐《ジェイド・ストーム》】と戦ったけど、速度で大幅《おおはば》に負けて旋回《せんかい》性能で僅《わず》かに上回っていた、という程度らしいんだ」

「ああ。俺もアズライトから話は聞いてる」

「でもね、純粋《じゅんすい》に同じタイプならば後発の【白銀之風】が劣《おと》るとは思えない。何より、同じものを作るのが大嫌《だいきら》いな初代が同じ属性を使うのも考えづらいからね」

ああ、たしかに。さっきの話からだとそうなるか。

「そもそも《風蹄》の『空気を圧縮して足場やバリアにする』だっけ？　物理的に考えれば圧縮の過程で保持していた熱量まで凝縮《ぎょうしゅく》されてプラズマ化してるはずさ。そうならない時点で、単純な気体操作でもなさそうだ」

「なるほど……」

言われてみれば……だ。使えなかった第三スキルだけでなく、これまで何気なく使ってきたものも含めて謎《なぞ》が多いことに気づく。

「だから現状は、『オリジナリティの作用が結果として風属性と類似《るいじ》している』というところだよ。そしてオリジナリティの候補として可能性が高いのは分……」

何事かを言いかけて、しかし彼女《かのじょ》は口をつぐんだ。

「インテグラ？」

「……いや、不確かな推論を述べるのはやめておくよ。これでもフラグマンの名を継ぐ者として、初代フラグマン最後の煌玉馬を使う君に誤った情報を伝えたくはないからね」

「そうか」

聞きたいとは思ったが、やめておこう。

彼女は自分の継いだ名前に誇《ほこ》りを持っているように見える。その彼女がこのように言うのなら、今は聞くのも悪いだろう。

「と、まぁこれで私の用件は済んだかな。今日はわざわざ手間を掛けさせたね」

「こっちこそ、今日の話はためになったよ。特に【煌玉騎】は目指したくなった」

「ああ、是非《ぜひ》そうしておくれ。【白銀之風】や【セカンドモデル】を遺《のこ》した初代もそれが本望《ほんもう》だろうさ」

そうして話は終わり、俺がシルバーを仕舞《しま》うと、

「む？　話は終わったのか？」

……黙々《もくもく》と菓子を喰《く》っていたネメシスが、ようやく食べるのをやめて俺の方を見た。

「ネメシス……」

「こ、この菓子が恐ろしく美味でな。クマニーサンのポップコーン級かそれ以上だった」

「マジで⁉」

あれ以上って相当だぞ⁉

「俺も味見を、……なぁ、ネメシス」

「…………う、うむ。平らげてしまった」

どうやら話の終わりを察して食べるのを止めたのではなく、食べ終わったから止めただけであったらしい。

近頃《ちかごろ》はちょっと食欲が大人しいと思っていたが、これである。

こいつ、俺が話に集中してると横で食いまくるよな。

「……自動配膳《はいぜん》するようにしていたけれど、全部食べたのかい？」

インテグラは驚いたような、呆れたような、微妙《びみょう》な顔だった。

「……悪いな、インテグラ」

「いやいや、君らにここまでご足労願った対価としては、安い出費さ。まぁ、本当ならお土産《みやげ》に持たせたいところだったけど、その分まで切らしてしまったようだ」

ネメシス……。

「うむ。美味であった。あれは誰《だれ》が作ったのか？」

「あー。今はカルディナにいる知り合いが作ったものだよ。だから、しばらくは仕入れられないかな」

「ははは、また届いたら渡《わた》すよ。今度は君の口にも入るようにね」

「むぅ、残念だのぅ」

「ああ。楽しみにしてるよ」

そうして、インテグラとの話は終わった。

最初に会ったときは俺を視る視線が気になったけれど……あれは自分がいない間に幼馴《おさな》
染《じみ》二人に近づいた俺を警戒《けいかい》していたのかもしれない。

今日の本題だというセクハラ話も、考えてみればそういうことだったのだろう。

彼女は彼女で、友人達《たち》を大切にしている。

なら、それでいいのだろう。

「あ、そうだ。レイ・スターリング君」

「？」

部屋を出ようとする俺の背に、インテグラが声をかけてきた。

「最後に一つだけ聞きたいんだけど」

「ああ、何だ？」

「君はどうして王国のために尽力《じんりょく》するんだい？」

……前にも似たようなことを聞かれたな。

でも、答えは変わってない。

「アズライトやリリアーナ、他にも王国で知り合った人達が……この国が好きだからだよ。それが滅《ほろ》んだら後味が悪いから頑張《がんば》ってるだけだ」

「そうか。……うん、なるほど。そうか。そうか。君は……そういう奴《やつ》なんだね」

「？」

「いや、いいんだ。今度こそ用件は済んだよ。今日はありがとうね」

「ああ。そっちこそシルバーの調査おつかれさま」

「茶菓子、ご馳《ち》走様《そうさま》だ」

そうして言葉を交《か》わし、俺達はインテグラの部屋を出た。

さて、そろそろギデオンに向かうか。

今からなら、日が暮れる前には着けるだろう。

◇◆◇

□■【大賢者】インテグラ・セドナ・クラリース・フラグマン

一人と一体が部屋を出て、扉《とびら》が閉じ、室内の防諜《ぼうちょう》設備が再起動したのを確認《かくにん》して……私はこの部屋に仕込《しこ》んでいた魔法の動作を確認する。

私がこの部屋に仕込んでいたのは、端的に言えば嘘《うそ》発見の魔法だ。《真偽《しんぎ》判定》よりもさらに高度で、相手の体温や心拍数《しんぱくすう》、脳波からさらに細かく判定するもの。

それこそ、『嘘は言っていないが本当のことをはぐらかしている』場合や、『腹に後ろ暗い思いを抱《かか》えている』場合も検知できる。

家具に仕込んだ魔法に紛《まぎ》らわせていたので、気付かれることもありえない。

この部屋自体が尋問《じんもん》室。

そして今日は、この部屋でレイ・スターリングに探《さぐ》りを掛けることが本題だった。

あまりにも突然《とつぜん》に現れ、それでいてアルティミアやリリアーナ、それとギデオン伯爵のような王国の中枢《ちゅうすう》に近い人間とのコネクションを得た人物。数いる〈マスター〉の中でも王国に与《あた》えた影響《えいきょう》は大きい。

本人の戦力は準インフィニット級……〈超級〉には届かない。

しかし、Mr.フランクリンやローガン・ゴッドハルトといった〈超級〉を倒《たお》している。

さらには初代フラグマンの遺したもので、唯一《ゆいいつ》私達フラグマンにも詳細《しょうさい》不明な【白銀之風】を所有している。

外部から得られた情報は、あまりにも私達にとって奇異《きい》に見える。

彼《かれ》がどのような人物で何を目的として動くのか。直接確かめることが今回の目的だった。

あるいは、〝化身《けしん》〟と直接つながった連中の手駒《てごま》という可能性すら視野に入っていた。

しかしその結果は……。

「……結局、反応があったのは『裸《はだか》を見たことがない』の一点だけか。笑えるね」

裏も表もなく、ほぼ思ったままを口にしていたということだ。

あの、『この国が好きだから頑張る』などと、真顔で言えば疑われる言葉さえも。

欲や対価ではなく、失わないために動く者。

王国にとっては酷《ひど》く都合の良い人間だ。……まぁ、私達を含《ふく》めて都合の悪い人間が多すぎるのだから、あのくらいに都合の良い人間がいてもいいのだろうけど。

ともあれ、彼は何も偽《いつわ》っていなかったし、逆に……私への疑心も持っていなかった。

「私が用意した茶も警戒なく口にしたし、切り札の一つだろう【白銀之風】の情報開示にも躊躇《ためら》いがない」

そこまで私を信用した理由は……分かる。

私がアルティミアとリリアーナの幼馴染であり、友人だからだ。二人の友人である私に対してもあれほど無警戒になるくらいには……あの二人を信頼《しんらい》しているということ。

そこに嘘はないのだろう。色恋《いろこい》や下心、政治的野心もないのは確かめた。

そもそも、リリアーナはともかくアルティミアの時は彼女が王女であることすら気付いていなかったらしい。

つまりこれまで二人を助けたことも、打算のない……彼にとってごく自然な動きだったということだ。

「……その生き方は、辛《つら》いだろうに」

〈マスター〉の肉体は再生する。痛覚も消せるかもしれない。

だからと言って、心が傷つかない訳ではないだろうに。

本心からこの国の人々が好きで、守りたいと思っているのなら……傷はつくはずだ。

あるいは、既にどこかで負っているのか。

それで変わったのか。あるいはそれを経ても変わらなかったのか。

あるいは……この先も変わらないのか。

私が行うことも、あるいは【邪神《ジ・イーヴィル》】が引き起こすことも、そして〝化身〟の目論見《もくろみ》も、

全《すべ》ての出来事に『後味が悪いから』という理由だけで立ち向かうのかもしれない。

傷つきながらも……眼前の悲劇を覆《くつがえ》そうとし続けるのかもしれない。

「…………」

それは私達とは違《ちが》うけれど、同じく茨《いばら》の道だった。

けれど、そんな彼の本心と在り様に……私はもう一つ確信したことがある。

「やはり〈マスター〉は一枚岩ではないし、完全な自由意思がある」

一個人としての意思は、【猫神《ザ・リンクス》】などの〝化身〟の偽装《ぎそう》体を除けば、全ての〈マスター〉が保ち続けていると見るべきだ。

〈エンブリオ〉の仕組みは不明だけど……〈マスター〉自体は〈エンブリオ〉《劣化〝化身〟》に寄生された人間か。

そしてそのような関係性であるならば、彼ら自身の耳目《じもく》で得た情報が〝化身〟に集積されている可能性はある。

それでも問題はない。

今回、私が彼に説明したことに嘘はない。

私が〝化身〟にとって不都合な知識までも継承《けいしょう》していることは漏《も》らしていない。

その上で、聞かれても問題のない範囲《はんい》で、自らの立ち位置を明かした。

そしてこの程度の段階で〝化身〟がこちらを消しに来るならば、私は死ぬ。

でも、クリスタルが無事ならば次代以降の動きを修正させることはできる。

……私としては、私の代でケリをつけるつもりだけど。

「講和会議でのクロノ・クラウンとカシミヤの戦闘を振《ふ》り返れば、当人の〈エンブリオ〉の支配権は〈マスター〉自身が全て握《にぎ》っているのは間違《まちが》いない。それは〝化身〟にとっても基本的には制御《せいぎょ》の外ということ。……であるならば、〝化身〟に近い力を持つ〈マスター〉をこちら側に引き込むのも有用だ。最後には切り捨てるとしても、戦力としては役に立つ」

ふと、先ほどまで話していた彼のことを思い出し……私は首を横に振った。

「レイ・スターリングは……無理だろうね」

あれは信頼の置ける人格の持ち主だ。

だが、その人格ゆえに絶対に私の側には立たないと確信できる。

必要なのは――『世界を滅ぼしてでも〝化身〟を殺したい者』。

それほどの動機と力を持つ〈マスター〉が必要だ。

留守にしていた間の王国の情報を集めるという名目で、〈マスター〉に関する情報も集めさせている。研究室の紙束は、王国に在籍《ざいせき》する〈マスター〉のリストだ。

この中に……望む人材達がいる可能性はある。

「……既《すで》に一人は目星をつけている」

私は紙束の中から、付箋《ふせん》をつけた一枚を取り出す。

そこには在りし日の闘志《とうし》に満ちた男の写真が貼《は》られ、能力や実績が書かれている。

かつての決闘《けっとう》ランカーであり、巨大《きょだい》クランのオーナーであった男。

そして、全てを失った者。


このような人物ならば、私と意思を同じくできるだろう。

私に必要な人材は王国……アルティミア達とは違う。

失くさないために動くレイ・スターリングではない。

失くしたからこそ動く人物が、私には必要だ。

「――折れた剣、か」

■〝監獄《かんごく》〟

世界の何処《どこ》かにある〝監獄〟において一つの異変が起きていた。

〝監獄〟内にある、名もなき都市。

囚人達《しゅうじんたち》が住まうこの空間に……しかし生命の気配はない。


その日、〝監獄〟の住人は極僅《ごくわず》かな例外を除いて死に絶えていた。


西部劇に出てくるような都市……囚人達の生活スペースに動く者の姿はない。

自動でアイテムを提供する販売機《はんばいき》が、光と音を垂れ流すだけ。

あるいはそれすらも、金銭を投入された後の操作画面だけが表示された……あたかも操作の途中《とちゅう》で人が消えたかのような有様。

それほど唐突《とうとつ》に、容赦《ようしゃ》なく、街一つが死に絶えている。

「…………こわいわー」

そんな〝監獄〟の様子を、囚人にして〈超級〉であるガーベラは喫茶店《きっさてん》〈ダイス〉の店内からガラス越しに眺《なが》めていた。頬杖《ほおづえ》をつき、やる気のなさそうなダウナー寄りの声音《こわね》だったが、抱えた心情は偽ることなく『怖い』という言葉のままである。

その言葉は、彼女の隣《となり》でキャラメル・マキアートを啜《すす》る人物に向けられていた。

「ふっふーん。GODは今日もマジで満足なのネ♪　ここまで完璧《かんぺき》なキャラメル・マキアートを〝監獄〟で飲めるのは素晴《すば》らしいのネ。グッジョブ！　ゼッちゃん♪」

「それは良かった」

至極《しごく》頭の悪そうな言葉遣《ことばづか》いでそう言う女装した少年――【疫病王《キング・オブ・プレイグ》】キャンディ・カーネイジに対し、店主であるゼクスは微笑《びしょう》を浮《う》かべながらそう答えた。

そんなキャンディの傍《かたわ》らには彼と同じほどのサイズのハンマー……の如きメスフラスコが置かれている。

あるいはそれはメスフラスコですらないのかもしれない。

透明《とうめい》な球体部分の中身は複数の層になっている。それらの層の一つ一つが培地《ばいち》を収めたシャーレに似ており、球体の内側でそれらのシャーレはゆっくりと回転している。

そして球体表面の数ヶ所、等間隔《とうかんかく》に空いた穴から聞こえる微《かす》かな空気の噴出音《ふんしゅつおん》は、目に見えないサイズの何かが放出していることを窺《うかが》わせる。

そしてそれこそが……〝監獄〟の街が死に絶えた原因だとガーベラは知っている。

この奇妙《きみょう》なメスフラスコこそ、【疫病王】の〈超級エンブリオ〉。

世にも珍《めずら》しき三重複合型《トリプル・ハイブリッド》にして同種複合型《ツイン》。

TYPE：レギオン・ウェポン・カリキュレーター。

銘を——【悪性神威《あくせいしんい》　レシェフ】。

エジプト神話と聖書に名を残す獰猛《どうもう》な疫病神《やくびょうがみ》をモチーフとし、〈超級エンブリオ〉でも最大規模の殲滅《せんめつ》能力を有するモノ。

レシェフの能力を、ガーベラは幾らか知っている。

その能力特性こそは、悪性変異と感染《かんせん》拡大。

レシェフの内部に生物の細胞《さいぼう》や素材を入れ込み、その生物に効果を発揮する細菌《さいきん》を自動的に研究し、開発し、増殖《ぞうしょく》させ、周囲にばら撒《ま》くというもの。

この〈エンブリオ〉の最も恐ろしい問題は……研究して開発して増殖させてばら撒けて

も、コントロールはできないということ。

精々で増殖回数を制限して死滅《しめつ》までのタイムリミットを設定するか、今行っているように……キャンディ自身やゼクス、ガーベラの体細胞《たいさいぼう》（加えてアルハザードの一部）を読み込んでおき、細菌感染の『対象外』にするくらいのもの。

制御できるのはその程度で、ばら撒いたものがどれほど感染拡大するかは未知数だ。

外界の細菌も、彼が〝監獄〟に収容された後に管理ＡＩが手を打っていなければ、まだ広まっていたかもしれない。

（……これ、この店も含めてバイキンだらけってことよね。それも憂鬱《ゆううつ》だわー……。不衛生でコーヒー飲めないじゃない……）

お気に入りのイルカのカップに入ったコーヒーを、飲みもせずに液面を揺《ゆ》らしながらガーベラは溜息を吐いた。

放出後のコントロールを省いた細菌改造の効果は、規格外の領域にまで向上している。

今現在、レシェフが放出している細菌は三種類。

重度の病毒系・拘束《こうそく》系状態異常を併発《へいはつ》させる《土に溶ける未来《フューチャー・ソイル》》。

肉食系の細菌が生物を体内から食《く》い荒《あ》らす《崩れゆく現在《プレゼント・コラプス》》。

既に罹患《りかん》している病源菌の働きを活性化させる《穴だらけの過去《パスト・ホール》》。

三種の細菌によるバイオハザードにより、囚人達は抗《あらが》うこともできずに全滅《ぜんめつ》した。

並大抵《なみたいてい》の状態異常対策では《過去》によって促進《そくしん》される《未来》に抗《こう》しえず。《快癒万能霊薬《エリクシル》》を飲もうと、純粋な肉食細菌である《現在》が体内を食い荒らすことは妨《さまた》げられない。

そも、細菌の全てが病術師系統超級職【疫病王】のパッシブスキル《アンダーグラウンド・プロスペリティー》によって、感染力《かんせんりょく》や生命力が強化されている。

細菌は拡大を続け、いずれは〝監獄〟を埋め尽《つ》くすかもしれない。

放出した後の細菌はキャンディにもコントロールできないため、彼には止められない。

そもそも、彼自身にはバイオハザードを起こしても、終息させる気がない。こんな〈エンブリオ〉になった精神性も含め、キャンディは〈超級〉の中でも捻子《ねじ》が外れている。

その結果が〝国絶やし《リージョン・ロスト》〟という二つ名であり、滅んだ小国の廃墟《はいきょ》と住人達の墓標である。

（ていうか、私やオーナーの髪《かみ》の毛を〈エンブリオ〉に放り込んで解析《かいせき》したから、バイキンの対象外に設定できたっていうけど……。それって逆に言えば私達だけを対象にしたバイキンも作れるってことよねー。……首根っこ掴《つか》まれてるじゃない）

今更《いまさら》ながら自身の命をキャンディに握られたことに気づき、ガーベラは慄《おのの》くが……。

（……あ、違うわ。どっちにしてもコイツがやる気なら私死ぬわ）

狙《ねら》ってやろうが、狙わずに周囲一帯ごとやろうが、どちらにしてもキャンディの殲滅から は逃げられない。

(なんだ。じゃあ気にするだけ無駄《むだ》じゃない……。もう……)

不貞腐《ふてくさ》れながらガーベラはテーブルに突《つ》っ伏《ぷ》した。『最近突っ伏すことが増えたわー……』などと自覚もしている。

(ていうか、私はともかくオーナーはよくそんな……あ、違うわ)

そして自分ではなく、自分同様にキャンディに髪の毛を渡したゼクスに関して、気づく。

(オーナーはその気になれば体細胞なんていくらでも変えられるじゃない。そもそも、スライムにどの程度バイキンが効くの……?)

以前、ゼクスとハンニャの二人でキャンディを倒したことがあるとはガーベラも聞いている。恐らくゼクスはその特性ゆえに疫病の効きが弱かったのだろう。

(……あれ？　それだとハンニャさんは……。あ、そっちはそういうことね……)

そしてハンニャに関しても、ガーベラは気づく。

ハンニャのサンダルフォンの能力特性の一つは、ランダムな空間の配置変更《へんこう》。

通常ならば疫病の中心地であるキャンディに辿《たど》り着くまでにその体は感染し、相対することなく死に至る。

しかしサンダルフォンならば、配置次第《しだい》では一歩踏《ふ》み出すだけでキャンディ本人に辿り着ける。ハンニャ本人が一〇〇メテルの高みにいることも影響しているかもしれない。

（〈エンブリオ〉の相性《あいしょう》差って奴よねー……。私は相性悪いけどー……）

存在を認識《にんしき》されなくとも、生物である限りは充満《じゅうまん》した細菌に感染せずにはいられない。

ガーベラのアルハザードでは、キャンディのレシェフを攻略《こうりゃく》できない。

（……今みたいに最初から近くにいれば別だけれど）

しかし近くにいられるのは、一応は味方同士だからだ。

敵対するならば、【疫病王】が蔓延《まんえん》させた疫病の国土を越《こ》えなければならない。

数多《あまた》のティアンや〈マスター〉が彼を倒さんとして、死病によって死に絶えた。

そして【勇者《ヒーロー》】でさえも、その剣を【疫病王】の命に届かせることはなかった。

彼が最多ティアン殺傷者であるのはそうした行いの果てであり、彼が得た【疫病王】の一六八〇ものジョブレベルもまた同様である。

（まぁ、今はアルハザードが散歩中だからやれないし、そもそも味方になってるからやらないけど）

『流石にここで手を出したら恨《うら》まれるわよねー……』とガーベラはまた溜息を吐いた。

自分も一回キャンディに殺されてはいるが、そもそもあれはキャンディの戦闘中に紛れ込んだ自分も悪かったと……昔のガーベラならしなかった理性的な判断もしている。

(……ていうか、本当にどうやって〈超級殺し〉はコイツを倒したのよ?)

弾丸《だんがん》生物を打ち出すだけの〈エンブリオ〉で、何をどうすればこれを殺せたというのか。

ガーベラには不思議で仕方がなかった。

ガーベラがキャンディに関することをつらつらと考えていると……。

「じゃ♪　キャンディちゃんは一旦《いったん》ログアウトなのネ♪　ぐっすり眠《ねむ》らないとお肌《はだ》が荒れちゃうのネ」

キャンディはそう言って、椅子から立った。

「はい。お疲《つか》れさまでした」

「放出した細菌は勝手に増殖するから安心してほしいのネ。これからしばらく〝監獄〟はログイン=死亡のGOD天国なのネ♪」

(……それ地獄《じごく》じゃない?)

キャンディの発言に、ガーベラは心底そう思った。

「それじゃあ二人とも、また後でなのネー♪」

キャンディはそう言ってウィンクを飛ばしながらログアウトした。

「……やっといなくなったわね」

キャンディのログアウトに際し、ガーベラが疲れた声でそう漏らした。

しかしキャンディとは今後も顔を合わせることになる。

彼は、期間限定とはいえ〈IF〉に加入してしまったのだから。

「憂鬱だわー……」

『あれと同じクランはやっぱりきついわー……』と、ガーベラはまた突っ伏した。

（ていうか、キャンディもキャンディだけど、オーナーも大概《たいがい》アレよね）

あのキャンディを自身のクランに迎《むか》え入れ、平然と会話していたゼクスもまた捻子が外れているのだろうとガーベラは思った。

（……ラスカルとかゼタとかエミリーとか、比較的《ひかくてき》まともだったってこと？　えー……？

全身ミイラと自動殺人幼女の方がマシってひどくない？　……そういえばラスカルはロボメイド連れてるＨＥＮＴＡＩだけど、まとも具合ではどんな位置になるの……？）

本人が聞けば怒《おこ》りそうなことだが、心の声に突《つ》っ込《こ》む者はいない。

（やっぱり私が一番まともなのよねー……）

突っ込む者はいない。

「ていうかオーナー。私は何で街を壊滅《かいめつ》させてるのか分からないのだけど……」

「おや、言ってませんでしたか？」

「引っ越し準備をしておいてください、としか聞いてないわよ……」

「ええ。ですから、引っ越し準備です」

「？」

〈Infinite Dendrogram〉にエモーション表示機能があれば、頭の上に大きな『？』が浮かびそうなくらいガーベラは首を傾《かし》げた。

「私達はあと数日もすれば脱獄《だつごく》します」

「……前から思ってたけど、それ口に出して言っていいものなの？」

〝監獄〟の看守……ここで言えば担当管理ＡＩのレドキングにバレるのではないか、とガーベラは心配した。

なお、〝監獄〟に来た当初は自分も「脱獄する！」と宣言したことは完全に忘れている。

そんな彼女に対し、ゼクスは笑《え》みを浮かべたままだ。

「そもそも、アバターの見聞きした情報は管理ＡＩには筒抜《つつぬ》けですよ」

「え⁉　そうなの⁉　私はお風呂《ふろ》とか入っちゃったけど⁉」

自分の胸（無）を両手で隠《かく》しながらガーベラは椅子から立ち上がった。

〈ダイス〉に広めの浴場があったため、度々《たびたび》アプリルと一緒《いっしょ》に入浴していたのである。

煌玉人《こうぎょくじん》は完全防水、どころかボディ内部に浸水《しんすい》してもそうそう壊《こわ》れない仕様である。

だが、入浴させる際のガーベラは機械をお湯に入れることについて何も考えていなかった。フラグマンが防水対策をしていなければアプリルはロストしていたかもしれない。

「お気になさらず。管理AIは人間に欲情はしないでしょうから」

「でも、管理AIの集めたデータを運営会社の社員が閲覧《えつらん》したりするんじゃないの？」

「……運営会社？」

ゼクスはまるで不思議な言葉を聞いたように顎《あご》に手をやり、何かを思い出して頷《うなず》いた。

「ああ。その心配は要《い》りませんよ。きっとね」

「……そうなの？」

「はい。それと、脱獄のことは口にしても大丈夫《だいじょうぶ》ですよ。話はついています」

「話？」

「ええ、レドキングと」

飛び出したこの〝監獄〟の管理者の名前に、ガーベラは驚く。

「え!?　それって脱獄OKってこと!?」

看守が脱獄を容認《ようにん》していると言ったに等しい言葉は、ガーベラには理解不能だった。

「OKと言えば、OKですね」

「？」

「彼曰《かれいわ》く、こういうことです」

ゼクスは笑いながら……その黒い瞳《ひとみ》を彼方《かなた》へと向けて、こう言った。

「『出られるものならば出てみるがいい』、だそうです。ですから、そうしましょう」

その言葉でガーベラも察した。

この〝監獄〟は脱獄を許してはいない。

脱獄を阻止《そし》する仕組みがあり、それに関して看守は絶対の自信を持っている。

その上で、真正面から脱獄してやると……ゼクスは言っているのだ。

「はぁ……どんな方法で脱獄するのか分からないけど、どっちもすごい自信ねー……」

「ええ。ただ、手順の詳細だけは外部のメールでお伝えしたいのですが……」

「んー、分かった。じゃあ捨てアドレス取得してオーナーに伝えるわ」

「ええ。そのように。ああ。先ほど聞かれたなぜキャンディさんに細菌の放出をお願いしたのかだけは、今お答えしましょう」

ゼクスは視線をガラスの向こう……〝監獄〟の街並へと向けて、理由を述べる。

「いざ脱獄となった時に、邪魔《じゃま》が入らないようにするためです」

「邪魔？」

「妨害《ぼうがい》する人がいるかもしれませんし、あるいは便乗して脱出《だっしゅつ》しようとする人もいるかもしれない。そうした人達の中には、もしかしたらこの私やガーベラさん、キャンディさんの天敵になりえる〈エンブリオ〉もあるかもしれない」

その可能性は、十二分にある。

十人十色、千差《せんさ》万別《ばんべつ》。それこそが〈エンブリオ〉。格下の〈エンブリオ〉であろうと、〈超級《スペリオル》エンブリオ〉の天敵のようなものが存在するかもしれない。

そうでなくとも、この脱獄直前のタイミングで新たな〈超級〉や準〈超級〉が収監《しゅうかん》される恐《おそ》れもある。

「そうした不確定要素を、キャンディさんの細菌で最初から省いた形です。一度死ねば三日はログインできないので、脱獄の決行は三日以内ですね。ああ。これから街を見回って、細菌で死んでいない人がいたら殺しておかなければいけませんが」

ゼクスの言葉に、ガーベラは納得《なっとく》した。

確かに邪魔は入らない方が良い。キャンディを仲間に引き込んだのは、継続的《けいぞくてき》に殺傷が可能な細菌使いであることも理由だったのだろう。

そしてこうも思う。『やっぱりああしておいて良かったのね』、と。

「ですのでガーベラさん。今からこの私と一緒に生存者の方々の介錯《かいしゃく》を」

「あー……それもういいわ」

ゼクスの提案をガーベラは手首から先をパタパタ振って否定する。

「?」

「あのね。何のためにやってるかは今知ったけど、致死性《ちしせい》のバイキンばら撒いた時点で『あ、これ全滅狙《ぜんめつねら》いだな』とは分かったから……」

ガーベラは明後日の方向を……否、帰ってきた見えない刺客《アルハザード》を指差して……。


「──まだ生きてた奴らはアルハザードで殺しといたわ、全部」

──至極あっさりとそう言った。


ガーベラは「レベルも上がったのはちょっと嬉《うれ》しいわー……」と低いテンションながらも、少しだけ胸(無)を張った。

「やっといて良かったのよね?」

「ええ。ありがとうございます。手間が省けました」

「私もアルハザードに指示しただけよー……」

細菌によって多くの者が死に、僅《わず》かな生存者は知覚できない刺客に殺傷されていく。

今の〝監獄〟は地獄に近い有様だったかもしれない。

あるいは、ガーベラの二つ名の如く〝悪夢〟と言うべきか。

「あ。でもねー、一人だけ殺せてないわー……。ていうか無理よアレー……」

「ああ。彼のことですね。彼は放置していて大丈夫ですよ。まだ彼の領域から出てこないでしょうから」

ガーベラが殺せていない一人、そしてキャンディの細菌でも死んでいない者。

それは〝監獄〟の人里から離《はな》れた領域に陣取《じんど》る最後の〈超級〉に他《ほか》ならない。

ゼクスの誘《さそ》いも、キャンディの細菌も、ガーベラの刺客も、全てをはねのけて……彼は今も不動でそこにいるのだろう。

「彼はいずれ自力で出てくるでしょう。私達は彼より一足先にこの〝監獄〟を出ます」

「……まぁ、いいけど。本当に出られるの？」

「ご安心を。この私とキャンディさんだけでは不確実でしたが、ガーベラさんがいればまず確実に全員の脱獄が成功します」

「…………うーん」

『私が全員の脱獄にどう役立てるのかしら？』とガーベラはまた首を傾げた。

（けど、オーナーがそう言うならばこの短くも長かった〝監獄〟での生活もそろそろ終わるってことよね？　〝監獄〟にはスイーツを出すお店がここしかなかったから、シャバに

出るのはちょっと楽しみかも）

よく分からないながらも脱獄を楽しみにしつつ、ガーベラはそれから少ししてログアウトした。

◆

数時間後、伝えたアドレスに届いた脱獄手段の概要《がいよう》に、ガーベラは「え？　そんなことでいいの？」と三度首を傾げたのだった。

第三話 第一回クラン会議

□【聖騎士《パラディン》】レイ・スターリング

日が暮れた頃《ころ》、ようやくギデオンに着いた。

「……思ったより遅《おく》れたな」

「まぁ、途中であんなことがあればのぅ」

王都を出た俺達《おれたち》は、シルバーに乗って真っすぐギデオンに向かった。

飛行という移動手段の最も良い点は、道を無視して真っすぐ目的地に向かえることだ。

それもこの世界の飛行手段は騎獣《きじゅう》や風属性魔法《まほう》など、離陸《りりく》にも着陸にもスペースを取らないものが多い。

であれば、もっと航空網《こうくうもう》が発展していてもいいとは前から思っていた。

しかし今日、そうなっていない理由を体感した。

「……まさか、空中で野良《のら》のドラゴンと遭遇《そうぐう》するとは」

「久しぶりの空中戦でちょっとやばかったのぅ」

そう、ギデオンに向かって飛んでいる最中、偶然《ぐうぜん》にも天竜種《てんりゅうしゅ》と鉢合《はちあ》わせたのである。

何とか単独で撃退《げきたい》できたものの、かなりしんどかった。

「アウトレンジからブレスばっかり吐《は》いてきたからな……」

「おかげで《地獄瘴気》も届かなんだしのぅ」

状態異常で弱らせ、近接戦でカウンターを叩《たた》き込むといういつもの戦い方ができなかったのである。フランクリンの事件の少し後に純竜クラスのワームをソロで倒したことはあるが、あれよりも余程《よほど》に厄介《やっかい》だった。

そして今回の一件で理解した。

あんなのがあちこちに飛んでいる世界で航空網なんて発展しない。

鍛《きた》えた戦闘《せんとう》職ならばともかく、一般《いっぱん》の人だと戦闘に巻き込まれて死にかねない。

「……あ、思い出した」

「何をだ？」

「フランクリンの事件の前、ユーゴーと喫茶店で話した時のことだよ」

「……ああ、あれか」

◇

ゴゥズメイズ山賊団《さんぞくだん》の事件の翌日、まだ敵対していなかったユーゴーと世間話をしていた時のこと。ユーゴーから〈マジンギア〉などの皇国の科学技術について聞いていた。

「〈マジンギア〉の種類は、ユーゴーの乗る人型ロボットと、パワードスーツ、それと戦車の三種類しかないのか？」

「ああ。そもそも、オーナー達《たち》が【マーシャルⅡ】を作るまでは二種類だったそうだ」

「…………」

「どうかしたかな？」

「いや、船はグランバロアの専売特許だから分かるんだけどさ。飛行機はないのか？」

俺《おれ》がそう尋《たず》ねると、ユーゴーは難しい顔をした。

「……ないね。そうだな、喩《たと》えると……猛禽《もうきん》の空で小雀《こすずめ》は羽ばたけないということさ」

「ああ。飛行機関連の技術が未熟すぎて、飛行能力持ちのモンスターに負けるのか」

「そういうことだ。飛行速度、旋回《せんかい》性能、攻撃《こうげき》能力。全ての面で今の飛行機は空で生き残れない。なにせ、超音速《ちょうおんそく》で飛び回る生物も珍しくないからね。それを相手にするには、生半可な飛行機では話にもならない」

「……翼《つばさ》とか傷つくと墜落《ついらく》しそうだしな」

少なくとも、純竜と競《きそ》い合うのは難しいだろう。

一発の被弾《ひだん》で飛行能力が落ち、そこから先は一方的になりかねない。

「であれば、同じく天竜種の純竜に乗る方がいいのか」

「テイムされる純竜の絶対数は少ないけれどね。ともあれ、そんな訳で飛行機は存在しない。飛行機型の〈エンブリオ〉ならば存在するが、人員輸送に特化したものは少ないな」

「そっか。飛行機があれば遠くの国にも行きやすくなると思ったんだけどな」

「現状、東に渡《わた》るにはグランバロアの海路を使うか、砂漠《さばく》を陸路で越《こ》えるしかない」

「砂漠か……。中々厳しそうだな」

「ああ。……けれど、いつか遠くの国にも行ってみたいものだ」

「そうだな」

◇

そんなユーゴーとの会話も、もう随分《ずいぶん》と前だったように感じる。

「あいつ、今頃《いまごろ》どうしてるかな……」

「まだ皇国におるのではないか？」

「それだと、皇国との〈戦争〉が起きればまた出くわすかもしれないいな」

だけど何となく、あいつはもう皇国にはいないような気がする。

「さて、待ち合わせ場所に行くか」

「うむ。予定外のことがあってかなりギリギリだからのぅ」

今夜はクランのみんなで集まって食事をとりながら、明日やる予定の本拠地《ほんきょち》探しと明後日からの〈トーナメント〉の話し合いをする手筈《てはず》だ。

約束の時間まであと十分ほど。急げば間に合うだろう。


十分後、俺とネメシスは約束していた店に到着《とうちゃく》した。店の予約は先にギデオンに戻《もど》ったルークに任せていたけど、店頭には『〈デス・ピリオド〉様貸し切り』という看板が掛《か》かっていた。気を利《き》かせて貸し切りにしてくれたのだろう。

「……なんだか物騒《ぶっそう》に見えるのぅ」

「クラン名だから仕方ない」

俺達がドアを開けると、ドアに取り付けられたベルがカランコロンと音を立てた。

店内には大きな丸テーブルがあり、それを囲った見知った顔ばかりがあった。

「お待たせ、みんな」

「レイさーん、ギリギリですよー？」

先んじて酒でも飲んでいたらしいマリーが、頰《ほお》を赤らめながらそんなことを言ってきた。

「よし、まずはレイさんもワイン飲みま……あいたぁ⁉」

「彼《かれ》も私も、というかクランの大半が未成年なのだから自重しなさい」

そんなマリーの後頭部に、ビースリー先輩《せんぱい》がチョップを入れていた。

言われてみれば、兄とレイレイさんとマリー以外は未成年である。

しかしチョップが頭に来たのか、マリーが反撃《はんげき》を開始する。

先輩もそれに応戦。流石《さすが》に屋内なので武器と〈エンブリオ〉は使用していないが、ロックアップの取っ組み合いである。

そんな二人の様子に「師匠《ししょう》とビースリーさんは相変わらずですね」、「前に見たときもこんな感じだったよね！」、「と、止めなくていいの……」とふじのん達が話している。

……師匠とはマリーのことだろうか。一体何の師匠なのか、聞くべきか少し悩《なや》む。

多分戦闘ではなく、以前スケッチブックに描《か》いていたあれこれに関することだろうから。

「レイさん、ネメシスさん。こちらの椅子《いす》が空いてますすよ」

「こっちー♪」

ルークとバビがそう言って、自分達の近くの席を引いてくれた。

「ありがとう。しかしやっぱ俺達が遅《おそ》かったか。みんな揃《そろ》って……あれ？」

大きな丸テーブルの席には、ほとんどのメンバーの姿がある。

しかし……。

「兄貴は？」

あの目立つクマの着ぐるみが店内のどこにも見えない。レイレイさんの姿も見えないが、あの人はリアルがとても忙《いそが》しいらしいので今回も欠席なのだろう。

「お兄さんはさっきまでここにいたのですが、誰《だれ》かから連絡《れんらく》を受けた様子で、『迎えに行く』と言っていました」

「迎えにって誰を……？」

「分かりません。『内緒《ないしょ》クマー。後でびっくりさせるクマー』と言っておられたので」

……びっくり？

「料理は先に食べていていいそうです」

「おいおい、そんなこと言っていいのかよ。うちの相棒が全部食っちまうぞ」

インテグラの菓子《かし》みたいに。

……インテグラの菓子みたいに！

「安心するがいい。久しぶりの会食だからのぅ。ちゃんとスローペースに抑《おさ》えるとも」

なるほど、それなら安心だ……などとは言わない。

スローペースでも『食う量を抑える』とは全く言っていないから。

「孵化《ふか》した日の歓迎会《かんげいかい》で、ログアウトしている間にクマニーサンにアラカルトを全部食われたことを忘れてはおらぬが……仕返しをしようとは思わぬ」

「……そんなこと覚えてる時点でかなり根に持ってないか？」

食べ物の恨みは恐ろしいというかなんというか……まぁ、精々他の人のことも考えて食べてくれよ。


そうして食事を楽しみつつ、俺達は話し合っていた。

みんなから本拠地の希望などを聞いていたが、大まかにまとめると『個室がある』（全員）、『大きな浴場がある』（女性陣《じょせいじん》）、『会議などでみんなが集まれる大部屋がある』（俺と先輩とルーク）、『大型のモンスターを放し飼いできるスペースがある』（ルークと霞《かすみ》）、『食堂がある』（ネメシス）、『プールがある』（マリーとバビ）といったものだった。

何だか色々と条件が付いたが、そこまで特殊《とくしゅ》すぎる条件もない。これなら昨今の情勢で手放された商家の豪邸《ごうてい》などはクリアしていそうだし、予算があればそう苦労せずに見つけられそうだ。……予算がないと不可能なレベルの条件だけど。

しばらくはこのギデオンで探すことになるだろう。

王都の方も見繕《みつくろ》っていたが、首都なだけあって良い立地の物件はかなり埋《う》まっていた。

というか、某宗教《ぼうしゅうきょう》団体クランやファンクラブがあちこちの土地を買い占《し》めたりしていた。

王都だとそれらと近い場所に本拠地を構えることになり、何だかトラブルを呼び込みそうなので避《さ》けたいところだった。

……アズライトでさえも『そういう事情では仕方ないわね』と納得していたのが、この理由の怖《こわ》い所である。

そうして一時間近くが経《た》った頃、ドアのベルが音を立てて、聞き慣れた声が聞こえた。

『よーっす。お待たせクマー』

「兄貴。待ってた……え？」

いつも通りクマの着ぐるみの兄が店内に入ってきて、俺達は驚《おどろ》いた。

さほど幅《はば》がある訳でもないドアだったが、あの大きな着ぐるみで器用に体をくねらせてドアをくぐっている。

俺達が驚いたのはそんな兄の入店方法ではなく、兄に続いて入ってきた人達に対してだ。

「やあ。お邪魔するよ」

「ふふ、お久しぶりね」

兄に続いて——フィガロさんとハンニャさんが現れたのである。

「フィガロさん！　体調が良くなったんですか！」

あのハンニャさんの事件の直後、持病の悪化で入院していたフィガロさん。あれから暫《しばら》くログインもしていないようだったけれど、こうして今ここにいるということは……。

「ああ。もうすっかり良くなった……わけではないけどね。気分は良いよ」

「？」

フィガロさんにしては珍しい曖昧《あいまい》とした返答と表情だった。

そして、隣のハンニャさんもちょっと困った様子だ。

……いや、困りながらも……照れてる？

「……実はリアルで彼女《かのじょ》の顔を見る度にドキドキして心臓発作《ほっさ》が起きてね。その連続で入院が長引いたんだ」

……なにそれ。

「愛《いと》しい君に触《ふ》れることすらまだ満足にできない僕《ぼく》を許してほしい」

「ええ。けれどそれもあなたからの愛の証だって分かるから……。それにこちらなら、いくらでも見つめ合えるわ……」

「冬子《ふゆこ》……」

「ヴィンセント……」

……あの、急に二人の世界作ってません？

リアルの名前で呼び合うのはどうかと思いますよ。ここ貸し切りだからまだいいけど。

「……しばらく見ないうちに恐ろしくバカップルになったのぅ」

「…………あれが今のフィガロですか」

ネメシスがどこか呆《あき》れた様子で、先輩がとても複雑な表情でそんなことを言っていた。

「……兄貴」

『俺も驚いたクマ。リアルで会ってたそうだから、そっちで仲が進展して……したのか？

……ま、とりあえずそんな訳でこいつらはこんな感じクマ』

「何と言っていいかわからないけど……とりあえず……おめでとうございます？」

お祝いの言葉を述べて、とりあえず拍手《はくしゅ》を送った。

他のメンバーもどうしていいか分からない顔の人が多かったけど拍手している。

「ありがとう！」

「ありがとう。それで、僕達《たち》がここに来た理由なのだけど……」

ハンニャさんが満面の笑《え》みで拍手を受け取り、フィガロさんも会釈《えしゃく》してから……ここに来た本題を口にし始めた。

「レイ君のクラン、〈デス・ピリオド〉に僕とハンニャも加入させてほしい」

「！」

以前、復帰したらフィガロさん達も入るかもしれないとは聞いていた。

そして今、その時が来たようだ。

「構わないかな？」

「ええ、もちろん！」

フィガロさんが手を差し出して、俺はその手を握《にぎ》った。

そうして、〈超級〉であるフィガロさんとハンニャさんの、〈デス・ピリオド〉への加入が正式に決まった。


フィガロさんとハンニャさんも加わり、これで〈デス・ピリオド〉も総勢一一人と、二桁《けた》の大所帯となった。

これは益々《ますます》明日の本拠地探しは頑張《がんば》らないといけない。

なお、本拠地購入《こうにゅう》の予算の捻出《ねんしゅつ》は、現状だと俺や先輩、マリーがメインになる予定だ。

フィガロさんとハンニャさんは前の事件での返済があるし、兄も再度の大規模戦闘に備えて資金をバルドルの弾薬《だんやく》製造に回している。

ひとまずは俺をはじめとした懐《ふところ》に余裕《よゆう》があるメンバーで立て替《か》えて、後から少しずつ出して貰《もら》う形になる。

ちなみにフィガロさんとハンニャさんから本拠地の要望は特になかった。二人はフィガロさんがギデオンに持っている家に住むらしく、本拠地には住まないそうだ。

ついでに兄からの要望は却下した。ポップコーン工場がどうとか言ってたけど流石にそんなリクエストは受け付けない。


レイレイさん以外のメンバーが揃ったところで、打ち合わせの内容は〈トーナメント〉に関するものに移行した。

〈トーナメント〉。それは王国が皇国との武力衝突《しょうとつ》に備えるための催《もよお》し。

端的《たんてき》に言えば〈マスター〉を王国に紐付《ひもづ》けるためのモノ。

〈UBM〉への挑戦権を懸けて行われる闘技場《とうぎじょう》イベントだ。

そのルール……参加に際して署名する【契約書《けいやくしょ》】に書かれた項目《こうもく》は四つ。

『その一、参加資格者は王国に所属する〈マスター〉のみとする』

『その二、参加者は〈トーナメント〉後の三年間は他国への移籍《いせき》不能』

『その三、参加者は王国内で懲役《ちょうえき》一年以上に類する犯罪行為《こうい》を行った場合、全《すべ》てのセーブポイントが使用不能となる』

ここまでの三つはある意味では当然だ。王国の戦力増強と減少の阻止、犯罪の防止。加えて他国やフリーの参加者を募《つの》る意味もあるのだろう。

最も重要な項目は、参加者の王国内での犯罪行為を禁ずるというもの。

軽犯罪では適用されないけれど、重大犯罪は別。フランクリンの事件で起きたような他国への寝返《ねがえ》りテロなどの防止も兼《か》ねているそうだ。

そして次の第四のルールが、〈戦争〉に備えたモノ。

『その四、参加者は順位に応じて〈UBM〉への挑戦権を得る。また、『三年以内に王国が関与《かんよ》した〈戦争〉への参加意向』の【契約書】にサインした場合、副賞として希少武具の選択獲得権《せんたくかくとく》も得る。選択順は〈トーナメント〉の順位に応じる』

三年以内に発生する王国の参加可能な〈戦争〉に協力することも含《ふく》めて了承《りょうしょう》すると、挑戦権だけでなく副賞も付く。

参加可能の判断は『現在地』、『時期』、『クエスト状況《じょうきょう》』により、手が空いていないものは除く形になるとのこと。〈マスター〉は〈戦争〉のタイミングでログインしているかも不明であるため、こうした緩《ゆる》めの契約になっている。

「一位がそのまま〈UBM〉にも勝てればいいが、負ける場合もあるのではないか？」

「その可能性はあるけどな」

〈トーナメント〉の一位から順番に珠《たま》から解放した〈UBM〉と戦闘出来る。

一位——正確には一位とそのパーティが挑《いど》み、それが敵《かな》わなければ二位以降が順次挑む。

このやり方でも最終的に誰がMVPになるかは分からない。〈トーナメント〉の一位が敗れたとしても、与《あた》えたダメージや戦闘での活躍次第《かつやくしだい》で特典を入手する可能性もある。

それればかりは、自分の前に戦う者達がどれだけ奮戦するかにかかっているのだから。

「さて、重要なのが一〇日間のどこに参加するかだ」

〈トーナメント〉は明後日から一日一回、こちらの時間で計一〇日間行われる。時間の都合をつけて参加できる〈マスター〉を増やすためだ。興行を長引かせるためでもある。

一つの〈トーナメント〉に参加した者は他の〈トーナメント〉には出場できないが、リアルで三日あればほとんどの人が一度くらいは挑戦するチャンスがあるだろう。

また、いずれの〈トーナメント〉でも珠の仕様を掲示《けいじ》してあるため、時間に余裕があれば自分に適すると思われる珠や、有力そうな珠を選んで参加できる。

俺もちょうど土日の休みに重なったので、ある程度は選択の幅がある。

俺が参加できそうなのはリアルの土曜日開催《かいさい》の一日目と二日目、日曜日開催の三日目から五日目、……無理をすれば月曜の未明にある六日目も選べる。

「あ。こちらギデオン伯爵《はくしゃく》から届いてますよー」

マリーが手渡《てわた》してきたのは、〈トーナメント〉の賞品である〈UBM〉の詳細《しょうさい》だ。

日程とルール、〈UBM〉への挑戦といった主旨《しゅし》は結構前から発表されていたが、詳細の交付はこちらの時間で昨日行われたらしい。

〈トーナメント〉で挑める〈UBM〉の詳細とその順番は次のように書かれていた。

一日目　伝説級【鬼面仏心《きめんぶつしん》　ササゲ】（種族：鬼《おに》）
能力特性：与ダメージ比例範囲《はんい》回復（推定）

二日目　伝説級【破砦顎竜《はさいがくりゅう》　ノーマーシー】（種族：ドラゴン）
能力特性：物体強度完全無視攻撃《こうげき》（推定）

三日目　名称及《めいしょうおよ》びランク不明（種族推定：アンデッド）。
能力特性：ポルターガイスト、呪怨《じゅおん》系状態異常。

四日目　古代伝説級【魂刃騎《こんじんき》　グラッドソウル】（種族：エレメンタル）
能力特性：怨念《おんねん》吸収&身体強化
五日目　逸話級《いつわ》【窮鼠回天《きゅうそかいてん》　バルーベリー】（種族：魔獣《まじゅう》（ネズミ））
能力特性：致死《ちし》攻撃無効化&無効化からの一定時間身体強化（推定）
六日目　名称及びランク不明（種族推定：ドラゴン（龍《りゅう》））
能力特性：竜巻《たつまき》・雷光《らいこう》・爆炎の発生（珠の段階では制御《せいぎょ》不可）
七日目　名称及びランク不明（種族不明）
能力特性：短距離《たんきょり》ワープ（推定）。
八日目　逸話級【双生孤児《そうせいこじ》　アルマ・カルマ】（種族：エレメンタル）
能力特性：分身形成（召喚《しょうかん》？）
九日目　伝説級【探鉱百足《たんこうむかで》　ゴールドラッシュ】（種族：魔蟲《まちゅう》）

能力特性：鉱脈探査、地中走査

十日目　神話級【夜天大将《やてんたいしょう》　オオイミマル】（種族：妖怪《ようかい》）

能力特性：不明（空間変質？）

紙に一〇体の〈UBM〉の情報が並んでいる訳だが……（推定）や（？）が多いな。

「……能力特性不明の神話級って、それ……ものすごく物騒な案件ですよねぇ？」

マリーの言葉に、一同が頷いた。

これらの資料に載《の》っている情報は黄河から渡された説明書に書いてあったものや、実際に珠を試用して得たものだ。

しかし説明書は黄河でかつてあった内戦の影響《えいきょう》で完全な状態ではなく、試用するにしても分からないケースがあったらしい。不明点が多いのはそのためだろう。

黄河に対して『そんな訳の分からない危険物送ってくんなよ』と言いたいところだが、あっちとしても手放してもいい、というか手放したい珠を選んだ結果なのかもしれない。

情報がはっきりしている珠に有用なものが多いのは、その埋め合わせだろうか。

「〈UBM〉に逃《に》げられたら大惨事だけれど、その対策はできているのかな？」

フィガロさんの問いに俺は頷き、回答する。

「中央大闘技場の結界……決闘《けっとう》で使う元通りになる奴《やつ》じゃなくて、フランクリンが使った閉《と》じ込《こ》めるための結界を使うらしいです」

あの結界なら、兄でもなければ一撃粉砕《いちげきふんさい》とはいかない。

討伐《とうばつ》できない内は闘技場が使えなくなるが、六〇〇年以上封印《ふういん》されてかなり弱っているらしいので、参加者総出で失敗する可能性は低いだろう。……神話級は不安だが。

「それとフィガロさんやハンニャさんが戻ってきたらという話でしたけど、『〈超級〉には自分が参加する〈トーナメント〉以外の警備と警戒《けいかい》に回ってほしい』だそうです。あと〈トーナメント〉自体はいつものように興行にします。けど、流石に〈UBM〉の討伐は危険を考慮《こうりょ》して無観客です」

ちなみに興行として観客を入れるのは上位一六人が決まってからだ。それまでの試合はフィガロさんと迅羽の試合を減速させた仕組みとは逆に、結界内部の時間を加速させてさっさと進めるらしい。

そうでないと参加人数が多すぎて〈トーナメント〉が一日で終わらないから仕方ない。

「なるほど。タイプの違《ちが》う〈超級〉が揃えば、ある程度の事態には対応できるか」

……ちなみに、アズライトは女化生先輩にも同様の警備を打診《だしん》するらしい。

ものすごく業腹《ごうはら》そうだったが、女化生先輩のデバフと回復魔法、〈月世の会〉の組織力を逃がさないために、そしてもしもの時に被《ひ》害《がい》を広げないためには必須《ひっす》レベルだ。

『あ、ちなみに俺は今回〈トーナメント〉には不参加クマー。警備だけやってるクマー』

「え？」

それは初耳だ。

「でも、一体どうして……」

『……王国の〈マスター〉の戦力アップも目論《もくろ》んでの〈トーナメント〉だろ？　俺が獲《と》っても使わない着ぐるみが一つ増えるだけな気がするクマ』

……ありえる。兄は【グローリア】以外の特典が全て着ぐるみという謎《なぞ》の実績持ちだ。

『それに〈トーナメント〉に参加すると……』

「ん？　どうしたんだよ、兄貴」

『いや、何でもないクマ。ともかく俺は不参加クマ』

ふむ。何を言いかけたんだろうか……？

『クマニーサンだと流《なが》れ弾《だま》で結界を割るかもしれないからではないかのぅ』

なるほど、その危険は確かにあったか。〈トーナメント〉中は観客が危ないし、〈ＵＢＭ〉を下手すれば逃がしかねない。

「それなら……私も不参加にするわ」

「ハンニャさんも？」

「ええ、今のサンダルフォンじゃ闘技場で全力を出せないもの」

そういえばそれが理由でフィガロさんとの決闘も屋外でやろうとしてたんだっけ。

「王国への借金もあるし、警備に専念するわ」

「分かりました。俺の方からアズライトに伝えておきます」

となると、クランからの参加者は……不在だろうレイレイさんを除いて八人か。

「それでレイ君。これからやる打ち合わせというのはつまり……ターゲットを散らすということかな？」

「はい。その通りです」

流石は決闘と〈UBM〉に関しては王国で最もベテランなフィガロさん。この打ち合わせの主旨にすぐ気付いてくれたようだ。

俺はみんなに向き直って、アズライトに聞いたことを改めて説明する。

「〈トーナメント〉は一位から順番に〈UBM〉へ挑戦できる。そして〈トーナメント〉自体は個人戦だけど、〈UBM〉戦はパーティを組んで挑める。このときのパーティメンバーは〈トーナメント〉に参加していない人や、他の〈トーナメント〉に参加する人でも大丈夫《だいじょうぶ》だ」

「ならばクランのメンバーを被《かぶ》らせず、なるべく多くの〈トーナメント〉での上位入賞を狙《ねら》うのが良いということだのぅ」

「ああ」

俺の言葉にメンバーはみんな納得した様子だ。

「うちのクランはフィガロを筆頭に、一位を狙える面子が多いですからね」

「そうですねー。ボクとフィガロ、ルークきゅん、それとレイさんも組み合わせ次第《しだい》では狙えますすね。お弟子《でし》さんチームにも光るものがありますし、一位は無理でも上位入賞はワンチャンありますよ」

「……私が抜《ぬ》けていますが？」

「え？　鈍足耐久《どんそくたいきゅう》なんてどっかで落ちるのでは？」

『言いやがったな逃げ足紙屑《かみくず》ッ！』

そして再びマリーと、鎧《よろい》を着用した先輩が取っ組み合い始めた。

スタイルは異なる二人だが、ＳＴＲ対抗《たいこう》だとそこまで差がないらしい。

……それにしてもこの二人、実は仲良いと思う。

「………………」

さて、マリーはああ言ってくれたが、俺の上位入賞は難しいかもしれない。

我ながら安定性のある強さではないし、例の動画で世間にバトルスタイルが知られてしまっている。先の重兵衛《じゅうべえ》との戦いでも、それは明らかだ。

ましてやトーナメントの本戦、俺と戦うと分かっていれば事前に対策は取りやすい。

それに地力も、まだまだ足りていない。

ギデオンに来るときも、ドラゴン相手に大苦戦してようやく退けたくらいだ。

あのドラゴンは、俺達が苦《くる》し紛《まぎ》れで《応報》のチャージに入った途端《とたん》に撤退《てったい》していた。

恐《おそ》らく、《応報》の危険性を察したのだろう。ドラゴンらしく、賢《かしこ》い相手だった。

あるいは、ワームのように知能が低ければ、猛追《もうつい》によって発射する前にデスペナルティとなっていたかもしれない。

……そういえば、退く竜の背中に小型犬《ポメラニアン》がいたような気がする。

いや、流石に見間《みま》違《ちが》えだと思うけど。犬がドラゴンに乗ってるなんて意味不明だし。

……っと、話を〈トーナメント〉に戻そう。

喧嘩《けんか》している二人以外は、それぞれ自分の挑む相手を見繕っている。

俺もまた、資料を見て出る日程を考える。

「悩むな……」

俺が参加できるのは、大学を休まないならば六日目までだ。

その中で俺が選べるものは、三つに絞《しぼ》られる。

名称《めいしょう》不明のアンデッドと【バルーベリー】、そして【ササゲ】だ。

アンデッドは欲《ほ》しい能力ではないが、戦闘を想定すると相性《あいしょう》がいい。《逆転》と【紫怨走甲】を持つ俺が戦えば恐らく有利に戦える。

【バルーベリー】は良い能力だ。俺にとって致死《ちし》ダメージを無効化する武具はいくつあっても困るものではない。

しかし逆に、必殺の一撃《いちげき》を無効化した上で強化されるならば、戦闘相性はかなり悪い。

一日目の【ササゲ】の回復能力もダメージを受ける前提の俺としては欲しいところだ。《煉獄火炎《れんごくかえん》》などでも回復が見込《みこ》めるようになるし、《復讐《ふくしゅう》》を決めれば被《ひ》ダメージ分を即座《そくざ》にリカバリーということも可能かもしれない。攻撃しながら回復できるならば、今後のジョブ構成から【司祭《プリースト》】を省くこともできる。

「……まぁ、〈トーナメント〉で上位にならなければ、取らぬ狸《たぬき》の皮算用だけどな」

「御主《おぬし》、負けてはいけないとき以外はよく負けるからの。先日のイベントでも危《あや》うい場面が多かった」

「……そうだな」

今の俺がどの程度強いのか、ムラがあって自分でもまだ分かっていない。

孤島《ことう》のイベントでもジュリエットやアルト、環境《かんきょう》に助けられた場面は多い。

俺自身の純粋《じゅんすい》な戦闘力を知る意味でも、〈トーナメント〉は良い機会かもしれない。


さて、〈トーナメント〉に参加する俺達があぁでもないこうでもないと相談していると、〈トーナメント〉に参加しない二人……兄とハンニャさんが何事かを話している。

『なら、アイツはまだ〝監獄《かんごく》〟にいたんだな？』

「ええ。喫茶《きっさ》店《てん》を開いて、とても馴染《なじ》んでいる様子だったけれど……」

どうやら、ハンニャさんに〝監獄〟でのことを聞いているらしい。

そういえば、前にハンニャさんがギデオンに来たときはすぐにあの事件が起きたし、それからしばらくログインしていなかったから話す機会もなかったのか。

「けれど、まだというのはおかしな話ね。〝監獄〟からは脱獄《だつごく》なんてできないわよ。私にもできなかったわ」

『……ちなみに、どんな手段で脱獄しようとしたんだ？』

「〈超級《スペリオル》〉に進化したサンダルフォンが覚えたスキル……名前は何だったかしら？」

「《フォール・ダウン・スクリーマー》です！　ハンニャ様！　ちなみにぼくの空間操作

を塔《とう》足の先端《せんたん》に集中して、空間ごと押《お》しのけて穿孔《せんこう》するスキルです！」

自分の〈エンブリオ〉のスキル名を覚えていないらしいハンニャさんに代わり、サンダルフォンが答えていた。

「そう。そうだったわ。それで〝監獄〟の外に繋《つな》がる穴を少しだけ開けられたのだけど、通る間もなく閉じてしまったわ」

「きっと〝監獄〟の管理者はぼく以上の空間操作の使い手です。こっちの渾身《こんしん》の空間穿孔を容易《たやす》く修繕《しゅうぜん》する。あんな芸当をする相手からは逃げられませんよ！」

横から聞いていると、ハンニャさんの方も、〝監獄〟の管理者もトンデモに思える。

ただ、サンダルフォンの言葉に対し、兄は着ぐるみの内側で難しい顔をしているようだ。

『…………穴自体は開いたのか』

「ええ。少しだけ外が見えたわ。脱出《だっしゅつ》しようとスキルを切ったらすぐに閉じてしまったけど」

『……例えば、だ。アイツが体の、一部を、千切、って、穴を開けている真っ最中に外へと飛ばしたら……抜けられるか？』

アイツ……体の一部を千切って？

「厳しいと思うわ。だって、レドキング……〝監獄〟の管理者だってそのくらいは警戒しているはずだもの。ゼクスがそうしようとしても、妨害《ぼうがい》する術くらいはあるはずよ」

『……そうだな』

ゼクス……【犯罪王《キング・オブ・クライム》】ゼクス・ヴュルフェルのことか?

その名前は聞いたことがあるし、兄と因縁《いんねん》があるということも知っているけど。

既《すで》に〝監獄〟に入った【犯罪王】のことを、兄はどうしてそこまで警戒して……。

「レイさーん。〈トーナメント〉の予定詰《つ》めますよー」

「……あ。ああ、分かった」

マリーに呼ばれて、意識を聞き耳から相談に戻した。

……このことは、今度兄に直接聞いてみよう。


さて、相談の結果、〈トーナメント〉参加は次のような体制となった。

一日目 【鬼面仏心 ササゲ】参加者：俺《おれ》
二日目 【破砦顎竜 ノーマーシー】参加者：ビースリー先輩
三日目 名称及びランク不明（種族推定：アンデッド）参加者：ルーク
四日目 【魂刃騎 グラッドソウル】 参加者：イオ

五日目　【窮鼠回天　バルーベリー】　参加者：なし
六日目　名称及びランク不明（種族推定：ドラゴン（龍））　参加者：なし
七日目　名称及びランク不明（種族不明）　参加者：マリー
八日目　【双生孤児　アルマ・カルマ】　参加者：ふじのん
九日目　【探鉱百足　ゴールドラッシュ】　参加者：霞
十日目　【夜天大将　オオイミマル】　参加者：フィガロさん

概《おおむ》ね、それぞれのスタイルに合わせた形だ。ルークだけはなぜそれを選んだのか分からなかったけれど、ルークのことだから何か理由があるんだろう。

また、六日目のドラゴンはともかく、十中八九有力な特典になるだろう五日目の【バルーベリー】もみんなが避けた。

理由は、『詳細が分かっている上に能力特性が有用すぎるから』らしい。

目玉として数多《あまた》の強者……上位ランカークラスが集まり、上位入賞が難しくなることが予想された。それこそ、カシミヤあたりが出てきてもおかしくはない。どれほど有用でも、挑戦することすらできないというケースになっては元も子もない。

そんな中で勝算があるのはフィガロさんだったが、フィガロさんは一〇体の中で最も厄《やっ》介《かい》そうで、尚且《なおか》つフィガロさんならば打倒《だとう》できる公算も高い十日目の神話級を選んだ。

そもそも致死ダメージ回避《かいひ》はフィガロさんならば装備強化すれば既存《きそん》装備で事足りる。

俺も悩んだ末に【ササゲ】の方を選んでいるので、結果として【バルーベリー】の〈トーナメント〉は〈デス・ピリオド〉は不参加となった。

ちなみにマリーと先輩がルークに【バルーベリー】を勧《すす》めていたが、ルークは「鼠《ねずみ》の〈UBM〉？　絶対にイヤです」と全てを拒絶《きょぜつ》するような完璧《かんぺき》な笑顔でお断りしていた。

ともあれ、こうしてみんなの参加枠《さんかわく》は決まった。

俺が出るのは初日の〈トーナメント〉。

クランのオーナーとして、全力で頑張っていこう。

……ただ、何か重要なことを失念している気がするのはなぜだろうか？

■ドライフ皇国北部・〈バーラ平原〉

〈バーラ平原〉。かつては〈バーラ湿原《しつげん》〉という名だったこの地は、この数十年の環境悪化により乾《かわ》いた荒野《こうや》と化していた。

生命溢《あふ》れる湿原だったが、今は探さなければ生命を見つけることはできない。

得るものがないために人の足も遠のき、僅《わず》かなモンスターが在るだけの場所。

『――Ｚｉｚｉｚｉｚｉｚｉｚｉ――』

そんな荒野に、硬質《こうしつ》なものを擦《す》り合わせたような音が響《ひび》く。

それは怪物《かいぶつ》の鳴き声。生命薄《うす》き大地になおも伝わる生命の自己証明。

音の主は、長く、鋭《するど》く、強固な口吻《こうふん》を備えた昆虫《こんちゅう》。

名を、【魔穿怪蟲《ませんかいちゅう》　シェルストロ】。

防御《ぼうぎょ》と強化の魔法《まほう》を貫《つらぬ》くことに特化した伝説級の〈ＵＢＭ〉。

この荒野に適応し、地に潜《ひそ》み、不用意に姿を晒《さら》したものを衝角の如き口吻で穿《うが》ち、生命を吸い尽《つ》くしてきた……〈バーラ平原〉に人知れず君臨していた怪物だ。

その怪物は今……。


『Ｚｉ──Ｚｉ───Ｚｉ………』

昆虫標本のように串刺《くしざ》しになって息絶えようとしていた。

『ＷＯＷＯＷＯ』


死に掛《か》けの大怪蟲には、他の生物が群がっている。

人間を大きく上回る体躯《たいく》。全身を覆《おお》うフルプレート。

そして、フルフェイスヘルムのスリットからは蟲の足が突《つ》き出ている。

伝説級悪魔《あくま》、【ギーガナイト】。

それが合計で一〇体、【シェルストロ】を殺すために動いていた。

六本の脚《あし》それぞれに【ギーガナイト】が組み付いて動きを封《ふう》じ、残りの四体が甲殻《こうかく》の隙《すき》間《ま》から大剣《たいけん》を差し込んでダメージを蓄積《ちくせき》していく。

能力の特殊性《とくしゅせい》で勝る〈ＵＢＭ〉であろうと、ステータスで伍《ご》する伝説級悪魔に数で押さえ込まれれば抵抗《ていこう》しようもない。

「まぁ、勝てるよな……」

【ギーガナイト】達《たち》の狩《か》りを少し離《はな》れたところで見とどけているのは彼《かれ》らの召喚主。

皇国〈超級〉の一角にして、密《ひそ》かに〈IF〉のメンバーに加わった人物、【魔将軍《ヘル・ジェネラル》】ローガン・ゴッドハルトだ。

ローガンが討伐しに来た【シェルストロ】は、彼が〈IF〉に加入する際に所在等のデータを提供された一八体の〈UBM〉の一体である。

戦闘力《せんとうりょく》はそれなりにあるが搦《から》め手《て》もない〈UBM〉。渡《わた》されたリストの内、『ローガン単独でも討伐に向かって問題ない』とゼタが判断した個体。

彼単独で取り逃《にが》すこともなく、確実に倒《たお》せる相手。

そしてゼタの読み通り、ローガンは【シェルストロ】を完封《かんぷう》した。

かつて伝説級の〈UBM〉に等しい鬼、ガルドランダに二体のギーガナイトを差し向けて敗れた経験のあるローガン。

今回のシェルストロ討伐はその反省を活かし……と言うよりは今の師であるゼタの教えの一つである「コストを惜《お》しまず物量で圧倒《あっとう》する」を実践《じっせん》した形だ。

今の彼にはそれができるジョブビルドがある。それゆえに相手が比較的《ひかくてき》単純なタイプだったとはいえ、伝説級の〈ＵＢＭ〉を完封したのだ。

「伝説級の【シェルストロ】、討伐完了《かんりょう》……と」

だが、本人はかつてのように自らの勝利を誇《ほこ》ることもなく、淡々《たんたん》とゼタから預けられたリストに討伐と記入するだけだった。非常にテンションが低い。

これは先日の講和会議で月夜に瞬殺《しゅんさつ》されたせいである。

新たなビルドを携《たずさ》えて「俺は最強だ！」と意気揚々《いきようよう》と乗り込んでみれば、扶桑《ふそう》月夜の【グローリアβ《ベータ》】による開幕即死《そくし》技でその他の〈マスター〉達とひとまとめに敗れ去った。

講和会議の激戦では完全に蚊帳《かや》の外。〈超級〉でありながら雑兵《ぞうひょう》同然に敗れたことは彼にとって痛恨《つうこん》の出来事であり、精神的な後遺症《こういしょう》が長引いている。

対人戦で四連敗というのもダメージを重くしていた。

それゆえ、お膳立《ぜんだ》てされた〈ＵＢＭ〉を相手に完封したところで、敗北のショックが抜けるには至らないのだ。

彼を上手《うま》くコントロールして学ばせているゼタがいれば話も変わるだろうが、彼女は王都襲撃《しゅうげき》に赴《おもむ》いて以来、まだ皇都に帰還《きかん》していない。

「……王国ではもうすぐ〈トーナメント〉とかいうイベントをやるんだっけ。俺は皇国所属だし、〈ＵＢＭ〉にも困ってないから関係ないけど……人にも勝てないし」

〈ＵＢＭ〉への挑戦権を懸《か》け、王国の紐付《ひもつ》きになること覚悟《かくご》で参加するイベント。縛《しば》りがきついようだが、本来〈ＵＢＭ〉討伐とはそれほどのレアコンテンツでもある。

そして、今のローガンはそれを次々に達成している。

だというのに、いくら〈ＵＢＭ〉を討伐してもローガンの心は晴れない。

元決闘王者でもあるためか、『人と競《きそ》うゲームなんだから対人で負け続けてたら意味ないじゃん』という気持ちがないでもない。

実際のところ、ローガンは闘技場で所謂《いわゆる》『俺ツエー』をしていた頃《ころ》より格段に強くなっているのだが、反比例して気持ちは落ち込んでいるとも言える。

これをゼクスあたりが知れば、『ガーベラさんみたいですね』と思ったかもしれない。惨敗《ざんぱい》後に強くなるが、テンションは低くなる。〈ＩＦ〉では二度目のパターンだった。

「……あの〝不屈《ふくつ》〟も参加するんだろうか」

自分の対人戦連敗成績の発端《ほったん》である一人のルーキーを思い出し、ローガンは溜息《ためいき》を吐《つ》く。

最近は講和会議の【獣王】戦動画で再びレイ・スターリングが話題になり、そこから自分の敗北動画がまたネット上で再生回数を伸《の》ばしたのはローガンの頭痛の種だった。

なお、再生を繰《く》り返されるうちにレイ・スターリングが『悪魔喰《あくまぐ》い』などとも呼称《こしょう》されるようになっていた。

ローガンも興味本位で適当な悪魔を呼び出して齧《かじ》ってみたが、地獄《じごく》のような味がした。

『あれを喰って戦闘《せんとう》を継続《けいぞく》していたレイ・スターリングは異常』と、今のローガンは強く思っている。

そんな彼にリベンジはしたいが、中途半端《ちゅうとはんぱ》な状態でそれをやろうとして扶桑月夜に瞬殺されたので今は十分な力をつけるまで下積みに専念するつもりだ。

【〈UBM〉【魔穿怪蟲　シェルストロ】が討伐されました】

【MVPを選出します】

【【ローガン・ゴッドハルト】がMVPに選出されました】

【【ローガン・ゴッドハルト】にMVP特典【魔穿大槍《ませんたいそう》　シェルストロ】を贈与《ぞうよ》します】

「お」

アナウンスと共に、彼の手元に現れたのはシェルストロの特典武具。

生前の性質から槍の特典武具であるが、そのデザインは特徴的《とくちょうてき》だ。

色は蟲の殻《から》と同じ黒色で形状こそ槍であるが、蟲らしい刺々《とげとげ》しさをいたるところで主張している武器である。カッコいいと思うか、痛々しいと思うかは人に依《よ》るが……。

「カッコいい……」

ローガンは前者だった。

これまで一番のお気に入りだった【邪竜宝剣《じゃりゅうほうけん》　ヴォルトガイザル】に次ぐくらいに気に入るデザインだった。

なお、【ヴォルトガイザル】のデザインを一言で言えば、『お土産屋《みやげや》にあるドラゴンが巻き付いたキーホルダー』である。

【魔将軍】ローガン・ゴッドハルト

リアルは小学生男子であり、装飾《そうしょく》過多なものを好むセンスも小学生男子だった。

自分好みの特典武具が手に入って機嫌《きげん》を良くしたローガンは、用事も済んだので皇都に帰ることにした。

「リストで行ける奴も最後だし、あとは帰ってゼタから出された宿題の続きかな」

ローガン単独で討伐に向かっていい〈UBM〉は【シェルストロ】で最後だった。

あとは難敵が多いため、ゼタの補助を受けながら討伐することになっている。

「ゼタも早く帰ってこないかな。……そういえば」

〈Infinite Dendrogram〉ではまだ帰還していないが、リアルでのメールのやりとりは少ししている。それによると〈IF〉の方で近々大きな動きがあるらしい。

前回の戦争時から収監《しゅうかん》されていた彼らのオーナー……【犯罪王《キング・オブ・クライム》】ゼクス・ヴュルフ

エルが脱獄してくる、と。

重い罪を犯《おか》したプレイヤーの隔離《かくり》システムである〝監獄〟から脱獄などできるのだろうかと、ローガンは疑問に思っている。

しかし、ゼタをはじめとした古参のメンバーは成功を疑っていないようだった。

（……ゼクス・ヴュルフェルか。どんな人なんだろうな）

オーナーが脱獄を完了《かんりょう》した後は、各自で遠い東の天地を目指し、集結次第〈ＩＦ〉……〈イリーガル・フロンティア〉の真の活動を開始するのだと聞いている。

（俺もメンバーだけどオーナーとは会ったことないもんな。……まぁオーナー以前にゼタ以外のメンバーともまだ顔合わせしてないけど）

以前はどこのクランにも属していなかったが、今は〈ＩＦ〉に属している。

クランの仲間との顔合わせも少し楽しみだった。

（…………でもきっと、俺がメンバーで一番弱いんだろうな）

負け続けたせいで自信を喪失《そうしつ》し、既にそんなことを悩《なや》み始めるローガンだった。

なお、同じことで悩むメンバーが〝監獄〟にも一人いることを、彼はまだ知らない。

第四話　腕輪と斧

□【聖騎士《パラディン》】レイ・スターリング

クランで集まった翌日、俺はギデオン伯爵邸《はくしゃくてい》に隣接《りんせつ》した騎士団《きしだん》の詰所《つめしょ》に来ていた。

しかし騎士団に用事がある訳ではなく、来た理由はこの詰所の奥《おく》にある施設《しせつ》だ。

俺がギデオンにいる間は暇《ひま》を見て通っていた場所……呪《のろ》われた武具の保管庫である。

その保管庫で俺は呪われた武具を解呪するバイトをしていた。【紫怨走甲】を装備して、呪われた武具の傍《そば》にいるだけでいいお手軽なバイトだ。

解呪すると装備は元の高性能な武具に戻《もど》る。稀《まれ》に呪いの力で形を維持《いじ》していて、解呪すると崩《くず》れるものもあったが、それは不可抗力《ふかこうりょく》なので仕方ないということらしい。

そのバイトによって王国には解呪された武具が残り、俺は【紫怨走甲】の怨念を溜《た》められる。両方に得のあるバイトだった。

なお、こうして解呪された武具が件《くだん》の副賞である。

前からやっていたバイトだが、アズライトの助けになっているようで良かった。

また、仕事の報酬《ほうしゅう》としてアイテムボックス一〇箱分の武具を解呪するごとに一つ、好きな武具を持って行っていいことになっていた。

かれこれ六〇箱は解呪したので、六個貰《もら》える計算だ。明日以降の〈トーナメント〉の副賞になる前に俺の報酬分を受け取りに来た、というわけだ。早い者勝ちとも言う。

ちなみに今日はルーク、それと霞達《かすみたち》三人も同行している。

というのも、俺はこれまで解呪中に貰う武具を見繕《みつくろ》っていたが、今まで一つも選んでいない。レベルが不足していたり、ネメシスの反対にあったり、俺のスタイルと噛《か》み合わなかったりで、一つも選べなかったためだ。

今日中にここから六個選ぶのは難しい。不要な物を適当に貰えば、換金《かんきん》するか死蔵することになりかねない。市場に出回ることも稀な希少武具もあるのにそれでは勿体《もったい》ない。

加えて、特典武具や新しい【VDA】、それとスタイルの都合で外すことはない【ブローチ】、あとは【ストームフェイス】によって装備枠《わく》がかなり埋《う》まっている。

俺自身は多くを選べないし、必要性も薄い。

そこで、四個分の報酬はクランのオーナーとしてクランの戦力アップに使うことにしたのである。クラン全体で見るなら、多分これが一番有効な報酬の使い道だと思う。

「レイさん、本当にいいんですか？」

「ああ。明日から〈トーナメント〉だし、今後のことも考えて戦力アップしときたいしな」

「イェーイ！　オーナーってば太っ腹ー！」

「ありがとうございます」

「あ、ありがとうございます……」

それから少しして、厳重に封印された保管室の扉《とびら》を職員さんに開放してもらい、俺達《おれたち》は中に入った。

コンテナ型のアイテムボックスが積み重なった部屋。かつては怨念の溜まり場とも言うべきドロドロとした圧迫感《あっぱくかん》があったが、それらのほとんどは【紫怨走甲】に吸われたので今は骨董品《こっとうひん》の保管庫に近い空気である。

「凄《すご》い数ですね。これが元々全《すべ》て呪われていたなんて……。一体どうしてそこまで？」

「ああ。俺もルークと同じことを考えてたよ」

アイテムボックスに収められて尚《なお》、山のように積み重なった呪いの山。

なぜ、ここまで集めてしまったのか。ギデオン伯爵《はくしゃく》も「ずっと昔からこの地に収蔵することになっているので……」と詳細《しょうさい》は知らないようだった。

ただ、その答えは先日、アズライトと副賞について話したときに得られた。

始まりは、業都と呼ばれていた頃の王都で【聖剣王《キング・オブ・セイクリッド》】が【邪神《ジ・イーヴィル》】を倒したときにまで遡《さかのぼ》るらしい。

アズライトの祖先が遺《のこ》した伝承によれば、業都は元々【覇王《キング・オブ・キングス》】の本拠地《ほんきょち》であったために大量の武具が集められていたらしい。戦国時代には業都を手に入れた者達がその武具を使おうとしたらしいけれど、宝物庫の守りが厳重すぎて入手できなかった。

しかし、最後に業都を制した【邪神】のみは宝物庫を開けることができてしまった。

結果として【邪神】の眷属《けんぞく》は強力な武具で武装していたと伝わっている。

あるいは、武具そのものがモンスターと化して襲《おそ》ってきたこともある、と。

アズライトの祖先達が【邪神】とその眷属を滅《ほろ》ぼした後も武具は遺った。

しかし【邪神】の影響か、それとも戦乱の中心地にあったためか……ほとんどの武具は呪われてしまっていた。重兵衛《じゅうべえ》が振《ふ》るっていた天地の妖刀のようなものだろう。

新たに都を造る地に呪われた武具を大量に置いておくことはできないと考え、彼らは【聖剣王】の正妃《せいひ》の実家であり、当時から決闘の聖地であったギデオンに武具を移した。

ギデオンには昔から戦いの末に呪われた武具を収納する特殊《とくしゅ》な保管室があったからだ。

呪われた武具はギデオンに納まり、その後も同様の武具が安置されて……今に至る。

「という訳らしい」

「それはまた……。ギデオンで事件が頻発《ひんぱつ》するのはこれも原因なのでは？」

うん。俺も同じこと言ったわ。『呪われてんじゃないか』って。

「あ。そっちが解呪済みのアイテムボックスだから、その中から探してくれ。選んだら職員さんに申告頼《しんこくたの》む。《鑑定眼《かんていがん》》効果のある虫眼鏡は人数分借りてあるから」

「ハーイ!!」

ともあれ、選別開始だ。狭《せま》い室内、一番声が大きいイオの返事だけが耳に入ったが、他のみんなも各々《おのおの》返事をして選び始めているようだった。

そしてそんなみんなとは少し離れ、俺は別積みのアイテムボックス……まだ解呪されていない武具の山に取り掛《か》かる。

「これまで解呪したものの中にはなかったからのぅ。今日解呪する中に良いものがあればいいが……」

「ネメシス。とりあえず二つは選ばないとだから審査《しんさ》は緩《ゆる》めでな」

「む……だが、武器に対しては緩めんからな」

「はいはい」

ネメシスは同じようなことを何度も言っている。自分の代わりに俺を守る武器、というもののハードルをかなり高く設定しているらしい。

俺の方もネメシス以外を振るって戦う自分、というものは想像がつかないが……ん？

「どうしたネメシス、顔赤くして……」

「……察するがいい」

まぁ、いいか。とりあえず解呪作業を進めていこう。

武具はともかく、アクセサリーなら何か良いものが見つかるかもしれない。

そんな風に解呪を続けて一時間ほどが経《た》った頃、俺達はまだ選び続けていた。

イオだけはさっさと「これが良いです！」とアニマルなデザインの鎧を選んでいたが、俺を含《ふく》めて他はみんなまだ迷っている。

早々に決めたイオも、霞とふじのんの分を探しているようだ。

ルークは慎重《しんちょう》に選別している。聞いてみると「アンデッドに有効な装備を探しています」とのことだった。どうやら〈トーナメント〉の先、〈UBM〉への挑戦《ちょうせん》を念頭に置いた装備選択《せんたく》をしているらしい。

ルークの今の従属キャパシティならばリズは普通《ふつう》に収まる。《ユニオン・ジャック》の合体時間さえ稼《かせ》げれば、上位陣《じょういじん》にも通用するだろう。

それとルークの推測では、ルークが挑《いど》むアンデッドは恐らく人気が低いだろうということだった。行えることが明確に判明しているのにさほど特殊性がなく、それでいてランクも不明。今の王国の上位ランカーに状態異常を主体として戦う者も少ないので、勝ち上がれる可能性は高いということだった。

やはりルークは色々と考えているらしい。

ちなみに、ルークの相方であるバビは探すのに飽《あ》きたのか保管室の隅《すみ》で寝《ね》ていた。

「むぅ、やはり見つからんものだのぅ」

「そうだな」

今日の解呪対象は武器が多い。ネメシスの審査は厳しいが、それ以上に普通の武器だと俺のスタイルでは活《い》かしきれない。

武器がネメシスでなければ、俺は基本のステータスが低く、持ち合わせたスキルもピーキーな前衛だ。HPだけはかなり伸びたが、それを攻撃《こうげき》に活かせるのはやはりネメシスだけなので……代わりがいない。

「今更《いまさら》普通《ふつう》の武器を使ってもな。……お、久しぶりのアクセサリーだな」

次の解呪対象をアイテムボックスから取り出すと、それは腕輪型のアクセサリーだった。

そこまで重度の呪いではなかったのか、一分もすれば解呪された。

「……？　【大小喚の輪《ビッグ・オア・スモール》】？」

手にしていると、名前は分かる。

しかし、装備効果が『不明』になっている。これはあれだな、高レベルの《鑑定眼》じゃないと詳細が分からない類だ。借りている虫眼鏡じゃ効果が読めない。

……まぁ、いいか。なんか物理じゃなくて魔法系に由来しそうな装備だし、俺が使うこともないだろう。

俺は【大小喚の輪】を解呪済みの箱に移し、次の解呪対象を取り出して……。

「…………うん？」

なぜだろうか。俺はちゃんと【大小喚の輪】をアイテムボックスに入れたはずだが……なぜか俺の左手がまだそれを握《にぎ》っている。

いや、正確には……俺の籠手が握っている。

「……ガルドランダか？」

俺の問いかけに応《こた》えるように左手の籠手は勝手に動き、【大小喚の輪】を俺の右手に嵌《は》めようとしているが……こいつが独りでに動くのは珍《めずら》しい。

それほどにこの【大小喚の輪】がこいつにとって重要ってことか？

「……まぁ、試《ため》しに嵌めてみるか」

「だのぅ。既に解呪は済んでいるのだし、装備したら外れないということもなかろう」

ネメシスとそのように話し、俺は【大小喚の輪】を右手に装備した。

アクセサリーの枠が一つ埋まると再び左手の籠手が動き、指で床《ゆか》をなぞりはじめる。

その軌跡《きせき》を目で追うと、『《極小》とつけて、私を召喚《しょうかん》』と書いているように見えた。

「……いや、ここでお前呼んだら大惨事だろう」

具体的には、召喚後の俺がデメリットで大惨事だ。三重の状態異常か、人体発火か、あるいは肉体奪取《だつしゅ》か。いずれにしてもろくなことにはならない。

しかしそんな俺の危惧《きぐ》に対し、ガルドランダは『大丈夫《だいじょうぶ》だから、呼ぶ』と答える。

『それに前回は踏《ふ》み倒された』

「…………」

そういえば、【獣王】との戦いでガルドランダを呼んだものの……デメリットが発生する前に俺はデスペナルティになった。

復帰した後も特にデメリットは生じなかったので、そういうものだと思っていたが……ガルドランダ自身はそれを根に持っていたらしい。

……いや、俺がデメリット受けてお前に何かメリットあるのか？

「……まぁ、分かったよ。あ、ルーク。俺が変なことになったら対処頼《たの》む」

「分かりました」

流石《さすが》にルークは理解が早く、何が起きてもいいようにリズを構えている。

そうして用意が整ったところで、俺はガルドランダのリクエストに応える。

「《極小》・《瘴焔姫《ガルドランダ》》」

唱えてすぐに『そういえば召喚時間と消費MPを選択していなかった』と気づく。

しかし、どういう訳か召喚はできたらしく、【瘴焔手甲《しょうえんてっこう》】は俺の手を離れる。

直後、【大小喚の輪】が発光し――【瘴焔手甲】が消えた。

そして……ガルドランダの姿もない。

「…………………………はぁ⁉」

俺はすぐには状況《じょうきょう》が理解できなかった。

《瘴焔姫》は、【瘴焔手甲】を召喚媒体《ばいたい》としてガルドランダを召喚するスキルだ。

【瘴焔手甲】自体も召喚されたガルドランダに装備される。

しかし今、ガルドランダの姿はなく……【瘴焔手甲】もなくなっている。

「一体何が……まさか！」

まさか、あの【大小喚の輪】は、召喚モンスターを解放する装備だったのだろうか。

だとすれば、ガルドランダは自由を得てどこかに……。

「…………」

しかし焦《あせ》る俺に対し、周りはどこか驚《おどろ》いたような顔でこちらを見ている。

というかその視線が俺ではなく……俺の頭の上に注がれているような……。

「レ、レイ……。頭の上……」

「……なんか、前にもこんな空気になったたな」

ペンギンの格好をしたフランクリンに一服盛られた時、こんな感じだったような……。

そんなことを思い出しながら、俺が頭上に手をやると……妙《みょう》な感触《かんしょく》があった。

「……ッ」

その直後、指先に痺《しび》れを感じた。

痛覚オフのアバターでなければ、恐《おそ》らく痛みを感じていただろう。

俺が恐る恐る痺れを感じる手を、目の前に持ってくると……。

指先になんか変な生き物が噛みついていた。

その生き物はなんというか……ＳＤ体型の小人だった。赤銅色《しゃくどういろ》の肌《はだ》で、額には角を生やし、両手には見事にスモールサイジングされた見覚えのある手甲《てっこう》を装備している。

それは……偶然《ぐうぜん》の一致《いっち》でなければ……。

「…………ガルドランダ？」

指先に噛みついていた生き物を手のひらに下ろし、問いかける。

『キシャー』

……返事が人語ではなかったが肯定《こうてい》らしいことは分かった。

なぜこうなったのかは……この【大小喚の輪】のせいだろうな。

「……ちょっとログアウトして調べてくるわ」

「そうした方が良さそうだのう……」

『キシャー』

……ガルドランダ、何言ってるか分からん。

◇

結論から言えば、Ｗｉｋｉに詳細が載《の》っていた。

【大小喚の輪】は大昔に作られたマジックアイテムで、希少品だがこれまでに四つほど見つかっているらしい。

装備効果は、『召喚時の出力調整』。召喚時に《極小》、《縮小》と宣言すれば、召喚モンスターを弱体化する代わりに低コストで呼べる。

逆に《極大》、《拡大》と宣言すれば、コストが増加する代わりに召喚モンスターを強化できるらしい。

ただ、強化の方はコストが数倍・数十倍に増し、強化度合いは増大したコストの一〇分の一程度の比率でコストに見合わないため、あまり有用ではないらしい。

「で、《極小》で呼んだ場合はほとんど戦闘能力がない代わりに、コストも極《きわ》めて小さくなるわけだ。それってお前のデメリットもか？」

ログアウト前に召喚解除した時は、特に何も起きなかったけど。

『キシャー』

「肯定、と。……気軽に呼べるのは良いとして、会話もできないって少し問題だな」

「それでしたら、非人間範疇《はんちゅう》生物用の翻訳《ほんやく》アイテムを購入《こうにゅう》すればいいのでは？　ギデオンなら市場に出回っていると思いますよ」

「ああ、そんなもんあるんだな。探してみるか。けど、ルークが使ってるの見ないけど」

「僕《ぼく》はなくても分かりますから」

なるほど。ルークならありえる。

「ともあれ、この分だと俺が貰うアイテムの一つはこれになりそうだな」

これ選ばないとガルドランダに恨《うら》まれそうだし、……？

「ガルドランダどこ行った？」

「御主《おぬし》の頭の上だ」

またか。召喚した時といい、俺の頭の上が気に入ったんだろうか、……ん？

「なぁ、ネメシス。なんか頭の上がちょっとしびしびするんだが……」

「ああ。小さいガルドランダがさっきから御主の頭を齧っておるな。髪《かみ》の毛をモシャモシャと食べておる」

「止めろよ⁉」

そういやコイツって元は人食い鬼《おに》だったな⁉

まだ俺の体（の肉）を狙《ねら》ってたのかよ‼

『キシャー』

「む、私でもなんとなく分かるぞ。きっと『美味《おい》しい』と言っておるのだろう。……じゅる。のぅ、レイ。物は相談なのだが……」

「食わせねえよ⁉」

カニバリストが二人とか洒落《しゃれ》にならねえから‼

一つ目の報酬に【大小喚の輪】を選んでから、さらに一時間が経った。

俺《おれ》の頭を齧っていた極小ガルドランダ、通称《つうしょう》チビガルは既《すで》に召喚を解除している。本人は不満そうだったが、後で翻訳アイテムを購入したらまた呼ぶと言って納得《なっとく》させた。

それにしても血が出るくらい齧られたが、俺の回復魔法でも頭皮と髪が治ったのは幸いだ。当然と言えば当然だが、腕《うで》の欠損よりはかなり軽度だったらしい。

……今度呼ぶときは「齧るな」とは言わないから加減を覚えてもらおう。

さて、武具の選別は既に決めていたイオ以外にルークとふじのんも選び終わり、後は俺の二つ目と霞の分だけとなった。

「霞さんは【高位召喚師《ハイ・サモナー》】ですし、やはりレイさんのように召喚に関係するアクセサリーが良いのではないでしょうか？」

「召喚スキルよりガード固めなきゃ！　今の霞だとアタシでもワンパンだよ！」

「……攻撃特化《イオ》の一撃《いちげき》を喰らったら同レベル帯の後衛は普通死ぬのでは？」

そんな風にあれこれと話しながら、霞の武具を探している。

「レイさんの二つ目は大丈夫ですか？」

「んー、解呪しながら探してたけど、さっきから解呪作業の進捗がな」

【大小喚の輪】の解呪以降も武器の解呪をしていたのだが、作業が滞《とどこお》っている。

解呪を再開して何個目かの武器で、妙に時間が掛かっているのだ。

これまでは長くても五分かそこらで解呪できていたのに、もう一時間も同じ武具からの怨念《おんねん》吸収を続けていた。

最初は「【紫怨走甲】の容量が満杯《まんぱい》になって吸えなくなったんだろうか？」とも考えたが、試しにその武器を後回しにして他の武器の解呪を行ったら一分も掛からずに終わった。

つまりはその武器――真っ黒な布でグルグル巻きにされた大型の片手斧《バトルアックス》らしきもの――だけ解呪が終わらないのである。

放置しても良かったが、なんとなく気になって解呪を続けている。

ちなみにこれの解呪は床に置いたまま行っている。

いくつかの武具のように呪いのオーラが周囲に漏《も》れ出すようなことはないのだが、その分……濃密《のうみつ》に武器そのものに凝《こ》り固《かた》まっているような印象を受ける。

そして吸えば吸っただけ怨念を得られ、それでも呪いが解ける様子はない。

明らかに他の武器とは怨念の総量が違《ちが》う。

「そんなに呪いが濃《こ》いってことなのか？」

「そうかもしれませんね」

「……いっそ怨念の供給源としてこれ選ぶのもありかな」

相当量を溜め込《こ》んだ怨念だが、これからの戦いで使い切ることも十分考えられる。

【大小喚の輪】で《極大》を施《ほどこ》したガルドランダを呼ぶこともあるかもしれないし。

……MPコストが膨《ふく》れ上がるのはいいけど、デメリットの時間や効果まで増大したら三種のどれが出てもデスペナルティ一直線だな。

「この片手斧か……。解呪しきった時に何が出てくるか分からぬから、ガチャみたいなものだのぅ。まぁ、御主らしいし、それを選ぶのも手ではあるがな」

「？」

ネメシスの発言に、少しの疑問を覚えた。

「武器なのに駄目《だめ》って言わないんだな」

これまで武器（盾《たて》も含む）に関しては恐ろしく厳しい判断基準を持ち、この解呪報酬に限らずどこの店でも一つの武器にもＯＫを出さなかったネメシスが、だ。

ネメシスは『言われて気づいた』という風に、目をパチクリさせて片手斧を見た。

「そういえば、そうだのぅ。……何と言うかな、感覚的にそれはアリだと思えるのだ」

「感覚的に？」

「これでも私の半分は武器。そして武器だから分かることもあるのだ」

メイデンｗｉｔｈアームズであるネメシスはしゃがみこんで、片手斧を見下ろす。

「これは凄い武器なのだろう。それに……どこかで似たものを見たような気がする」

「あ、ネメシスさんの第二形態じゃないですか？　黒いし……斧ですよね？」

「違うな、霞。私ではないと思う」

「じゃあアタシのゴリンですね！」

「あれとは明らかにサイズが違いすぎるのぅ。というか、形ではなく……雰囲気《ふんいき》か？」

ネメシスはああでもないこうでもないと思い出そうとしている様子だった。

俺の方も考えてみたが、分からない。

しかしネメシスのＯＫも出たし、現状でも怨念の供給源として有用なので、俺の二つ目はこの片手斧になりそうだ。

「……そういやこの斧の銘《めい》は？」

俺は《鑑定眼》の虫眼鏡を近づける。

呪われた物品であってもあの《ＣＢＲアーマー》のように呪われたモノとしての名前を持つモノは多いので、ひとまずそれを見てみようと思ったのだが………。

・【】

『名づけられなかった斧。
■に■ばれなかった斧。
■■で■に■れた斧。
■も■く、■も■わりに■き斧』

《鑑定眼》が示した情報は、それだけだった。

名称《めいしょう》は空白で……いや空白すらない。説明文も虫食いだらけだ。

【大小喚の輪】のように《鑑定眼》のレベルが足りないどころの状態じゃない。

感覚的に近いのは……始めたばかりの頃に兄の隠蔽《いんぺい》されたステータスを見たときか？

「……まぁ、昔の生産アイテムで打った職人に銘をつけられなかった、ってとこかな？」

唯一《ゆいいつ》まともに読める文言が『名づけられなかった斧』、だからな。

作った職人は、この斧に対して何か不満があったのかもしれない。

見れば柄《つか》の一部が欠けていたりもする。

それに随分《ずいぶん》と昔のもののようだ。ここで解呪したどの装備よりも古いかもしれない。

「〈デス・ピリオド〉の皆《みな》さんはこちらにいらっしゃいますか？」

俺達が片手斧を前に悩んでいると保管庫の扉が開き、そのように声をかけられた。

声の主は、目の下の隈《くま》が目立つ青年……この保管庫の管理者であるギデオン伯爵だった。

伯爵は俺よりも年下だが、王国の重要地域であるギデオン伯爵領を治めている人物だ。

また、ギデオンを襲ったあれやこれやの災難によって被害《ひがい》を受け続けた人物だ。

山賊団《さんぞくだん》と白衣とガイリュウオウとハンニャさんの最大の被害者とも言える。

目の下の隈は多分そのせいだろう。

「伯爵、どうしてここに？」

「〈デス・ピリオド〉の方々にご相談があったので、足を運んだ次第《しだい》です……。何かお気《き》に召《め》すものはありましたか？」

「はい。三人はもう選び終わって、あとは俺と彼女《かのじょ》だけですね」

伯爵は俺のバイトの依頼主《いらいぬし》でもあるため、自然と敬語で話している。

『……不思議なものだのぅ』

何が？

『いや、第一王女で国王代理のアズライトにはタメ口なのに、騎士のリリアーナや伯爵には敬語というのが、なんともちぐはぐだのぅ』

……まぁ、アズライトはプライベートではタメ口でいいって言ってくれてるしな。

というか、アズライトにしてもリリアーナにしても、最初に話したときの言葉遣《ことばづか》いがそのまま続いてるだけだと思うぞ。

『そういうものかのぅ』

そういうものだ。

「ああ、そうだ。伯爵はこの斧が何だかご存知《ぞんじ》ですか？」

「斧……ですか？」

伯爵は床に置かれた斧を見て、しかし首を傾《かし》げた。

「……いえ、存じませんね。君、資料記録はどうなっていますか？」

部屋の外にいた職員の人に伯爵が話しかける。

俺達が選んだ装備を記録していた人だが、その人も紙束を見つつ首を横に振った。

「記録が残っていません。台帳の番号から、建国の頃に保管されたものであるようです」

「……ここにある物品の多くは【邪神】討伐《とうばつ》で得られたもの。それらは性能の詳細も由来も呪いが解けて初めて機能が判明したケースが多い……。そうしたものの一つということしか分からないか……。〈トーナメント〉での配布後にまた資料のチェックを……いや配布前の方が……ああ、すみません」

「いえ……」

呪われた武具を呪われたまま使うのはリスクが高く、《鑑定眼》でもさっきのように正確に鑑定されないのなら仕方のない話だ。

ただ、伯爵は何か負担を感じたのか、胃のあたりを押さえていた。

……フランクリンの事件前後に見掛《みか》けたときはもっと溌剌《はつらつ》としていたんだが。

「それで……その斧がどうしました？」

「俺の二つ目の報酬、これを呪われたまま貰ってもいいですか？」

俺がそう言うと、伯爵は少し驚いた顔をしたがすぐに頷《うなず》いた。

「こちらとしては構いませんよ。保管庫にあるものから自由に選んでいただくことになっていましたから。ですが、……よろしいのですか？」

「俺の場合は呪われていることにも意味があるので」

「なるほど。分かりました。そのように、手続きをしておきましょう」

俺が怨念を魔力《まりょく》に換《か》えられることは伯爵も知っているので、すぐに納得してもらえた。

こうして、俺の二つ目の報酬は名前のない片手斧に決まったのである。

俺は直接触《ふ》れないように気をつけながら、斧をアイテムボックスに仕舞《しま》いこんだ。

「それで、伯爵。俺達に用事って何でしょう？」

「ええ。実は〈デス・ピリオド〉がギデオンで本拠地を探しているという話を小耳に挟《はさ》みまして」

……どっから挟んだんだろう。

ギデオンではもうお馴染《なじ》みの忍者諜報網《にんじゃちょうほうもう》だろうか？

「先ほど復帰の挨拶《あいさつ》に来られたフィガロ氏からお聞きしました」

あ、そっちか。

「えっと、まぁ。王都の方では色々と問題があって見つからなかったもので……」

「存じています。ギデオンとしては有力なクランに本拠地を置き、ホームタウンにしていただけるのはありがたい話なのです。心強いですし……」

あの【グローリア】の事件でも、ホームタウンを守るために戦った巨大《きょだい》クランがあったとは聞いたことがある。伯爵の言葉は、それも踏まえているのだろう。

「用件はそのことについてですか？　それなら後で俺達から挨拶に行くつもりで……」

「いえ、挨拶より一歩進んだ話ですよ」

一歩進んだ話？

それが何か分からず、俺が内心で首を傾げていると……。

「ギデオンに本拠地を置くことを考えておられる〈デス・ピリオド〉の皆様《みなさま》に、ご紹介《しょうかい》したい物件があります」

伯爵はそう言って本題を……俺達の本拠地として勧《すす》めたい物件があると切り出した。

◇

それから、俺達は伯爵に案内されてその物件を見に行くことになった。

わざわざ伯爵自ら案内しなくてもとは思ったが……何やら事情があるらしい。

物件に向かう馬車に乗る直前にも、伯爵はドアにもたれかかりながら、無意識によるものか『胃が痛い……。明日からの〈トーナメント〉大丈夫だろうか。またテロを起こされないだろうか……。他の仕事で逃避《とうひ》したい……』という呻《うめ》きを口から漏らしていた。

……短期間に何度も壊滅《かいめつ》の危機が来たせいか、かなりメンタルに来ているようだ。

俺よりも若いのに、髪に白いものが交じり始めている。

〈トーナメント〉が済み、皇国とのあれこれも一段落したらゆっくり静養してほしい。

ちなみに、伯爵は俺達とは違う前部のコンパートメントに座《すわ》っている。仮眠《かみん》をとるのかもしれないし、あるいは車内でも仕事をしているのかもしれない。……大変だな。

なお、伯爵の馬車で物件を見に行くのは俺とふじのんとイオ、それと……。

『…………』

先ほど【テレパシーカフス】で連絡《れんらく》がついて合流した兄だ。

兄はクラン内でも最古参の〈マスター〉であるし、以前ポップコーンの工房《こうぼう》を借りてもいたので物件のアドバイスを貰うために来てもらった。

なお、ルークは霞がまだ選び終わっていなかったのでそちらを手伝っている。

霞の装備選びについて『ふじのんとイオは手伝わなくていいのか？』と思ったが、二人とも霞にサムズアップしながらこっちについてきた。

……まぁ、友人の背中を押《お》したということなのだろう。そのくらいは俺にも分かる。

『物件……か』

ふと、隣《となり》に座っている兄が外を見ながら呟《つぶや》いた。

さっきから何かを考えていたようだが、何か気になっているのだろうか？

「どうしたんだよ、兄貴」

『いや、物件紹介って話だが、「この辺にそんな良い物件あったか？」と思ったクマ』

言われて、窓の外を見る。馬車は大通りを走っているが、しかしその大通りに面する建物もどこか雰囲気が暗く見える。

こう言っては何だが、テレビなどで見た先進国大都市のスラム街を連想してしまう。

しかし同時にどこか猥雑《わいざつ》な盛り上がりも見え、いかがわしい看板の店も立ち並んでいた。

また、何となく道行く人の人相……というか目つきが悪い。

「ここってたしか……」

『八番街。盗賊《とうぞく》ギルドや女衒《ぜげん》ギルドもあるし、このギデオンで一番治安の悪い地域クマ』

「…………」

ああ、うん。よく行く一番街や四番街とは空気が違う訳だ。

ルーク達《たち》は女衒ギルドがあるから通い慣れているだろうけど。

「ねえねえふじのん！　すごいよ！　すっげーエロい下着の看板ある！　あとモザイクで見えない看板もあるよ！　これが噂《うわさ》の視覚年齢《ねんれい》制、ぐえん……!?」

「イオ。女の子として最低限のＴＰＯは守って！」

イオは街の雰囲気にテンションが上がっているようだった。

上がりすぎてまたふじのんに制裁されているけど。

「……大丈夫かよ、こんな豪華《ごうか》な馬車で通って」

『ま、治安が悪いっつっても、伯爵家《はくしゃくけ》の紋章《もんしょう》が入った馬車に手を出すアホはいないクマ。むしろ安全クマ』

……もしもいま手を出すと伯爵どころか〈超級《スペリオル》〉が飛び出すしな。

『山賊が腰《こし》を抜《ぬ》かした実績もある御主もおるしのぅ』

いや、あれはむしろ俺の前に飛び出した三人が作った空気のせいだから……。

「ふぅむ。しかし、こんな治安の悪い地域でどんな物件があるというのだ？」

「それだな。伯爵自ら紹介したいって言うんだから良い物件だと思うんだけど」

「あ！　アタシわかりましたよ！」

イオはえっへんと胸を張り、自信満々にそう言った。

「イオはどんな物件だと思うんだ？」

「きっと殺人事件があった物件ですよ！　マフィア同士の抗争《こうそう》で住人皆殺《みなごろ》し！　それ以来幽霊《ゆうれい》が憑《つ》いて引き取り手がいないんです！　だからオーナーの特典武具やアンデッド退治スキルで除霊《じょれい》してもらってから格安で引き渡《わた》す算段なんですよ！」

「…………なるほど」

……どうしよう、わりと本気でありそう。

「イオ、それは思いきり事故物件じゃないですか」

『ま、王国自体が最大級の事故物件だから今さらって気も……』

「兄貴、今なんて？」

『何でもないクマー』

……まぁ、俺も『呪《のろ》われてんのか？』とはアズライトに言ったけどさ。

「ともかく、わざわざ案内するのですから事故物件ではないと思いますよ」

「えー？　じゃあふじのんの予想はー？」

「廃屋《はいおく》を不法占拠《せんきょ》した住人を立ち退かせて、そこに本拠地を新築するのではないでしょうか。立ち退きに〈デス・ピリオド〉の武力を使う形で」

「……発想が怖《こわ》い」

地元住民とのトラブルの連続になりそうだから御免蒙《ごめんこうむ》る。

……どっちもないと思いたい。

「本当、どんな物件に案内されるんだろう……」


馬車が八番街の大通りを抜けると、そこにはあるものが建っていた。

それはこのギデオンに一三棟《とう》ある闘技場《とうぎじょう》の一つ、八番街の第八闘技場である。

「八番街の闘技場を見たのは初めてだな」

各闘技場はギデオンの中心に建てられた中央大闘技場から各番街に伸《の》びた大通り、その先に建てられている。中央大闘技場以外の各闘技場の基本構造はほぼ同じで、この第八闘技場も決闘《けっとう》のための設備を備えている。

しかし、他の闘技場よりもどこか寂《さび》れているように見えるのは気のせいだろうか？

「着きました」

馬車が停まり、ギデオン伯爵《はくしゃく》の発した言葉でこの近辺が終着点だと分かった。

しかし馬車から降りて周囲を見ても、目に映る建物は商店や酒場がほとんどで……屋敷《やしき》のようなものは見えない。

「伯爵。俺達《おれたち》に紹介したい物件というのはどれですか？」

「こちらです」

そう言って手で指し示されても、見当たらない。

『第八闘技場を挟んで向こう側にあるのか？』と、俺が考えていると。

「〈デス・ピリオド〉のオーナー、レイ・スターリング殿《どの》」

目の下に隈を浮《う》かべた伯爵は、俺を真っすぐに見ながら……。

「——この第八闘技場を本拠地《ほんきよち》として買いませんか？」

——俺が想像もしていなかった提案をしてきた。

□【聖騎士《パラディン》】レイ・スターリング

この決闘都市ギデオンにおいて、闘技場の存在は言うまでもなく重要だ。

決闘都市の名の由来であるし、一つの都市に合計で一三もの決闘用結界施設《しせつ》があるというケースは他に存在しないらしい。ギデオンという都市の屋台骨そのものである。

普通《ふつう》ならば、領主がこれを手放すことはありえない。

しかし伯爵は言う。

「第八闘技場だけは二つの問題により手放しても構わなくなったのです」、と。

第一の問題は、やはり立地の悪さ。

このギデオンが都市国家であった頃《ころ》や王国建国後の数百年は問題なかった。

しかし、時を経るにつれて、この八番街は治安悪化地域となっていった。何代か前の伯爵が気付いたときには自然とそうなっていたらしい。

そうして一般人《いっぱんじん》はこの八番街を忌避《きひ》し、街にはアウトローやグレーゾーンの人間（女衒ギルドや盗賊ギルドもこれに該当《がいとう》する）が集まり、第八闘技場での興行は閑古鳥《かんこどり》が鳴くようになった。

八番街の雰囲気に染まらず、第八闘技場が公営のクリーンな施設であり続けたこともその要因だ。八番街の住人はより過激な非公式の地下賭博《とばく》を好むようになり、結果として八番街の内外から客足は遠のき、無観客試合も珍しくなくなった。

だというのに、定期的に行われる結界設備の点検や補修などの維持費《いじひ》は専門家に要請《ようせい》する必要もあって非常に高額。施設の補修や清掃《せいそう》も含《ふく》め、収益は赤字もいいところだ。

第二の問題は、闘技場で試合を行う選手、そしてギデオン全体の観客の激減だ。

あの【グローリア】事件や先の戦争によって、ティアンと〈マスター〉を問わず闘技場で戦う者は数を減らした。ランカーの流出も理由の一つ。

闘技場の興行を回す選手が減れば、自然と興行は減る。

さらに、裕福《ゆうふく》な住人の他国への亡命で王国経済も冷え込み始めている。

日々の興行も、〈超級激突《ちょうきゅうげきとつ》〉という破格の大イベントや上位ランカー同士の戦いでもなければ客は満員にはならない。模擬《もぎ》戦用途のレンタルを含めても闘技場の使用率は下がり、中でも第八闘技場は輪をかけて利用者がいない。

全体の収入減も重なった上で、第八闘技場の経営赤字は過去最悪を記録した。


この時点で、伯爵は第八闘技場を手放すことを考え始めた。

現時点ではこれまでにギデオン伯爵家が貯《た》め込んできた財貨で問題なく回せるが、それも無限ではない。〈マスター〉への報酬《ほうしゅう》などでの消費もある。赤字は減らしたいのだ。

そこで興行に使えない第八闘技場を王家に寄進し、騎士団《きしだん》の訓練施設として活用してもらうことも考えた。

だが、流石に『悪徳街』などと揶揄《やゆ》される八番街の物件を王家に譲《ゆず》ることは躊躇《ためら》われた。

ならば売却先《ばいきゃくさき》を探そうと考えた。立地は悪くとも、闘技場は闘技場。有力なクランや団体ならば喉《のど》から手が出るほど欲《ほ》しいはず。

しかし、一位のクランである〈月世の会〉は論外だった。王家とのやりとりを鑑《かんが》みて、悪徳の八番街から根を生やしてギデオン全体を乗っ取られるのではという懸念《けねん》があった。

ならば決闘ランカーも在籍《ざいせき》する〈K&R〉はと考えて、そもそもPKクランに売却するのは宗教団体への売却以上に倫理的《りんりてき》にどうなのかという結論に至った。

かつての巨大クランである〈バビロニア戦闘団《せんとう》〉は既に活動を縮小しているし、ファンクラブの集合体である〈AETL連合〉は王女達のいる王都から離《はな》れない。

第八闘技場は持っていても負債《ふさい》にしかならず、売り渡す相手も見つからない。

途方《とほう》に暮れていた伯爵に、しかし新たな売却先候補が見つかった。


その候補の名は、〈デス・ピリオド〉。

……まぁ、俺達のことである。


俺達がギデオンで本拠地を探し始めたことは、伯爵にとって好機だった。

王国第二位の有力クランであり、信頼《しんらい》できる相手であり、この八番街を根城にしても問題ない戦闘力を持ち、むしろ畏怖《いふ》されることで浄化《じょうか》作用があるかもしれず、そして決闘王者であるフィガロさんも在籍するので訓練用の闘技場設備があって困ることもない。

そして西方では前代未聞《ぜんだいみもん》の〈超級〉が四人も在籍しているクランならば、購入予算も間《ま》違《ちが》いなくあるし、維持費もクリアできるだろうという見積もり。

要するに伯爵から見てこれ以上ない売却先だったわけだ。

ちなみに提示されたお値段は購入なら一五〇億リル、賃貸《ちんたい》なら年間五億リルである。

「『……意外と安い』」

「ええ⁉」

俺と兄の言葉がハモり、そこにさらにイオとふじのんの言葉がハモった。

だが、思わず口から出た「意外と安い」の言葉に、己《おのれ》の金銭感覚の狂《くる》いを実感した。

それもこれも俺が今着ている鎧《よろい》だけでも二億リルするからだろう。

兄にしても一戦闘で何十億リルも消し飛ばす散財の鬼だ。財産の【破壊王《キング・オブ・デストロイ》】である。

しかし、それでも購入はきつい。兄やフィガロさんの資産が万全《ばんぜん》ならともかく、今は二人とも出費の後だ。……流石《さすが》にクランの総資産でも購入まではできないだろう。

逆に、レンタルなら初年度は俺のポケットマネー（八億リル）だけでも借りられる。

ちなみに、提示価格は伯爵側もかなり安く抑えている。歴史的・機能的な価値は桁違《けたちが》いに高いが、やはり立地は悪いし、老朽化《ろうきゅうか》した物件であることも考慮されているからだ。

「……設備としては本当に良いんだよな」

俺達の本拠地として求めている条件に加えてプラスαまである。

まず、『個室』はある。この第八闘技場にもボックス席があり、空調も含めて設備は整っている。家具などを置けば高級ホテルに近い部屋が出来上がる。

第八闘技場のボックス席のブース数は一二。フィガロさんとハンニャさんがフィガロさんの家で暮らすことを考えても、十二分に揃《そろ》っている。

後からメンバーが増えると足りないが、そのときは控室《ひかえしつ》など他の部屋を使えばいいし、改装してもいいというのが伯爵の弁。敷金《しききん》礼金も不要だそうだ。

女性陣《じょせいじん》が希望した『大浴場』もある。闘技場……曲がりなりにもスポーツ施設ゆえか、大人数が一度に使用し、汗《あせ》を流せる湯船がある。しかもちゃんと男女で分かれていた。

イオ達曰《たちいわ》く「掃除《そうじ》すれば合格です！」だそうだ。

それから『会議室』も闘技場のスタッフがミーティングを行うスペースとして存在した。ルークと霞《かすみ》が希望した『モンスターのためのスペース』は言うまでもない。バトルロイヤル競技にも対応する闘技場の広さは折り紙付きである。

ネメシスが主張しまくった『食堂』も当然ある。しかし、コックさんはいないので雇《やと》うか自炊《じすい》が必要になる。

そして意外なことに……『プール』もあった。

ローマのコロッセオのように、オプションとして闘技場の舞台《ぶたい》を水上競技用に変更《へんこう》させる仕組みがこの第八闘技場にもあったのである。

無論、水を溜《た》めるのにもコストはかかるが、排水《はいすい》設備もしっかりあるとのこと（閑古鳥が鳴いて暫《しばら》く使っていなかったので、先に整備点検する必要はあるそうだが）。

俺達が昨晩好き勝手にリストアップした条件を全《すべ》てクリアした上で（『ポップコーン工場』は無視）、何よりの付加価値として結界設備がある。

自分達の本拠地に決闘結界がある。このアドバンテージは凄《すさ》まじい。様々な戦闘技術や新スキルを自由にテストできるし、時間を気にせずに模擬戦が可能となる。

他者の目がなくそれが可能。この利点は俺が考えているよりも大きいかもしれない。

ゆえに、ギデオンで本拠地を探すならばこれ以上の物件は恐《おそ》らく存在しない。売りに出ていることが奇跡《きせき》と言えた。

問題は、金額だけだ。

「賃貸三〇年分で購入金額と同額か……どう思う？」

『三倍時間考慮《こうりょ》で約一〇年。離れない可能性は高いから、買った方が安上がりクマ。でも今は購入資金を捻出《ねんしゅつ》するのは難しいクマ』

「だよな。大きな買い物だし、一回持ち帰って他のみんなとも話した方が良いか……」

昨日の打ち合わせの時点で俺に一任されてはいるけど、やっぱり重要な事だしな……。

「えー？　初年度は賃貸費《ちんたいひ》を払《はら》って、翌年以降の購入を目指したらええんやない？」

ああ。そういう手もあるよな。

戦闘準備にしか資金を回せない兄も、金銭が枯渇《こかつ》気味のフィガロさんも、皇国とのゴタゴタが終わり、時間さえできれば何十億と稼《かせ》ぐことは可能だろうし。

「頑張《がんば》って購入して一年以内に王国が消えたら目も当てられへんしなー。一年レンタルならそうなってもあんまり懐《ふところ》も痛まなくてええんやない」

「シャレにならないし笑えねえよ。……………………ってオい」

そこまで話してから、聞き覚えのある声に俺は振《ふ》り向く。

「てへっ♪」

気づけば……背後に妖怪《ようかい》がいて会話に加わっていた。

ご存知、女化生先輩《せんぱい》である。

『……出たな雌狐《めぎつね》』

「出たでー雄熊《おすぐま》」

……初遭遇《そうぐう》のときもこんな感じだったな。

本当にどうやって…………あ、分かった。

「…………」

俺は左手の【瘴焔手甲《しょうえんてっこう》】を……自分の影《かげ》に向けて火炎《かえん》放射の構えを取る。

すると、俺の影からピョイッと人影《ひとかげ》が飛び出した。

影から飛び出した人影は、着地するとすぐに姿勢を正し、俺に向けて一礼した。

「……月影先輩《つきかげせんぱい》」

こちらもご存知。女化生先輩の懐刀《ふところがたな》、月影先輩だ。

「こんにちは。察しが早くなりましたね」

察したよ。いつからかは分からないけど、また俺の影に月影先輩が潜《もぐ》っていたわけだ。

「……で、何で二人がここに？」

「レイやん達を見かけたから尾行《びこう》しただけやけど？」

「見かけただけで人の影に潜るなよ！　そもそもどうしてギデオンにいるんだよ！」

「んー？　そんなん、〈トーナメント〉に参加するためにギデオンに来たに決まっとるわー。〈月世の会〉からも希望者募《つの》ってみんなで来たんよー」

「！」

言われてみれば、〈月世の会〉だって当然参加資格は持っているけど……。

「……参加するには、契約書《けいやくしょ》にサインしなきゃならないぜ？」

ようやく外れた軛《くびき》に、また嵌《はま》りに来る手合いではないだろうに。

「副賞要《い》らんかったら戦争参加はしなくてええ。で、犯罪しないんはそんな条件つけられるまでもなく当然やん。〈月世の会〉はクリーンな宗教団体なんよ？」

「……前に俺を誘拐《ゆうかい》したじゃないか。それにアズライトからも『テロを仄《ほの》めかされた』とか聞いてるぞ」

「えー？　レイやんも知っとるように〈マスター〉相手は犯罪にならへんしー？　仄めかしてもやっとらへんもーん」

……すごくむかつく顔でそんなことを言われた。

なんか知らんがいつもより上機嫌《じょうきげん》で口調がふわふわしてるのも腹立つ。

「まぁ、いいか。これで〈月世の会〉が王国内部でやらかすことを防げるなら……」

「え？　戦闘メンバーで連れてきたの三分の一もおらへんから、三分の二は縛《しば》られへんよ？　影やんも出えへんからまだ交渉《こうしょう》カード保持やー」

「…………」

そういうことするよな、この人。

そりゃアズライトも寄生虫連呼するわ。

「ところでところで？　レイやん達、この闘技場買うん？」

「そのつもりだけど……それがどうしたんだよ？」

俺が尋《たず》ねると、女化生先輩はニマニマと笑ってこう言った。

「買わへんのやったら〈月世《うちら》の会〉がゲットしよかと思たんやけど。あの手この手で伯爵を脅迫《きょうはく》&交渉して……」

「伯爵。とりあえず一年賃貸でお願いします。賃貸費はすぐ払うんで」

「あ、はい。ありがとうございます」

妖怪にこの施設を渡してはならないと、俺はすぐに伯爵との賃貸契約《けいやく》に移ったのだった。

こうして、めでたくも〈デス・ピリオド〉の本拠地は第八闘技場に決定したのである。

ちなみに、女化生先輩は「〈トーナメント〉ではおぼえとれよー」と捨て台詞《ぜりふ》を吐《は》いて退散した。

「……本当に何しに来たんだ、あの人」

『あれはお前に発破かけただけクマ』

発破?

『雌狐が本当にその気ならば俺達に言わずに実行していたはずクマ。単にお前をからかって、煽《あお》って、賃貸を決断する背中を押したかっただけクマ』

「ええ……」

『それに〈トーナメント〉も月影は出ないと言っていたが……要するに雌狐自身は出るってことクマ。雌狐にはこの王国で罪を犯す気はないと、遠回しに宣言していた訳だ』

「……なるほど」

あの人は胡散臭《うさんくさ》いし、度々《たびたび》露悪《ろあく》的だし、金銭にも汚《きたな》いところはあるが……まぁやはり根は悪人ではないということなのだろう。……誘拐されたことあるけど。

『ともあれ、これで本拠地も決まりだな』

「そうだな。……？」

兄の言葉に頷いて、ふと気づく。

クマの着ぐるみの視線は第八闘技場に向けられている。

その着ぐるみの内側の、他者には隠《かく》された兄の目。

俺も雰囲気で察するしかないことだけど、どこか『遠い目』をしている気がした。

それは第八闘技場を見ているようであったし……別の何かを見ているようでもあった。

クランの本拠地を得るという行為《こうい》に対し、兄も何か思うところがあったのだろうか？

◇

契約《けいやく》を交《か》わした後、クランメンバーのみんなに本拠地の決定を伝えると、ログアウト中だったレイレイさん以外の全員が第八闘技場に集まった。

本拠地が闘技場という展開はやはりみんな予想外だったのか、珍《めず》しいことにルークまで驚《おどろ》いていた。

ともあれみんなこの決定自体は大歓迎《だいかんげい》だったようだ。むしろ俺達よりも熟練の面々が、『余人に知られずに奥《おく》の手《て》を研鑽《けんさん》できる』環境《かんきょう》を喜んでいるようである。

何にしろ、喜んでもらえて良かった。

「しかし、掘《ほ》り出し物《もの》の鎧に素材の売却金《ばいきゃくきん》、【大小喚の輪《ビッグ・オア・スモール》】とあの斧《おの》、極《きわ》めつけがこの闘技場か。昨日今日で随分と色々なものが手に入ったな……」

どうにも、運が良すぎるように思える。

『悪運寄り』などとネメシスから言われている俺からすれば、この幸運のラッシュはとんでもない揺《ゆ》り戻《もど》しの前触《まえぶ》れではないかと戦々恐々《せんせんきょうきょう》してしまう。

「そう思うのは無理もないがのぅ。大丈夫《だいじょうぶ》ではないか？」

「何でそう思う？」

「これらは単に幸運で得たわけではないからの。鎧や金銭と引き換えた素材は御主《おぬし》が鯨《くじら》と戦って得たもの。腕輪《うでわ》と斧は、コツコツとギデオンで解呪のバイトに励《はげ》んでいたから得たもの。この闘技場も、あの日のギデオンでの頑張りがあったからこの地に残り、そして伯爵から譲るに値するほどの信用を得たのだ。いずれもこれまでの御主の行動の結果《リザルト》である。偶々《たまたま》タイミングが重なっただけと考えればよかろう」

「……そうなのかな」

「胸を張れ！　御主の行いは認められてもよいものだ！」

そう言って、ネメシスは俺の胸を小突《こづ》いた。

その言葉と行動に、さっきまでの座りの悪さや不安感は溶《と》けていった。

「ありがとう、ネメシス」

「うむ！」

そうして、ネメシスは俺ににっこりと笑いかけた。

「うんうん。そのとおりです。レイさんの頑張りにはログイン初期から見てきたボクも太《たい》鼓判《こばん》を押しますよ！」

そんなとき、不意にマリーが話に加わった。

なお、ネメシスは割り込《こ》まれたこともあり、不満顔だ。『まぁ、最初のデスペナの下手人はマリーだったしのぅ』と言いたげでもある。

「ところでレイさん。リザルトと言えば……例のあれも今が丁度いいタイミングではないですか？」

「丁度いいって……何が？」

「昨日の集まりでも話していたでしょう？　イベント賞品のチケットですよー」

「…………あっ！」

色々あって記憶《きおく》の片隅《かたすみ》に埋《う》もれかけていたが、思い出した。

先日の無人島でのバトルロイヤルイベント、〈アニバーサリー〉。それを勝ち抜いた俺は、チェシャから賞品として『Sランク確定』のガチャチケットを渡されていたのだ。

「明日はレイさんが参戦する〈トーナメント〉の開催日《かいさいび》でしょう？　ここで戦力を増強しておくに越《こ》したことはないですよ。丁度、いくらでも訓練できる環境も手に入りましたし」

マリーの言うとおりだ。むしろ今しかないだろう。

なお、同じくこのチケットを入手したジュリエットとアルトは、二人とも特典武具を入手している。過去にSランクを引いたルークもまた特典武具を手に入れているので、これで新たな……俺にとって四つ目の特典武具を手に入れる可能性は十分にある。

ただし、このチケットで手に入る特典武具は本人ではなく過去のティアンにアジャストしたものであるため、取り扱《あつか》いが難しいそうだ。〈トーナメント〉で使うならば事前に訓練する必要があるだろう。

俺がアイテムボックスからチケットを取り出すと、みんなも集まってきた。

「……何で人がガチャを引くのって見たくなるんでしょうね」

「それはですねふじのんちゃん。結果が未知というだけで人は関心を持ってしまうからですよ。あと、他の人がガチャで爆死《ばくし》しても自分の懐は痛まないからですね」

「……マリー。これはSランク確定チケットで爆死なんてありえないからな。あのガチャで一番コスト掛けたときの最高値……一〇〇〇万リル以上の価値は保証されてるんだ」

「レイさんなら【墓標迷宮《めいきゅう》　探索《たんさく》許可証】一〇〇枚セットとかありそうじゃないですか？」

「……………………シャレにならないからやめてくれ」

二枚目以降もガチャで引いてんだよあれ……。

無記名なら売れるからまだ良いけど……。

「レ、レイ、止めておくか？」

ネメシスがさっきとは打って変わって不安そうな顔でそんなことを言い始める。

「だ、大丈夫だネメシス……。俺はそこまで不運じゃないさ」

悪運寄りだけど……。

「しかし……ガチャに関してはネタが優先される体質であろう？」

「そんな体質認めないけど!?」

「のう、やはり取っておこうではないか。これまでのパターンからすると、いつか窮地《きゅうち》に立ったときに一《いち》か八《ばち》かで引いたら強い装備が来そうであろう？」

「そんなタイミングでガチャ引きたくないぞ⁉」

「しかし過去の事例からして……」

「だったら今、過去の弱い自分を乗り越えるだけだ！」

「ガチャ引くだけでカッコいい台詞《せりふ》言わないで欲しかったのぅ……」

俺はネメシスの制止を振り切り、勇気を込めてチケットを使用する！

チケットは光《ひか》り輝《かがや》く粒子《りゅうし》の塵《ちり》となり、代わりに俺の手の中にはかつて見た虹色《にじいろ》の鉱石……Sランクのカプセルが在った。

あれから何度もガチャを引いたが、初めて手にする輝きである。

感無量だが、Sランクが出るのは確定。問題はここからだ。

「…………ん？」

そのとき、虹色の光沢《こうたく》に紛《まぎ》れて表面に何か文字が書かれていることに気がついた。

『広い場所で開けてください』

「……見覚えのある文言だな」

具体的には、かつてシルバーをゲットしたカプセルに書かれていた。

「となると、このカプセルの中身は最低でもシルバー並に大きいということだのぅ。通常の装備の類ではなさそうだ」

「そして【許可証】の類でもなさそうで安心したよ……」

「……御主、マジで心配しておったのだのぅ」

「……ああ。強がったけど俺のガチャ運がちょっとあれなことは自覚してたよ……」

「ファッションセンスの方も自覚してほしいところだのぅ……」

ともあれ、カプセルの開封《かいふう》である。

広い場所で開けろと言うが、この闘技場の中心ならば問題ないだろう。

船だって浮かべられるくらいの面積がある。

……むしろそれで収まらないくらいデカいのが出たら大当たりと言えるだろう。

そうしてガチャを見守るみんなが安全そうな距離《きょり》まで離れたのを見とどけて、俺は虹色のカプセルを開封した。

輝きの後、そこには巨大《きょだい》な物体が鎮座《ちんざ》していた。

否、正確には……浮遊していた。

「これ……は？」

一瞬《いっしゅん》、それが何だか分からなかった。

見上げるほどには高く、両手を広げても足りないくらいに幅広《はばひろ》い。

高さ三メートル、横幅《よこはば》も三メートルほどの立方的な物体。

地面から五〇センチほど浮いているそれは——家だった。

銘《めい》は、【レジェンダリー・キャリッジハウス】。

「特典武具……ではなさそうだな」

船型や建造物型の特典もあるらしいが、名前からしてその類ではないようだ。

アイテム説明によると、大昔の【建造王《キング・オブ・ビルディング》】が建てた家らしい。

浮いているので地震《じしん》などの影響《えいきょう》は受けず、しかし暴風雨でも動かない。

生半可な攻撃《こうげき》では傷一つつかず、自己修復もする。

逆に持ち主なら簡単に動かせるため、建《た》て替《か》えも引っ越しも楽々。

専用のアイテムボックスまで付属している。いつでも、どこにでも設置できる家だ。

中身も凄《すご》い。外見は小さな家だが扉《とびら》を開けると幾《いく》つもの部屋が見える。どうやら先輩の竜車《りゅうしゃ》以上に内部の空間が拡張されているらしい。

極めつけは……。

「あ。この家、セーブポイントになってる」

デスペナからの復帰以外は可能な簡易式セーブポイントだ。

迅羽《じんう》が黄河から王国までの護衛の報酬でゲットしたという竜車と同類である。

『ほー。俺の知り合いもセーブポイント付きのアイテムは便利って言ってたクマ』

なるほど。この家は家屋として、最高のものに近いということだろう。

決してハズレではない。間違いなく、一〇〇〇万リル以上の価値はある代物《しろもの》だ。

だが……。

「家を借りた記念のガチャで家が出てくるのって無駄《むだ》にした感じありますね！」

「ごふっ……」

イオのド直球な発言に、俺は膝《ひざ》をついた。

周囲からは、『空気読んで言わないでおいたのに……』みたいな気配が伝わった。

かくしてこの日、俺達〈デス・ピリオド〉は住居を二軒《けん》ゲットした。

俺のガチャ運はネタ寄りで確定らしかった……。

□【聖騎士《パラディン》】レイ・スターリング

本拠地、そして自分の部屋を得た俺達は、四番街の市場で家具を買い揃えた。

今は各自で部屋をセッティングしている。

……なお、俺の部屋は闘技場の方である。

闘技場の中に【レジェンダリー・キャリッジハウス】を設置して寝泊《ねと》まりするのも違和《いわ》感《かん》あったし……。あちらは他の都市で寝泊まりするときのテント代わりになるだろう。

という訳で、俺の部屋となった闘技場のボックス席にカーテンやベッド、テーブルセットなどの家具を置いていく。

それとネメシスの希望で購入した設置型の時間保存式アイテムボックスも置く。普段《ふだん》使っているアイテムボックスよりも大きくて持ち運びは難しいが、入れたアイテム……例えば食品を温度も鮮度《せんど》もそのままで仕舞《しま》っておける代物だ。

高い買い物だったが、それ以上にこれからの食料消費を考えて頭痛がした。

それと翻訳《ほんやく》アイテムも購入したので、《極小》で呼んだチビガルに付けさせた。

チビガルは開口一番に俺の髪《かみ》を要求し、今はカットした髪をちびちびと齧《かじ》っている。

……毛髪《もうはつ》回復ポーションも売っていたから使ってるけど、これ髪の毛傷《いた》まないよな？

「家具の設置も一段落だのぅ。後は明日の〈トーナメント〉に集中するだけか」

「今日は報酬選びと引っ越しで一日潰《つぶ》れたから、レベル上げも何も出来てないけどな」

まぁ、一日だけ下級職のレベルを上げても、焼け石に水だったかもしれないけど。

「ぶっつけ本番だな」

「ふむ。まぁ〈トーナメント〉は結界での決闘だからのぅ。一試合ごとにリセットされるから、特典武具のスキルも使い放題ではある。勝ち目もあろう」

『タダ働きは、やだ、よ？』

ネメシスの言葉に、テーブルの上で髪の毛を食べていたチビガルがそう言った。

「タダ働き？」

『決闘の結界。解いたらコストも戻って、召喚《しょうかん》後のデメリットもなくなるんでしょ？』

「ああ。よく知ってるな」

『記憶の共有』

そういえばこいつもネメシスみたいに俺の記憶をチェックできるんだったか。

プライバシー性が強い記憶は、覗《のぞ》きづらいみたいだけど。

『決闘はなかったことになるから、やだ』

「まぁ、消費したコストや壊《こわ》れたアイテムとかも元通りだからな」

あの【魔将軍《ヘル・ジェネラル》】はそれを活用して決闘王者の地位に就《つ》いていたそうだし。

……考えてみると、どうしてそんな仕組みになっているのかが分からない。ゲーム的には普通だが……この〈Infinite Dendrogram〉の世界は多くの法則の上で成り立っている。

それらの法則……特にエネルギー保存則をはじめとする原理的には、あの結界はどう収支をつけているのだろう?

例えば、実際に闘《たたか》っているのは五感を伴《ともな》う立体映像のシミュレーションとかか?

それこそ、リアルに対するこの〈Infinite Dendrogram〉のような……。

でも、迅羽《じんう》が結界外までぶち抜《ぬ》くような攻撃をしてるし……分からないところもあるな。

考えると、謎《なぞ》が多い。……一応はこの第八闘技場《とうぎじょう》も俺達《たち》の本拠地となったことだし、折を見て調べてもらうか。

『とにかく、闘技場はやだ。呼んだ後に指くらい食べさせてくれるなら考えるけど……』

「……だから俺がデメリットを負うことでお前に何のメリットがあるのかと。あとお前も食欲の権化《ごんげ》か」

「お前も、とはどういうことだ！　私はカニバリストではない！」

「……さっきチビガルに釣《つ》られて俺を味見しようとしたよな？」

うちの相棒達《メインウエポンたち》はどうしてこんな食性になってしまったのか。

「やれやれ……ん？」

溜息《ためいき》を吐いて、部屋の窓……闘技場の舞台に面したガラス窓から闘技場を見下ろした。

すっかり日も落ちた闘技場。

その観客席に見覚えのある……しかしあまり見たことのない姿が見えた。

それは兄だったが……着ぐるみを脱《ぬ》いでいるようだった。

「…………」

なんとなく気になって、俺はそちらに向かうことにした。

部屋を出る直前、ネメシスが皿の上に載《の》った髪の毛をつまもうとして、チビガルに噛《か》みつかれているのが見えた。

何やってんだこいつら……。

◇◇◇

□【破壊王《キング・オブ・デストロイ》】シュウ・スターリング

クランに入って本拠地《ほんきょち》を持つなんて、俺はここに来てから一度もしていなかった。

仲の良い友人には事欠かなかったし、クランに誘《さそ》われたこともある。

それでも結局、弟の玲二《れいじ》がクランを立ち上げるまではどこにも入らなかった。

なぜそうしてこなかったか。理由はきっと時期が悪かったとしか言いようがない。

〈Infinite Dendrogram〉が始まってからある程度の時が経《た》ち、世の〈マスター〉が仲間とクランを立ち上げるのが常となるより早く……俺はアイツらと会っていたからだ。

ハンプティと出会い、テレジアと出会い、そしてアイツと出会った。

アイツらとの出会いで、随分《ずいぶん》と早いうちに俺にとって〈Infinite Dendrogram〉はただのゲームではなくなっていた。

だから、どのクランにも入ってこなかった。

玲二のクランだけは、例外だったが。

『……あれから随分と時間が経ったな』

まだここに来て間もない頃《ころ》、とある事件に放り込まれたときにハンプティと話をした。

話題は、『〈Infinite Dendrogram〉とは何か』。

当時の俺はありえない現実感を持つこの世界について、三つの仮説を持っていた。

『最初からそのように作られた極めて精巧《せいこう》なプログラム』という説。

『時間加速によってシミュレートされた仮想世界』という説。

最後の一つは……前の二つよりも非現実的な仮説。

それら三つの仮説を聞いたハンプティの感想は……。

『――ああ、イイ線いってるわ。その三つじゃ足りないけれど』

ハンプティは俺を散々トラブルに誘導《ゆうどう》したし、真実をはぐらかすが、嘘《うそ》は言わない。

この時点で、ここが普《ふ》通《つう》でないことは明らかだった。

その後にこの世界を終わらせる仕組みを持つ【邪神《ジ・イーヴィル》】のテレジアと出会い、確信を得た。

それでも俺はここに居続けたし、玲二を誘いもした。

どうしても、叶《かな》えたいことがあったからだ。

俺が昔からずっと考えていたこと。

それを為《な》せるのは、きっとここだけなのだろう。

だからこそ……俺のものと似た願いを向けられもした。

『…………』

思考に集中するには【はいんどべあ】に備わっているエアコンの空調すらも煩《わずら》わしく、着ぐるみを脱いだ。

普段なら外で着ぐるみを脱ぐことはないが、クラン本拠地の内側であることが少し気を抜ける要因になっているのかもしれない。

この闘技場の上部は見た目こそ開けているが、結界の調整によって外部からの視認《しにん》を阻《そ》害《がい》する仕組みもある。そういった点も含《ふく》めて、有用な物件ではあった。

結界を通して入り込んできた自然の風に吹《ふ》かれながら目を閉じると、これまでの日々が……これまでに俺が戦ってきた中でも別格だった連中の姿が思い浮《う》かぶ。

砂漠《さばく》で相対した地上最大の魔力《まりょく》を持つ男、〝魔《ま》法《ほう》最強〟。

――私は、与《あた》えられるべき中身を失った杯です。

――父は私に何も継《つ》がせてはくれませんでした。

――私を恐れたから、国を共和制などに変えてしまった。

――私に継がせないために。

――創造《ファー・アトゥム》ははるかに遠く。

――だからこそ、この世界での私は自ら獲得《かくとく》します。

――自らに与えられるべき、全てを。

――私の行く道を示すと妻は言いました。

――代わりに、妻の行く手を阻《はば》む全てを私が打ち崩《くず》します。

――そして妻が言うのです。

――『シュウ・スターリングはいずれ私達の邪魔《じゃま》になる』、と。

――先ほどの共闘《きょうとう》でも、君の実力は感じられました。

――だから今度は……直接君の力を測定させてもらいますよ、シュウ。

神衣を得て天地を去る寸前に遭遇した規格外の技を持つ男、〝技巧《ぎこう》最強〟。

――使わねば。

――使わねば、伝来の技を揮《ふる》うこの指はなまってしまう。

――皮を撫《な》で、肉を切り、骨を断《た》ち、生殺を与奪《よだつ》する。

――それだけが鍛錬《たんれん》になる。

――表の世で生ける物を使えば、住処《すみか》を変え続けなければならない。

――煩わしい。

――しかし此処《ここ》ならば、鍛錬に生ける物を使っても問題がない。

──継承《けいしょう》まで技の質を落とすことはできない。

──だから、僕《ぼく》達はここにいる。

──今日の僕達は〈カムイの森〉の神獣《しんじゅう》を生き試しに使うつもりだった。

──それを君が倒《たお》してしまった。鍛錬の相手がいなくなった。

──代わりに君を鍛錬に使うとしよう。


決闘都市で出会った最強の肉体を持つ獣《けもの》とその主、〝物理最強〟。

──ならば構いません。私は、貴方《あなた》と純粋《じゅんすい》な力の闘争《とうそう》が出来ればいいのですから。

──ですから、あれは貴方が闘争以前の相手でないかの最終確認《かくにん》です。

──あっさり殺されるような相手は敵ですらない……ただの小石なのだから。

──やはり貴方は私達の敵に相応《ふさわ》しかった。


〝最強〟と称《しょう》される連中との記憶を振り返り……俺は大きく溜息を吐いた。

振り返って、改めて思い知る。

「どいつもこいつも……人を何だと思ってんだ」

誰も俺が憎《にく》いだとか恨《うら》みがあるだとか、そんな事情は持っちゃいない。

だというのに、俺と戦おうとする奴《やつ》が多すぎた。

測定だの、鍛錬だの、闘争だの……人の都合はお構いなし。

〝最強〟などと呼ばれる連中は、頭のネジが外れすぎている。

アイツも含めて、リアルまで常識という言葉から外れた世界に生きて……。

いや、ベヘモットだけは……リアルではまともだろうな。

俺が思うに、ベヘモットは恐らく……。

「珍しいな。戦闘《せんとう》時でもないのに着ぐるみ脱いでるなんて」

不意に、横合いからかけられた声に思考が遮《さえぎ》られる。

振り向けば弟の……玲二の姿があった。

考えに没頭《ぼっとう》していたせいか、今回は気付かなかった。

「ま、ちょっと考え事をしてな。……風に当たりたくなった」

「ああ。着ぐるみ着たままじゃムリだな。それにしても……」

「どうした？」

「今の格好が普通の筈《はず》なのに、なんかクマの着ぐるみじゃないと違和感がある……」

「それ前にも知り合いに言われたクマー」

言ったのはレイ《レイ》チェル《レイ》だが。

……あいつもあいつでネジが外れている。

むしろこの場合、ズレていると言うべきか。あいつの行動原理……抱《かか》えた夢は子供の頃にも聞いたが、この〈Infinite Dendrogram〉の仕様でズレた結果があの恐《おそ》るべき〈エンブリオ〉……エデンが誕生した理由なのだからシャレにならない。

「それで、明日の〈トーナメント〉の準備はできたのか？」

「まぁ、やるだけやってみるだけかな。自分の全部でぶつかるだけさ。……ガルドランダは決闘で使うなって言ってるけど」

「自意識持ちの召喚モンスターや、知能の高いテイムモンスターにはままある話だな」

「……ルークのところの三匹《びき》はそういうこともなさそうだけどな」

ま、あれは惚《ほ》れた弱みってのもあるだろう。

もっとも、それで言えばガルドランダも似たようなものかもしれないが。

玲二自身が気づいているかは別として、昔から人に好意を持たれやすいからな。

その結果の一つが南米アマゾネス事件な訳だが。

……南米まで迎《むか》えに行くのは大変だったな。

姉貴や師匠《ししょう》みたいなジャンル違《ちが》いの連中が沢山《たくさん》いたから大変だった。

姉貴が玲二を連れていったって聞いた母さんは心労で倒れたし。

そもそも当時の姉貴がバイトで南米まで行ったことからまずおかしい。

今の仕事もその延長線だが……。

……そういえば、迎えに行くときに使った交通費をまだ姉貴に返してもらってないな。

「どうしたんだよ、兄貴？」

「ちょっと昔のことを思い出しただけクマ。それより玲二。話は変わるが、なんだか妙《みょう》な斧を手に入れたって？」

「ああ。これなんだけど」

そう言って、玲二はアイテムボックスから黒い布に覆《おお》われた片手斧を取り出した。

「ちょっと見せて欲《ほ》しいクマ」

「ああ」

手渡《てわた》されたそれを眺《なが》めて、――拳《こぶし》を振《ふ》り下ろした。

俺の拳と片手斧の激突音《げきとつおん》が、観客席に響《ひび》き渡る。

「ぬぇ!?」

それを見て、仰天《ぎょうてん》した玲二が妙な声をあげた。

だが……、はっきり言って仰天したかったのは俺だ。

「……なるほど」

納得《なっとく》が半分、驚愕《きょうがく》が半分。

雰囲気《ふんいき》から『そういう代物じゃないかと思っていた』という納得。

それと相対する――『俺の全力打撃《だげき》で罅《ひび》の一つも入らない』という驚愕。

俺の全力なら、神話級金属でも砕《くだ》ける。神話級金属を圧縮して生成したというファトゥムの《超硬神器》にも罅くらいは入れられた。

特殊《とくしゅ》な防御《ぼうぎょ》でも、耐久力《たいきゅうりょく》が俺《おれ》の攻撃力《こうげきりょく》を下回るならば《破壊権限《デストロイ・オーダー》》が行使される。

つまりこの片手斧は明らかに、俺の攻撃力を上回る強度で作られている。

あるいは、今の俺がバルドルの必殺スキルを使っても傷つかないかもしれない。

「いきなり何すんだよ!?」

慌《あわ》てた玲二が、俺の手から片手斧を取って抱《だ》きかかえた。

「いやー、冗談《じょうだん》クマー。本気じゃないクマー」

実際には全力だったが。

しかし、俺の打撃で罅割れないこの斧は、殴《なぐ》る前から部分的に欠けていた。

一体何を相手にして欠けたのかは、気になる点ではあった。

「とりあえず、それ結構頑丈《がんじょう》だから最悪盾としての運用もありだと思うクマ」

と言うよりも……武器として振るった時に何が起きるか想像がつかない。

「はぁ……。まぁ、どっちにしてもまだ解呪も済んでないから装備はできないけどな。ひどいデメリットあっても困るし」

「ハッハッハ」

ない方がおかしいだろう。

「ふぅ、クマの時と違って、その格好で突拍子《とっぴょうし》もない行動されると心臓に悪いぜ。昔の大会のときを思い出すよ」

「……かもな」

少しだけあのときの感情を思い出しそうになるが、それを心に仕舞いこむ。

「じゃあ俺は部屋に戻るよ。明日は〈トーナメント〉だしな」

「そうか」

「〈トーナメント〉の結果如何《いかん》で、皇国との戦いでどれくらいやれるかも変わってくる。【獣王】に負けて、自分がまだまだ力不足だって分かったから……頑張《がんば》るさ」

「…………」

〈トーナメント〉の後……遠からず〈戦争〉が起きるだろう。

きっとティアンも……ハンプティのような管理AIもそのように動く。

だからきっと玲二にとって初めての、そして俺にとって二度目…………いや、俺にとっても初めての〈戦争〉は間もなく起きる。

「兄貴?」

俺を不思議そうに見る玲二に対し、かつてのことを話すべきかを悩《なや》む。

「……いや、何でもないクマー。今日はもうゆっくり休むクマー」

しかし結局……何も言わなかった。

「ああ、分かった。……今更《いまさら》だけど、その格好でクマ語尾《ごび》はきついぞ」

「クマー」

そうしていつものように会話し、玲二の背中が遠ざかるのをただ見送った。

「…………」

俺が話すべきか悩んだのは、昔話だ。

今から何ヶ月も前の皇国との〈戦争〉に際して、俺が出られなかった理由。

それが半ば言い訳に過ぎないから、話すのを止めた。

弁解であり、後悔《こうかい》。

それは……俺とゼクスが最後まで戦った時の話だ。

第七話　ラブレター

□■二〇四五年一月

二〇四五年の新春。

それは、多くの者にとっては思い出深い時期であっただろう。

多くの者にとっては新年を祝う時期である。中には椋鳥玲二《むくどりれいじ》をはじめ、目前に迫《せま》った大学受験へのラストスパートをかけていた者もいた。

〈Infinite Dendrogram〉のユーザーにとっては、ニューイヤーイベントで経験値《リソース》を大量に含んだモンスターの出現率アップなどの喜ばしい時期でもあった。

だが、そうした新年の余韻《よいん》を残したこの時期に、喜ばしくない……そして避《さ》けられもしないイベントが発生した。

それは王国と皇国の二国間で起きた事件。

皇国による王国への宣戦布告……〈戦争〉の宣言である。

度重《たびかさ》なる大凶作《だいきょうさく》により飢餓《きが》状態に陥《おちい》った皇国が、自分達を切り捨てた王国に対して行う軍事侵攻《しんこう》。

国内で軍備を整え、旧ルニングス領から侵攻してくるまであと三日程度であることが王国側で観測された。〈DIN〉と【大賢者《アーチ・ワイズマン》】、及《およ》び国内の諜報《ちょうほう》機関により確認された確度の高い情報である。

それに際し、アルター王国の国王エルドル・ゼオ・アルターは義勇兵を募《つの》った。

それはティアンと〈マスター〉の区別なく、この窮状《きゅうじょう》を憂《うれ》いた全ての人々に向けたものであり、〈マスター〉への高額報酬《ほうしゅう》を約束した皇国とは真逆であった。

それゆえ、特に遊戯派《ゆうぎ》と呼ばれる〈マスター〉の反応は鈍《にぶ》かった。

世界派にしても、〈戦争〉参加よりも〈戦争〉における混乱からホームタウンを防衛することを優先する者が多く、結果として王国側で参加する〈マスター〉の数は少なかった。

何より、〈超級《スペリオル》〉……【三極竜《さんきょくりゅう》　グローリア】討伐《とうばつ》を成《な》し遂《と》げた〈アルター王国三巨頭《きょとう》〉からは一人の参加者もいなかったのである。

◇

夕刻、日が沈《しず》みかけた王都の一角にある喫茶店《きっさてん》のオープンテラスで、一体の着ぐるみが席についていた。

アライグマの着ぐるみを着たその人物は注文した紅茶を片手に、夕刊を読んでいる。

それは王国で最も大きな新聞社ではないし、あの〈DIN〉でもなかったが、辛口《からくち》で批判的な記事で有名なところだ。

『………』

その日の夕刊の内容は、言ってしまえば〈三巨頭〉を糾弾《きゅうだん》するものだった。

まず、【女教皇《ハイプリエステス》】扶桑月夜《ふそうつくよ》はこの〈戦争〉に際して、自らと〈月世の会〉が参戦する対価としてこれまでにない大規模な利権を要求した。

しかし、一般《いっぱん》の〈マスター〉への報酬も約さない王国側がこれを飲むことはなく、扶桑月夜が折れることもなく、交渉《こうしょう》は決裂《けつれつ》した。

記事ではその利益主義を糾弾している。

これに関して、着ぐるみは『十割真実だな』と確信した。『あの雌狐《めぎつね》はそういうことをする』、と。実際、【グローリア】のときはそうだった。

しかし付け加えるならば、〈月世の会〉の〈マスター〉の中でも個人で参加を願う者に関しては、参戦を禁止したりはしないだろうと判断した。

宗教団体ではあるが、意外にも〈月世の会〉は自由度が高い。そも、教義が『自由なる世界で、己《おのれ》の魂《たましい》の赴《おもむ》くままに自由を謳歌《おうか》せよ』である。制限する訳がない。

次の記事は、【超　闘　士《オーヴァー・グラディエーター》】フィガロについてだ。

この新聞の記者が参戦の意思を尋《たず》ねたところ、『雑な戦いに興味はない』と答えられたと書かれている。記事では【超闘士】は決闘や単独での戦いにしか出ず、戦いを選り好みする独善的な戦闘狂《せんとうきょう》だ、と罵倒《ばとう》している。

『……大筋じゃ、外れてもいないんだがな』

しかし実情を知る着ぐるみにしてみれば、多少言葉が足りない。

着ぐるみはフィガロがインタビューを受けた場にいたのである。

実際のやりとりは、次のようなものだ。

「フィガロ氏、〈戦争〉には参加されるのですか？」

「……しないよ」

「なぜですか！　この〈戦争〉こそ、あなたの強さを世に示す機会では……！」

「興味がない。それに敵味方が、何よりティアンと〈マスター〉が入り乱れる雑多な戦いでは……きっと役に立たないから」

「………………！」

というようなやりとりだった。

記事では文言を縮めているが、言葉としてはそこまでズレてはいない。

ただ、縮められた言葉の意図を記者は『雑な戦いに興味はないし、（自分の）役には立たない』と解釈《かいしゃく》したようだが、実際は違う。

まず、敵と味方が入り乱れる状況《じょうきょう》。これが『ソロでしか戦えない』というフィガロの実力を大きく削《そ》ぐ。

さらに、『ティアンと〈マスター〉が入り乱れる』のも最悪だ。

なぜなら……フィガロはこれまでティアンを殺したことは一度もない。

決闘の舞台《ぶたい》など死しても蘇《よみがえ》る場所ならば話は別だが、彼《かれ》がティアンを殺すことはない。

しかしこれは彼に限ったことではなく、世界派の〈マスター〉では珍《めずら》しくもない話だ。

日常でのティアンとの関《かか》わりがあまりにもリアルすぎる〈Infinite Dendrogram〉が抱

える問題である。中にはモンスターを殺傷することにまで忌避《きひ》感を覚え、生産に専念する者や、あるいは引退する者もいる。

つまり、『ソロで戦えず、尚且《なおか》つ相手にティアンが交ざる〈戦争〉』では、実力的にも心理的にもフィガロは全く戦えない。

彼の言った『役には立たない』とは、他でもない彼自身のことだ。

記者が誤解したのも無理はない。まさか〈超級〉にして決闘王者が『自分は役に立たない』などと断言するとは夢にも思わなかっただろう。彼の欠点を知らなければ尚《なお》のことだ。

実際、参加すれば雑兵《ぞうひょう》にすら討《う》ち取られかねない。

彼が〈戦争〉において実力を発揮できるとすれば、『彼一人で戦う状況が作れて』、『敵が〈マスター〉しかいない』というケースだけである。

しかし、少なくとも今回の〈戦争〉……第一次騎鋼戦争はその形式ではなかった。

『さて、と』

そして記事の最後は【破壊王《キング・オブ・デストロイ》】についてだった。

記事では【破壊王】から各新聞社宛にメッセージが届いたことに触《ふ》れ、そのメッセージを記載していた。

――〈戦争《大規模イベント》〉に参加して不用意に顔を晒《さら》したくない。

――〈戦争〉には、参戦しない。


それが【破壊王】からのメッセージだった。

それは〝正体不明〟である自らを隠蔽《いんぺい》し続けるために、〈戦争〉には参加しないと宣言したのだと記事は解説している。

それについて『隠《かく》れながらもこのような宣言はした目立ちたがりのクソ野郎《やろう》』、『本当は弱いのにそれがバレるのが怖《こわ》くて隠れている』、『【グローリア】のときも他の二人のおこぼれにあずかったのではないか』と散々にこき下ろされている。

他の二人よりも非難が苛烈《かれつ》なのは、巨大《きょだい》組織の長である扶桑月夜や決闘王者であるフィガロと違い、【破壊王】の実態がまるで不確かだからだろう。

『…………』

そんな【破壊王】への罵倒《ばとう》を、着ぐるみ――【破壊王】シュウ・スターリング本人は特に思うこともないように目で追っている。

それはまるで、他者に批判されることを何とも感じていないかのようだった。

あるいは……。

『捜《さが》したのである』

不意に、背後から声を掛《か》けられる。

シュウが振りむくと、そこには巨大なハムスター……管理ＡＩの一体であり、第三王女のペットでもあるドーマウスがいた。

彼は王国でも数少ない、【破壊王】であるシュウの正体を知る者である。

『よう、ドーマウス。久しぶりクマー。何の用クマー？』

それに対し、シュウは常の彼のように、どこかひょうきんに問うた。

『用があるのは我輩《わがはい》ではなく、テレジアである』

ドーマウスはそう言って、体毛の中からポロリと通信魔法用アイテムの一種である水晶《すいしょう》玉《だま》を取り出した。

そこから、幼い少女の声が聞こえる。

『ひさしぶり、シュウ』

『……よう』

いつからか、二人の声はシュウの席の外には漏《も》れなくなっていた。

傍《かたわ》らにいるドーマウスが手を打っているのかもしれない。

『で、改めて何の用クマー？』

『しんぶんしゃにおくられたテガミ、あれはほんとうにシュウがおくったもの?』

『ああ。俺に確かめるまでもなく、どこの新聞社も《真偽判定《しんぎはんてい》》で確かめて載せるから騙《かた》りはできないだろ?　つうか、ドーマウスに確認取ればすぐだぜ、きっと』

『そうね……。でも、シュウがカオをさらすことをおそれて〈センソウ〉からしりぞくとはおもえなかったから』

テレジアは、彼が〈戦争〉に参加しないことを糾弾するつもりはない。

ただ、彼らしくない文言に、真意を問うためにドーマウスを遣《つか》わしたのだ。

『そうか?』

『ええ……。そうするくらいなら、シュウがかかわったいくつものジケンにシュウはいなかったはずでしょう?　……それこそ、ゼクスとのジケンでも』

『……あれはあれで、あいつと彼方此方《あちこち》でバッティングしまくっただけなんだけどな』

両手の指で足りないくらいの出来事を思い出して、シュウは息を吐《は》いた。

『ま、お察しの通り、顔を晒すことを恐れたわけじゃねーよ。いや、少しはあるかもな。なにせ、素顔《すがお》に自信がないもんでクマー』

『…………』

シュウはそう言っておどけたが、テレジアは沈黙《ちんもく》を返すだけだった。

それゆえ、シュウもおどけ続けるのが難しくなり、少し真剣《しんけん》な声音《こわね》で続けた。

『どっちにしても〈戦争〉への参戦は望《のぞ》み薄《うす》だからな。だが、俺が助《すけ》っ人《と》に来てくれるなんて甘《あま》い目論見《もくろみ》を持ったままじゃ、被害《ひがい》はよりでかくなるかもしれねえ。だったら格好の悪い理由で先に宣言しとこうと思っただけだ』

『ほんとうは、どんなリユウでサンカできないの？』

シュウが自らの意思で参加しないのではなく、何らかの理由で参加でき、な、い、のだとテレジアは確信した。

そんな彼女《かのじょ》に対し、今度はシュウがしばらく沈黙して……言葉を切り出した。

『……ラブレターが届いたから、だな』

その言葉とは裏腹に……着ぐるみの内側のシュウは恐ろしく真剣な顔をしていた。

『ラブレター？　誰から？』

『………………ドーマウス、代わりに読め』

シュウはそう言って、一通の手紙をアイテムボックスから取り出した。強く握《にぎ》りしめられたのであろうその手紙はグシャグシャになっていたが、しかし読むことは可能だった。

ドーマウスは器用に三足で立ち、前足の一つでそれを受け取って読み始めた。

『拝啓《はいけい》、シュウ・スターリング様。…………！』

口で読み進めるより先に、文字列を目で追ってドーマウスは驚愕した。

そこにはこう書かれている。

◆

拝啓、シュウ・スターリング様。


この手紙を書いている時点では、五日後に王国と皇国の〈戦争〉が起きるそうです。

きっと王国を守るために、シュウの望むままに、〈戦争〉に参戦すると分かっています。

そこで〈戦争〉開始の六時間前、シュウか、シュウの守るものを襲撃《しゅうげき》いたします。

シュウが王国の陣地《じんち》にいるならば、その陣地にいる者を狙《ねら》います。

シュウが単身皇国に挑《いど》んでいるならば、不在の王都を狙います。

シュウがデスペナルティかログアウトになっていれば、戻《もど》ってくるまで王国の都市を順番に滅《ほろ》ぼします。

そしてシュウが人里離《はな》れたどこかにいるならば、シュウ本人を狙います。

どこにいようと構いません。

どこにいようと、予告したようにこの私は動きます。
今この時、この状況ならば、シュウと最後まで戦える。
シュウも、今ならば本気で戦ってくれるでしょう?
だからこの私は、今、シュウに挑みます。
その時、シュウがどこにいようと、必ず挑みます。
叶うならば、最も望ましい形であることを祈《いの》ります。

敬具

【犯罪王《キング・オブ・クライム》】ゼクス・ヴュルフェル

◆

それは彼にとって最も因縁《いんねん》深き〈マスター〉。
【犯罪王】ゼクス・ヴュルフェルからの――果たし状《ラブレター》だった。

◆◆◆

■〈クルエラ山岳《さんがく》地帯〉

アルター王国とカルディナの国境である、〈クルエラ山岳地帯〉。

そこは交易商人を狙った山賊《さんぞく》による被害の多発地域であった。

そんな地域に建てられた一軒《けん》の山荘《さんそう》も、そうした山賊団の根城であったが……今そこにはたった二人しかいない。

居座《いすわ》っていた山賊団は、その二人にあっさりと皆殺《みなごろ》しにされた。

理由は特にない。人目を避けて山中を移動していた二人が山荘を見つけ、そこに居座っていた山賊が敵対行動を取り、瞬《またた》く間《ま》に殲滅《せんめつ》されただけだ。運が悪かったとも言える。

「……本当にやる気か、ゼクス」

二人の内の一人は、灰色のファッションスーツとトレンチコート、そしてギャングスターハットを被《かぶ》った背がさほど高くない男だった。

ギャングスターハットの男……【器神《ザ・ウエポン》】ラスカル・ザ・ブラックオニキスは山荘の柱に背を預け、手の内で歯車のようなものをカチカチと回しながら、もう一人に問う。

問われたもう一人、黒髪《くろかみ》黒瞳で服装も平凡《へいぼん》な男……【犯罪王】ゼクス・ヴュルフェルは笑顔《えがお》で「ええ」と答えた。

「説得のために王国まで足を運んでくれたラスカルさんには申し訳ありませんが、この私の意思は固まっています」

その返答に少し苛立《いらだ》ち、ラスカルはまた歯車を回しながら話を続ける。

「俺達《おれたち》の本拠地《ほんきょち》、【テトラ・グラマトン】はまだ完成しちゃいない。メンバーだって【魂売《五人目》】を勧誘《かんゆう》している段階だし、サポートメンバーだって数は多くない。【死神《ザ・デス》】との連合もまだ始まったばかりだ。まだ黎明期《れいめいき》だぞ、俺達は」

彼らは共に一つのクラン……〈超級〉の犯罪者のみで構成される〈ＩＦ〉に属する者。

しかも、そのオーナーとサブオーナーとなる者達だった。

今はクラン発足《ほっそく》直後の大事な時期。

だというのに、オーナーであるゼクスはクランよりも私情を優先しようとしている。

「そうですね。ですが、本拠地に関しては出来上がったのでは？」

「ガワだけだ。あれだけの巨大戦艦《きょだいせんかん》を少人数で運用するための演算機がないし、高性能な演算機は先々期文明の〈遺跡《いせき》〉を漁《あさ》ってもそうそう見つからない。なにせ、自我《じが》を持って〈ＵＢＭ〉になるケースも多いからな」

「ラスカルさんのマキナでは代用できませんか？」

ゼクスの問いにラスカルは掌中《しょうちゅう》の歯車を一瞥《いちべつ》し、首を横に振った。

「当然、制御《せいぎょ》には連結器でもあるこいつを使う。だが、俺のデウス・エクス・マキナは繋げるだけだ。繋ぐモノがなければ、意味はない。高性能な演算機としての機能を欲《ほっ》するならば、演算機そのものが必要だ。だからこそ、近々カルディナで大規模な〈遺跡〉に潜《もぐ》る手筈《てはず》だ。大仕事になる。ゼクスにも手伝ってもらうつもりだったが……」

「それは申し訳ありません。ですが、もう決めたことです」

ラスカルが『ゼクスの協力が要《い》る』と述べても、ゼクスが応じることはなかった。

それほどに、ゼクスにとっては重要な事だからだ。

「何で今仕掛《しか》ける？　俺達の目的と、それが達成された時のメリット。まさか忘れちゃいないだろう？　今はリスクしかないが、将来的にはそのリスクも消え失せるんだぞ」

「ええ。もちろん。この私も承知しています」

ラスカルの言葉に頷《うなず》きながら、しかしゼクスはなおも己の意思を曲げない。

「ですが、恐らくシュウが本気で戦ってくれる機会は……そう多くはありません」

「……ゼクスを相手に手を抜《ぬ》いてたのか？」

「最善は尽《つ》くしていたのでしょう。ですが、この、私、を、倒、す、こ、と、を目的に戦ったことはきっとありませんね」

思い出を振り返るように、ゼクスは目を閉じて言葉を続ける。

「テレジアさんの時からずっと、この私は彼が巻き込《こ》まれた事件のおまけに過ぎなかったので。この私を倒すことより優先すべきことは、常にあった」

関わり続け、接し続け、敵対し、共闘してきた二人。

しかし、一度として真正面からぶつかったことはない。

彼らそれぞれの目的が、少しずつ相手からズレていたから。

「だから、今です」

「……なるほど、な」

ゼクスの言葉をラスカルはすぐに理解し、納得した。

「〈戦争〉前の今、この私を倒さなければならない状況を作る。そうすればきっと、この私を倒すために戦ってくれる」

単にテロを引き合いに出しても、シュウならば対決を避けて解決するかもしれない。

だが、王国自体に一切《いっさい》の余裕《よゆう》がない今ならば、話は別。

戦場に向かう王国の軍勢に大打撃《だいだげき》を与えるなり、後方の街を襲《おそ》うなりすれば……それは王国の防衛線さえも揺《ゆ》るがし、〈戦争〉での壊滅的《かいめつてき》敗北を呼び込む。

シュウが被害を最小限に抑《おさ》えようとするならば、ゼクスと戦って倒すしかない。

「自分がデスペナルティになって、〝監獄《かんごく》〟に送られるリスクを背負ってでもか？」

「はい」

「創《つく》ったクランを……放り出してもか？」

「はい」

ラスカルの問いかけに、ゼクスはただ肯定《こうてい》のみで答える。

「ですが……他人の都合よりも自分の望み。それが〈ＩＦ《私達》〉でしょう？」

「……そうだな」

そう言われてしまえば、返す言葉もない。彼らが徒党を組んで為《な》さんとする共通の目的も、結局は各々《おのおの》が抱えた目的のための補助に過ぎない。ラスカルとてやるべきことがあるからこそ、この〈Infinite Dendrogram〉をプレイしている。

「申し訳ありません。クランの運営はお任せすることになってしまうかもしれませんね」

「よく言う。結成前から事務やら下部組織の管理はほとんど俺に投げていただろうが……フゥ。まぁ、いい。分かった。……エミリーの件をはじめ、借りもある。ゼクスが不在の間くらいはまとめておくさ」

ラスカルは溜息《ためいき》を一つ吐きながらも、オーナーにして友であるゼクスの意思を尊重し、彼のリスキーな行いを承認《しょうにん》した。

「だが行く前にゼタの奴に手紙を遺《のこ》しておけ。そういうものがないと、後から五月蠅《うるさ》そうだ。最悪、俺の企《たくら》みかなどと邪推《じゃすい》されて内部分裂《ぶんれつ》する」

「ええ、分かりました」

苦笑《くしょう》しながらそう言ったラスカルに、ゼクスもまた微笑《びしょう》で応える。

「……負けた場合だがな。〝監獄〟がどんなところかは知らないが、こっちの時間で一年以内には戻ってこい。その時までに準備は進めておく」

「この私に脱獄《だつごく》が可能だと？」

「ああ。お前に失敗はあっても――不、可、能、は、な、い、だろう？」

ラスカルの発言にゼクスは無言で応えるが、その顔はやはり……微笑《ほほえ》んでいた。

「行ってこい我らが盟主《オーナー》。お前の望みがそこに在るならな」

「はい。行ってきます」

そうしてゼクスはシュウがいる王都に向けて歩み始め、ラスカルはゼクスに背を向けてカルディナへの帰路についた。

二人はここで別れたきり再会していない。

だが、互《たが》いにこれが最後などとは微塵《みじん》も思ってはいなかった。

◇◆◇

□■アルター王国・〈ノヴェスト峡谷《きょうこく》〉

シュウがゼクスの手紙をドーマウス達に見せた日から三日後。地平線の先に幽《かす》かな光の気配を感じる刻限に、シュウは〈ノヴェスト峡谷〉に独り立っていた。

この地はかつて〈アルター王国三巨頭〉と【三極竜　グローリア】が雌雄《しゆう》を決した地。

戦闘《せんとう》によって地形は破壊され、【グローリア】の《絶死結界》で生態系までもが完全に失われ、人もモンスターも寄り付かなくなった土地。

だからこそ、シュウはゼクスとの果し合いにこの地を選んだ。

また、王都から西方に位置しており、決着後にさらに西方にある旧ルニングス領へ急行することも踏《ふ》まえてのロケーションだ。

王国と皇国の開戦は正午と予想されている。

しかし、それまでにゼクスを倒《たお》し、自分も生き延びて戦場に向かうことは……彼が今まで相対したあらゆる困難よりも至難であるように思えた。

「…………」

時が僅《わず》かに過ぎ、太陽がゆっくりと昇《のぼ》り始め、夜明けの六時を迎えたとき。

「お待たせしました」

宣言した時間通りに、ゼクスは現れた。

黒髪黒瞳の容姿も、眼鏡をかけた平凡な風体《ふうてい》も変わりない。

表情もいつも浮《う》かべている微笑のままだ。

だが、その姿に擬《ぎ》態《たい》したゼクス自身は……どこか感情の昂《たか》ぶりを覚えているようにシュウには感じられた。

『…………』

シュウが選んだのは山奥《やまおく》での果し合いであり、ゼクスも彼のいるこの地にやってきた。

お互いに、最初からこうなるだろうと確信していた。

ゼクスはシュウがそうするだろうと思っていた。

シュウはゼクスが自分を呼び出して別の悪事をすることはないと思っていた。

まるで無二の親友のように、二人は互いを信じていた。

これから殺し合う間柄《あいだがら》であっても。

『……来てたならさっさと出て来いよ。時間が惜《お》しいだろうが』

呆《あき》れたように言いながらも、シュウは隙《すき》を窺《うかが》う。

それこそ、致命《ちめい》の一撃《いちげき》を打ち込んで早期に決着させる瞬間《しゅんかん》を待っている。

だが、今日この日、ゼクスには一片《いっぺん》の隙もなかった。

「時間……。この私を倒して、〈戦争〉に駆《か》けつけるためにですね？」

『ああ』

「余力は残りますか？」

『さあな。だが、駆けつけてどうにかできる可能性もゼロじゃねえだろ？』

「そうですね。ああ、もしもシュウがこの私に負けたときは、王国を襲撃します。だから本気で戦ってくださいね」

『……言うと思ったよ』

シュウに本気で戦わせるのが目的なら、それはむしろ当然とも言えた。

適当にやって『はい。負けました』で納得できるなら、こんな果し合いはしない。

〈戦争〉と、何より王国そのものへのリスクは、当然背負わせてくる。

「……もっとも、この私は〈戦争〉自体がシュウには似合わないと思いますが」

ゼクスは微笑を浮かべたままだが、その声音は僅かに低くなる。

「人間の行動力は、自らが持つ善悪の価値観で大きく変わります。悪事だと思っていれば、大なり小なり心にブレーキがかかる。何とも思っていなければブレーキはかからない、というものだそうです」

『らしいな』

人の心の動きを、二人ともがまるで伝え聞いたように話す。

「そして、正しいことだと思っていれば……アクセルがかかる」

人間は正しいことをしようとするとき、止まらなくなる。中にはその行動が他者を傷つけ、害するものであっても、自らが正しいと信じていれば止まらない。

「そうするとき、大抵《たいてい》の人は一人ではない。他の大勢と共に、大勢の一人として、正しさゆえに暴走する。周囲を見ながら『自分は正しい。だって志を同じくする人達がこんなにいる』と再確認《かくにん》して、アクセルをかける」

そのような群衆の正しさと往《ゆ》く道を踏みつける彼らの足は、恐《おそ》ろしいものだ。

「旧ルニングス領で対峙《たいじ》する両軍。彼らはどちらも自分達が『正しい』と思っている」

遥《はる》か西方を見やりながらゼクスは……笑《え》みを消して言葉を述べる。

「王国を皇国の侵略《しんりゃく》から守ろうとする者達は、自分が正しいと信じている。

皇国を飢餓の窮状から救おうとする者達も、自分が正しいと信じている。

どちらも自らの正しさを周囲の者達と確認し合いながら、戦争へと向かう。

あるいは『仕方がない』という見せかけの赦《ゆる》しに縋《すが》りながら」

それが今回の〈戦争〉であり、ここに限らない戦争の本質だとゼクスは述べる。

「でも、きっと彼らの中に強い正しさは一つもない」

『………………』

「誰《だれ》に肯定されなくとも、己が正しいと思ったことを貫《つらぬ》き続けられる。そんな強い正しさを持っている人はいない」

そう言ってゼクスはシュウに向き直り、それまでの微笑とは異なる笑みを浮かべる。

「でも、この私の目の前には――揺らがない人がいる」

それはかつて神と崇《あが》められた〈ＵＢＭ〉を、村人達に罵倒されてもなお討伐しに向かったときに、見た笑みと似ていた。

「初めて会った時から思っていました。世界を滅ぼすかもしれない彼女を、それと知っても守り続けた。迷いもせずに、自分の選択《せんたく》を疑わずに、強い正しさを貫いて」

ゼクスは思う。シュウは他者に「正しいか？」と確認しなくても、自らが「正しい」と感じたことを突《つ》き進める強い人間だ。

だからこそ――惹《ひ》かれる、と。

「正しさも誤りも持たないこの私……私だからこそ、シュウの強い『正しさ』が眩《まばゆ》く見える」

『……そうか』

シュウも、ゼクスは彼の言う者達とは違《ちが》うと考えた。

自分を正しいと思っていないし、悪事を重ねてもそれを悪いとは思っていない。

あくまで『世間的に悪事とされる』から、やっているだけだ。

ゼクス自身の思考には善も悪もない。あるのは社会が定める罪だけだ。

ゼクスは行動方針に則《のっと》ってアクセルもブレーキもなく進む。

……いや、落下していくだけの男だ。

善も悪も無関係に巻き込んで奈落《ならく》の暗黒に落ちていく水滴《すいてき》。

罪を犯《おか》すだけの、人型の現象。

この世で最も空虚《くうきょ》な罪の王。

それがゼクスという男だ。

だが、なぜゼクスという男はそうなのか。

それを、シュウは知らなかった。

「そういえば、【螺神盤《らしんばん》】という〈UBM〉を覚えていますか？ この私とシュウが、協力して倒した回転の〈UBM〉です」

『……覚えてるよ』

「【螺神盤】を崇めていた村の住人は、あの後すぐに王国に属しました。今ではすっかり普通《ふつう》の村になっています」

ゼクスは世間話のようにそう話を切り出した。

だが、言葉とは裏腹に……ゼクスの声にはわずかな苛立ちがあった。

「守り神という傘《かさ》のなくなった村は、王国という傘に入りました。あれだけ守り神を信仰《しんこう》し、子供を贄とし、君を罵倒した。それを『正しい』としておいて、今はその信仰と従属を忘れたように生きている。自分だけの正しさを持たない、強者に阿《おもね》る弱者の群れです」

その言葉は、普段《ふだん》のゼクスならば言わないような……ひどくトゲのあるものだった。

『お前、怒《おこ》ってるのか？』

「怒る？　この私が？」

問われて、初めて気付いたようにゼクスは自分の口に手を当てる。

そうして少しだけ考え込んで……。

「……そうかもしれません」

シュウの指摘《してき》を肯定した。

「私は、贄の側でしたので」

『贄？』

贅。【犯罪王】ゼクス・ヴュルフェルには似合わない言葉。

しかしそれこそが本来の自分であると、ゼクスは言う。

なぜならば……。


「この私ではない私。リアルの私は――臓器移植用のクローンですから」

◆

二〇四五年、否、それより二〇年以上も前から、クローン技術は確立されていた。

動物のクローンのみならず、ヒトのクローン生成も成功例がある。

加えて、かつては技術的難点とされていたクローン体の寿命《じゅみょう》や身体機能の問題も、既《すで》にクリアされている。

この世界の地球人類は、クローン技術を既に手に入れている。

しかし、それは決して公に使われることのない技術だ。

理由は、『倫理《りんり》』である。

ヒトのクローンは技術的に可能であっても、倫理的に不可能とされた。

だが、そうした倫理観の薄い国や、倫理観を持つ人々の目から隠れた世界では、ヒトクローンが生成されることもあると……まことしやかに囁《ささや》かれていた。

それらは権力者や富豪《ふごう》が内臓疾患《しっかん》や重傷を負った際に、健康な臓器に取り換《か》えるための……部品置き場としてのクローン。

生贄、である。

倫理観を持つ先進国ではフィクションの存在のように語られもするが……実在する。

ゼクスのリアルこそが、その一例だった。

◆

『クローン……。お前が？』

「はい。製造されてから、もう二〇と……数年は経《た》っています」

クローンであるという秘密を、ゼクスが誰かに話したことは今まで一度もない。

ラスカルやゼタさえも知らない。

だが、シュウが相手だから……ゼクスは隠すことなく話したのだ。

「私はとある名家の嫡男《ちゃくなん》が生まれた時に作られました。違法《いほう》に、ですが」

莫大《ばくだい》な資産を持つ者が、他の国に臓器移植用のクローンを作っておくケースは稀《まれ》にある。年齢《ねんれい》が合うように育て、オリジナルが何らかの病を患《わずら》った時に、取り寄せて臓器を移植するのである。

「しかし、私が臓器提供するまでもなく、私のオリジナルである嫡男は死にました。事故か何かで即死《そくし》したそうです」

『………………』

「それでも、彼は社会的には死んでいないのですけどね」

そんなゼクスの言葉に、シュウはすぐに意味を察した。

『……お前が代わりになったから、か』

ゼクスは首肯《しゅこう》した。

「事故で死なずに生きていたことにして、私を代替《だいたい》とする。臓器だけでなく、存在そのものが予備となった訳です。……あるいは、最初からそれも踏まえていたのかもしれませんね。臓器移植用クローンと最初から明言されていたのに、最低限必要な学習は受けさせられましたから」

『………………』

「もちろん本人の持っていた交友関係などは知りませんが、人と会わなければ問題ありません。今は事故の後遺症《こういしょう》で療養《りょうよう》中ということになっています」

世間から隔離《かくり》されながら、必要な知識や交友関係について学習し、死した嫡男の代替として社会に軟着陸《なんちゃくりく》するための準備を続けさせられた。

一部の関係者以外は今も死んだ本人が生きていると考えている。

それこそ、ゼクスという存在に彼自身《かれじしん》気付きもせずに。

「今の私の役目は家系を繋ぐことですよ。容姿と遺伝子は同じですからね。遺伝上の父は高齢《こうれい》でもう子を成せませんでしたし、クローンを作る癖《くせ》に人工授精での子孫作りは嫌《いや》ときている。だから、亡《な》くなった嫡男と同じ遺伝子を持つ私が家系を繋ぐしかない。いずれ適当な名家から婚姻《こんいん》相手を娶《めと》り、子を成し、その子に家を継《つ》いでお役御免《ごめん》ですね」

『ゼクス……』

シュウが抱《いだ》いた思いは憐《あわ》れみ……ではなかった。

そんな感情を抱くほど、シュウはゼクスを下に見ていないし馬鹿《ばか》にしてもいない。

強《し》いてシュウの思いを言葉にすれば……『納得《なっとく》』であっただろう。代替臓器になるために生まれ、それができなくなれば家名の維持《いじ》と子孫を残すための代替とされた。

だからこそ、ゼクスは……。

「私には、私の人生がない。そもそも人と見做《みな》された生まれですらない。……この世界に来て、ヌンという体を得て、自分でも納得しました」

ゼクスは自らの右手を掲《かか》げ、……それをスライムへと変じさせた。

否、戻した。

「私は、ただの血と遺伝子の雫《しずく》に過ぎない。器によって形を変える代替品でしかない」

ゼクスは自らを男に、女に、そしてゼクスの姿に変じさせながら言葉を紡《つむ》ぐ。


「――だから私は、ヌン《この私》なのです」


〈エンブリオ〉は、大なり小なり〈マスター〉に由来する。

〈マスター〉の本質か、行動か、あるいは運命そのものか。

そうであるならば……ゼクスにはヌン以外のカタチはなかったのかもしれない。

「そんな私ですが、せめてこの世界で自分が何になるのかだけは自分で賽《さい》を振《ふ》りました」

リアルの彼《かれ》にも自由な時間はあった。

籠《かご》の中ではあったが、本を読み、遊戯《ゆうぎ》する程度の自由は与《あた》えられていた。

ただ、彼はその自由で何をすべきかも分からなかった。

だからこそ、だろう。今すべきことが何もないからこそ他の多くの者と同様に、〈Infinite

Dendrogram〉の『無限の可能性』という謳《うた》い文句《もんく》に惹かれてこの地にやってきた。

それが彼にとって、彼が真の意味で自由に生きられる世界への扉《とびら》だった。

そしてチュートリアルで卓上《たくじょう》に賽を見つけたとき、彼は決めたのだ。

何もない、代替でしかない自分。

選ぼうにも、選べる道すらも自分のものではなかった日々。

だから、〈Infinite Dendrogram〉での行き先の賽だけは……自分で振ってやろう、と。

「それが、この私の自由だから」

そうして運命が指し示した道が、『悪』である。

大多数の正しさの真逆。機械的な罪の実行者。

しかし、ゼクスにとってはそれでいい。

ゼクスは『悪』を選び、『悪』として、自分を生きられた。

誰もがゼクスを見ている。

『悪』を通してゼクスという存在を……彼自身を認識《にんしき》してくれている。

そして、『悪』であったからこそ、得られたものもある。

行動指針を得た。人との関わりを得た。仲間を得た。思い出を得た。

正反対にして鏡写しな、この世で最も惹かれる存在に出会えた。

「シュウ」

『……ゼクス』

ゼクスはシュウを真っすぐに見据《みす》え、

「この私と、最後まで戦ってください」

ゆっくりと……言葉を続ける。

「この私の姿こそ、私の在り様。器によって在り様を変える、代替品。血肉の雫でしかない私の、本質そのもの」

ゼクスは人の姿の随所《ずいしょ》を、赤と黒のスライムに変じさせる。

「そんな私でも、この世界でこの私として生きたお陰《かげ》で見えてきたものがある。その本質を、もう少しで掴《つか》める気がする。知るべきものを、知ることができれば」

切望する眼差《まなざ》しで、ゼクスはシュウを見続ける。

「だからこそ、私が私を生きるためには……。この私と、私という存在と、正反対のシュウでなければなりません」

瞼《まぶた》を閉じ、両の手を握る。

心の中で求めるものを掴もうとする。

誰の代替でもなく、誰にも左右されず、『自分』を貫くシュウという在り方を。

「理解するために」

そして、また瞼を開く。

「あなたを理解すれば、あるいはこの世界だけでなく……向こうでも私は自分を生きられるかもしれない」

〈Infinite Dendrogram〉が渡《わた》すと謳った、自分だけの可能性。

それは〈エンブリオ〉であり、この世界での体験そのもの。

そしてゼクスにとっての可能性は、自分と正反対のシュウを理解した先にしかない。

少なくとも、ゼクス自身はそう信じていた。

「仮初《かりそめ》の命ですが、殺し合いましょう。――最後まで」

だからこそゼクスは戦いを、お互いの全てを見せ合うような殺し合いを……望んだのだ。

『……お前との腐《くさ》れ縁《えん》も、どれくらいになるかな』

シュウはゼクスの言葉を聞いて……受け止めて。

『四年か、それ以上か。それだけ掛《か》けてお前の出した答えがそれだってんなら、いいぜ。受けてやる』

そう言って、殺し合いの提案を了承《りょうしょう》した。

『けどな……一つだけ言っておくぞ』

シュウは言葉を切り、……着ぐるみを脱《ぬ》いだ。《着衣交換《こうかん》》による装備変更《へんこう》。一機能特化・変則スキル型の着ぐるみから、オーダーメイド生産による純戦闘装備への置換《ちかん》。

それはこの時点のシュウにとって最も戦闘に適した装備であり……顔を隠《かく》すつもりもない一〇〇％の戦意の表れ。

そしてシュウは……。

「——殺し合った程度で俺《おれ》を理解できると思うなよ？」

ゼクスに笑みを返して、動き出した。

そうして、〈戦争〉という大事件の影《かげ》で戦いは始まる。

【破壊王】と【犯罪王】、王国最高峰《さいこうほう》の二人による殺し合いが。

第八話 破壊と創造の巨神

□■【破壊王《キング・オブ・デストロイ》】と【犯罪王《キング・オブ・クライム》】

これまで、シュウとゼクスは幾度《いくど》も戦ってきた。

出会ってからの四年以上、戦った回数はお互いの両手の指でも数え切れない。

それゆえに、お互いの戦闘スタイルのほぼ全てを両者は理解している。

シュウの戦闘スタイルは、ツープラトンと巨神迫撃《はくげき》。

人型とは思えぬ規格外のＳＴＲと耐性《たいせい》無効攻撃《こうげき》、そして格闘《かくとう》技術を持つ本人による近接格闘戦と、シュウの周囲を除く全域をカバーするバルドルによる大規模砲撃《ほうげき》。

そして巨大《きょだい》・強大な敵に対する巨神形態バルドルによる迫撃戦が切り札である。

破壊の力を多様に叩《たた》きつけるようなシュウの戦闘スタイル。

そして、対するゼクスの戦闘スタイルは、無貌と呼ばれている。

「羅ァ!!」

シュウが強く息を吐《は》くと同時に踏み込み、ゼクスに右拳《こぶし》を突きこむ。

「《シェイプシフト》――【破壊王】の右腕《レヒト・アルム》！」

それに対応してゼクスも楽しげに笑いながら――自身もまた右拳をシュウに振りぬいた。

◇◆

両者の拳が激突《げきとつ》し――その威力《いりょく》を相殺した。

まるで同量の力をぶつけたかのように、二人の体は共に揺るがない。

しかし激突の衝撃《しょうげき》で周囲の地面に無数の亀裂《きれつ》が入り、極僅《ごくわず》かな時を置いてゼクスの右拳が砕《くだ》けかけ……。

「バルドル！」

その一瞬《いっしゅん》に、シュウが己《おのれ》の脚部《きゃくぶ》筋力で大きく後ろに飛び退《の》く。

直後、後方の空間からミサイルの雨――バルドルの《七十七連装誘導飛翔体発射機構《スターダスト・ジェノサイダー》》

から発射された焼夷弾頭《しょういだん》ミサイルがゼクスへと降り注ぐ。

「《シェイプシフト》――氷の盾《アイス・シルド》」

スライムであろうと焼き尽くす高熱のミサイル群。

しかしその渦中《かちゅう》で、スライムであるゼクスは焼かれずに生き残っている。

ゼクスの左手には――氷の盾が装着されている。

加えてそれを装着している左腕《うで》はゼクス本来のものとは異なる黒色の肌《はだ》だ。

その意味を、シュウはすぐに察した。

「《熱量吸収》スキル持ちの〈エンブリオ〉か！　どこでストック、、、、しやがった！」

「カルディナの方で少々」

ゼクスは炎《ほのお》の中で、涼《すず》しげにそう言った。

◆

ゼクスの〈超級《スペリオル》エンブリオ〉、ヌン。

その能力特性は、変形。

他人に変形できる力であり、それで模倣《もほう》できる範囲には相手のジョブや、〈マスター〉

と一心同体と言える〈エンブリオ〉も含《ふく》まれる。自らの体の一部を〈マスター〉の体と共に他の〈エンブリオ〉に変じさせることができるということだ。

先刻は自らの腕をシュウの右腕に変形させて相殺した。

続く焼夷弾頭ミサイルは《熱量吸収》の〈エンブリオ〉、かつて相対した敵が使っていたヨツンヘイムという盾型の〈エンブリオ〉に変形させて防いだのである。

変形対象のストックを増やせば増やすほど、いくらでも手札を増やせる。

それがゼクスの戦闘スタイル、〝無貌〟である。

無論、欠点はある。

彼の〈エンブリオ〉であるヌンのステータス補正は、マイナス。

決して戦闘用超級職の域ではない【犯罪王】のステータスすら半減しており、彼自身の基礎《きそ》ステータスは決して高くはない。

加えて、ヌンの変形スキルである《シェイプシフト》は幾《いく》つかの制限を持つ。

第一の制限は、体細胞《たいさいぼう》の取り込み。対象の〈マスター〉、ティアンの体細胞を摂取《せっしゅ》しなければ、ヌンは変形対象としてストックできない。

第二の制限は、実体を持つ者に限られること。霊体《れいたい》型のアンデッドのような体には変形できず、〈エンブリオ〉に変形する場合もテリトリーは対象外となる。

第三の制限は、情報まではストックされないこと。相手のスキルがどのようなもので、どのように使うのか。その情報まではストックしただけでは得られず、使い方は不明なまま。十全に使うには、ゼクス自身が相手から知る必要がある。


そして、第四の制限。

それは、『半分の相手にしか変形できない』ということ。


〈エンブリオ〉であれば自身の到達《とうたつ》形態の半分、それも端数《はすう》切捨てまで。

即《すなわ》ち、ヌンが〈超級エンブリオ〉である今は第三形態までの完全変身となる。

人間も、相手のジョブレベルの合計がゼクスの合計レベルの半分以下の相手に限られる。

ゆえに、合計レベルが一〇〇〇を優に超《こ》える一線級の〈マスター〉……シュウに変ずる場合は、ゼクス自身に二〇〇〇以上の合計レベルが必要である。

ゼクス自身のレベルが相手の倍以上でないならば、変形の精度やステータス、スキルの威力は数値の比率よりも激しく落ちる。

さらに、複数人からパーツ取りをして変わる場合はそれらを合計しての計算となるが、こちらは限度から溢《あふ》れた状態ではキメラ的な変形はできない。

変形対象としてストックしておける変形対象の合計レベルにも限度がある。

ストックはゼクスの合計レベルの一〇倍までしか保存できない。それが溢れれば、新たなストックを追加することはできず、既存《きそん》のストックを整理して削除《さくじょ》する必要がある。

ストックから削除した場合は再び体細胞を摂取するまでは変形対象にできない。


変形とストック。

ヌンの《シェイプシフト》は、どちらの仕様も前提として莫大なレベルを必要とする。

ゆえに、万能《ばんのう》にしてキメラ的なコピー能力は机上《きじょう》の空論であり、実現は不可能である。

ただしそれはゼクスが――【犯罪王《ゼクス》】でなければの話だ。

◆

「……第三形態でこれだけの熱量を吸い取るか。良い〈エンブリオ〉仕入れやがったな」

「単機能特化型の〈エンブリオ〉は、下級でも出力はかなり高いですから」

「器用貧乏《きようびんぼう》なうちのバルドルへの当てつけかよ、器用富豪！」

シュウが吼《ほ》えると共に、後方のバルドルが《両舷五連装自在砲塔《ツイン・クインティブルカノン》》を斉射する。

ゼクスはそれに対応して体をスライムに戻《もど》し、先ほどの激突で地面に生じた亀裂の中に潜《もぐ》り込《こ》んだ。

「《シェイプシフト》――《折れた刃《ゲブロッヘン・シュヴェールト》》」

直後、地中から刃が伸《の》びる。

それは刃を伸長《しんちょう》するスキルを持った剣《けん》の〈エンブリオ〉、ネイリングのコピー。

そして、それを握《にぎ》る右腕は――。

「チィッ……！」

「――《ソード・アヴァランチ》」

――【剣王《キング・オブ・ソード》】フォルテスラの物。

間合いに収まった全てを斬断する剣線の雪崩《なだれ》。

それは地を切り裂《さ》き、そして間合いの端《はし》に捉《とら》えたシュウの足の一部を削《けず》り取った。

「ッ！」

腓脛《ふくらはぎ》の腱《けん》を切られ、足の動作に不自由が生じ掛けるが、脚部に装着した装備がサポーターとなってその動作を補う。

シュウが今装着している装備は、様々な環境《かんきょう》やコンディションで力を発揮することを主《しゅ》

軸《じく》に設計されている。ゼクスとの戦いに関してシュウは様々な想定を行ってきたが、それ

でもなお意図しない攻撃によって自らが重傷を負うことを想定していたためだ。

「何時の間にフォルテスラをストックしていやがった！」

「彼がいなくなる前に、こっそりと」

地中から飛び出したゼクスの右腕は既にフォルテスラのものではない。

その右腕は、まるで老人のように変わっていた。

シュウはその腕を知らなかったが、腕の先に灯《とも》った焰《ほのお》には見覚えがあった。

「てめ……！」

それは、かの【大賢者《アーチ・ワイズマン》】も使っていた強大な魔法《まほう》だからだ。

「――《恒星《フィックスド・スター》》」

――それはティアン屈指《くっし》の魔《ま》法使《ほうつか》い、【炎王《キング・オブ・ブレイズ》】フュエル・ラズバーンの奥義《おうぎ》。

最高クラスの火属性魔法であり、単体火力においては最高峰の一撃である。

放たれた火球は命中すればシュウを跡形《あとかた》もなく熔解《ようかい》させるだろう。

「オラァ!!」

シュウは雄叫《おたけ》びを上げると共に、自身の足元を蹴《け》り上げた。

彼の膨大《ぼうだい》な力によって岩盤《がんばん》ごと捲《めく》れ上がり、シュウに向けて飛来する火球に激突する。

それでも火球は岩盤を熔解しながら突き進むが、それを突破《とっぱ》するより早く岩盤にバルドルのミサイルが突き刺《さ》さる。岩盤が木《こ》っ端《ぱ》みじんに爆裂《ばくれつ》し、岩盤の熔解で少なからず火勢を落とした火球もまた爆発《ばくはつ》の中で消えていた。

その爆発の中で、シュウとゼクスは既に動いている。

ゼクスはボディをとある〈マスター〉――ジュリエットに切り替《か》え、背中にフレーズヴェルクの翼《つばさ》を生やして空に上がる。

シュウは戦闘《せんとう》用装備のスキルの一つ、《空中跳躍《ちょうやく》》でそれを追う。

(……俺の知らないストックばかり使ってきやがる!)

切り替えながらであるが、最初に変わったシュウも含めて超級職が少なくとも三人。

氷の盾の持ち主も超級職であれば四人である。

ここまでのストックだけでも、五〇〇〇レベル分は枠《わく》を消費している。

そう、問題はむしろストックだ。同時使用のレベル制限よりも、どれだけ溜《た》め込んでおけるかのレベル制限の方が、ゼクスのスタイルには重要極《きわ》まる。

だが、ここまで手札を晒《さら》しながら、ゼクスにはまだ手札を隠し持っている気配があった。

（こいつ、今……何レベルだ？）

少なくとも自身の倍以上であることは確実。

かつて聞いた時点で、二〇〇〇は超えていたのだから。

その異常なレベルの全ては、【犯罪王】という超級職がなすものである。

◆

【犯罪王】とは、犯罪の積み重ねによって解禁される超級職である。

殺害人数に由来する【殺人姫《マーダー・プリンセス》】よりも露骨《ろこつ》に、犯罪者でなければ就けないジョブだ。

そんな【犯罪王】の奥義にして唯一《ゆいいつ》のスキルが、《犯罪史《ワールド・レコード》》。

複数の効果を内包したスキルであり、その中にはスキルレベルに応じたステータス補正もあるが……それはさほど強い効果ではなく、主軸でもない。

《犯罪史》の効果の主軸は……犯罪行為《こうい》に応じた経験値《リソース》の獲得《かくとく》である。

他の生物の討伐《とうばつ》やジョブクエストの達成によるリソース獲得ではなく、犯罪行為の実行によって経験値を得る。

重大な犯罪であるほどに――『この世界の住人が重大な罪と考えている』ほどに大量の経験値が流れ込んでくる。

どこからリソースを得ているか、何を以《もっ》て重大犯罪とするかも含めて謎《なぞ》が多いスキルである。一説には、犯罪によって他者から忌《い》まれること。つまりは放出された悪感情をリソースに変換《へんかん》しているともされる。

そして【犯罪王】のスキルは、これしかない。

レベルが上がるだけのスキルがあるのみだ。

レベルの上昇《じょうしょう》に応じてステータスも上がるが、戦闘系の超級職ほどの伸び率はない。

同じく膨大なレベルを有する【龍帝《ドラゴニック・エンペラー》】などと比べれば、天と地の差である。

レベルの数字だけが上がる虚栄《きょえい》の超級職。

まるで『犯罪者などそんなものだ』と神が定めでもしたかのような、そんなジョブだ。

ゆえに、【犯罪王】に就いた者は……いつの世もすぐに死んでいった。

多少ステータスがあっても、戦闘系超級職には敵《かな》うべくもないのだから。

ただし、ゼクス・ヴュルフェルに限っては事情が異なる。

彼は【犯罪王】であり……恐《おそ》らくは歴代の【犯罪王】の中で最も罪を重ねている。

誰よりも、《犯罪史》で経験値を得てきた。


ゆえに、ゼクスの合計レベルは――現時点で二、八九〇。


即ち、彼は一四四五レベルまでの相手ならば、自由に変身できる。

そして、合計で二八九〇レベルまでは変形対象をストックできる。

対象外となるほどにレベルが高い【獣王《キング・オブ・ビースト》】、【地神《ジ・アース》】、【龍帝】といった者達を除けば、
ゼクスは誰の代わりにでもなれる。

それこそが、知る者には無貌と謳われる彼の戦闘スタイルの正体である。

◆

（……次はどんな手を打ってくる？）

これまでゼクスはシュウの知らないストックを部分変形で使ってきた。

だが、それには欠点がある。

キメラ的な変形は多種多様な能力を発揮できる反面、ステータスのバランスが悪い。

そう、部分変形は変形部位ごとにステータスが違うのである。

ゆえに、これまでのように一撃《いちげき》放って切り替えるだけならば支障はないが、続ければどこかでバランスを崩《くず》す。

その事実をシュウが知っていることを、ゼクスもまた知っている。

（超級職になってレベルを上げた俺に変身できている時点で、ゼクスのレベルは俺が知るより上がっている。だが、いくら膨大でも超級職の複合変身はできない程度だろう。さっきから腕をチェンジし続けているのはそのためだ）

ゼクスを追いながら、シュウは冷静に分析《ぶんせき》する。

（部分変形をどこまで続けるかは分からないが、それが通じないと悟《さと》れば、どこかで全身変形を使ってくる）

ゼクスが一人の人物に全身を変形させた場合、〈エンブリオ〉の到達形態を除けばステータスは完全に同一となる。

その上で、スライムゆえの物理攻撃無効や分体攻撃、余剰《よじょう》レベル分の変形からのスキル使用といった小技を絡《から》めてくる。

仮にシュウに変われば、ゼクスが変じたシュウは同一のステータスに耐性、加えて第三形態までのバルドルが使用可能となり、スペックの上では優位に立てる。

しかし、それは悪手だと双方《そうほう》が知っている。

完全に自分自身の体を相手にするくらいならば、シュウは恐れない。

同じ性能の体を使えば、扱《あつか》い方で確実に自分が勝つと知っている。スライムゆえの利点も、【破壊王】の《破壊権限《デストロイ・オーダー》》を有するシュウならば多くを無力化できる。

加えて、ゼクスには装備によるステータス上昇が乗らない。変形したゼクスの衣服や装備は本人の擬態《ぎたい》か彼自身の装備であり、シュウの装備とは性能が違《ちが》う。

先刻、拳をぶつけ合った時も、装備によるステータス上昇分《じょうしょうぶん》だけシュウの拳撃の威力が勝っていた。ゼクス側にも《犯罪史》による強化があったので、一撃で砕ききるまでには至らなかったが……それでも差は歴然である。

それに第三形態までコピーできる程度では、バルドルは強者との戦いでは扱いづらい。

シュウ自身、全力戦闘で用いるのは第一形態と第七形態だけなのだから。

第二形態は純粋《じゅんすい》な攻撃力《こうげきりょく》不足。

第三形態は固定のトーチカで機動力不足。

第四から第六は第七より小回りは利《き》くが、火力で言えば第七の劣化《れっか》版だ。
それゆえ、シュウも強敵との戦いでは第七と、切り札になりうる第一のみを使う。
そして、第一はこの状況《じょうきょう》ではまず当たらない。
シュウになるという選択肢《せんたくし》は、ない。
ならば、誰《だれ》になるのか。
誰の力とスライムの特性を組み合わせて使うのか。
【剣王】フォルテスラか。
【炎王】フュエル・ラズバーンか。
それともまだ見ぬ超級職、〈超級〉か。
その答えは——今。
この瞬間《しゅんかん》、ゼクスはその全身を——、
「《シェイプシフト》——」
「——【破壊王《シュウ》】」
——悪手であるはずのシュウへと変じさせた。

「！」

それはないと思っていた選択肢。

同キャラ戦ならば、ゼクスが勝つ可能性は低い。

あるいは身動きが取れない空中に追い込み、バルドル第一形態の《ストレングス・キャノン》を叩き込むつもりか。

しかし、変形を切り替えても、変形ごとのデメリットは消えない。

一度使って外せば、ゼクスはもう《ストレングス・キャノン》は使えない。

そして、足場のない空中であっても、今のシュウは《空中跳躍》である程度の機動性を担保されている。

自身と同じＡＧＩで動く相手の遠距離《えんきより》攻撃《こうげき》を避《さ》ける程度は造作もない。

だからこそ、シュウもそれはないと考えていた。

それを自覚しているからこそ。

ゼクスもまたその程度は理解していると悟っているからこそ。

「――――」

シュウは全身全霊《ぜんしんぜんれい》でゼクスの次の一手を警戒《けいかい》した。

「フフ……」

そして、シュウの姿となったゼクスは、シュウの顔で笑い、

「《我は万姿に値する》《ヌン》――」

自《ヌ》ら《ン》の必殺スキルを宣言し――、

「――黒血戦神《シュバルツ・バルドル》」

――その身を、漆黒《しっこく》の巨神へと変じさせた。

◆

〈マスター〉とティアン、そしてモンスターまでも含めた最上位に言えることだが、己の手の内の全てを晒す者は少ない。

手札を不用心に晒す者は、自己顕示欲《けんじよく》が敵への警戒を上回るごく一部のみである。

〈超級〉以上の実力者ならば、真の切り札は明かさない。

特に、死が口封《くちふう》じに繋《つな》がらない〈マスター〉相手には隠している。

〝魔法最強〟の【地神】を例に挙げれば、編み出した四大魔法で世間に晒しているのは二

つのみであり、そもそも大魔法が五種以上存在する可能性もある。

〝物理最強〟の【獣王】にしても、最大最強の戦闘形態である必殺スキルと超級武具の合わせ技は誰にも見せたことがない。

そして、〝最強〟に比肩《ひけん》する【破壊王】シュウ・スターリングと【犯罪王】ゼクス・ヴュルフェルもまた、〝最強〟と同様に切り札を持っている。

これまでお互《たが》いの両手の指で数えきれないほどに闘《たたか》ってきたシュウとゼクス。

しかし、ゼクスがシュウに対して自らの必殺スキルを使用したのは……この時が初めてだった。

◆

空中で、シュウは自らの切り札と対峙《たいじ》していた。

「……ま、そういうタイプだろうな。テメエの必殺スキルは」

今のゼクスの姿は、必殺スキルを使用したバルドルに酷似《こくじ》している。

だが、その巨神は……エジプト神話に伝わる原初の黒水《ヌン》の如く漆黒に染まっていた。

「ブラック・バルドルってところか？　シュバルツ・バルドルじゃ語呂《ごろ》が悪いだろ。何でもドイツ語にすりゃいいってもんじゃない」

シュウは『ああ、バルドルは元々北欧《ほくおう》神話由来だからシュバルツでもいいのか？』と内心で考えながら——後方に跳《と》んだ。

《空中跳躍》スキルを、自身のＳＴＲを全開にしながら、黒い巨神から距離《きょり》を取る。

それを追うように——黒い巨神の開いた胸部から無数のミサイルが発射された。

「空中に飛んだのは、俺とバルドルを引き離《はな》すためかよ！」

ゼクスはシュウと本気で、最後まで戦うことが目的だ。

それには、勝つために全力を尽《つ》くすことも含まれる。

今、シュウとバルドルの間には距離がある。

遠距離から支援砲撃《しえんほうげき》を行うには問題ないが、必殺スキルは使用できない状態だ。

そして、オリジナル同様に莫大《ばくだい》なステータスを持つだろう黒い巨神に対抗《たいこう》するには、シュウも必殺スキルを使わねばならない。

先刻までは使えなかった。仮に使っても、ゼクスに内部へと潜り込まれる恐れがあった。

実際、かつて協力して戦った〈ＵＢＭ〉はその手口で死んでいる。

だが今は、一刻も早く使わねばならない。

まだ両者が空中にある間はいい。飛行能力を持たない巨神は、空中ではそのステータスを発揮できない。シュウに対してミサイルを撃《う》ってきたのはそのためだ。

だが、一度地に足が着けば……巨神のステータスを発揮したゼクスによってシュウは一瞬で殺される。

「普段《ふだん》はコストがひどいくせに敵に回すとろくでもないな」

『心外です』

そんな言葉をバルドルと交《か》わすシュウだが、ゼクスがこうした手段を使ってくる可能性を考慮《こうりよ》していなかった訳ではない。

それでも想定の範囲内《はんいない》と言えば嘘《うそ》になる。

ヌンの本質が他者への変形である以上、必殺スキルもそれに類するものであるのは当然。

加えて、通常のスキルより強力であるならば、『必殺スキル使用時は〈超級エンブリオ〉にも変われる』という可能性も考えてはいた。

だが、一点だけ想定外がある。

「必殺スキルのコストを踏《ふ》み倒《たお》してるじゃねえか」

今、ゼクスは必殺スキル使用形態のバルドルに変じた。

だが、本来のバルドルが必殺スキルである《無双之戦神《バルドル》》を使用する際は、バルドル内で生成したエネルギーセルを消耗《しょうもう》する。そのエネルギーセルを生成するために、バルドルは非戦闘状態のまま一定時間待たねばならないという条件がある。

だからこそ、仮に〈超級エンブリオ〉をコピーできても、条件付き必殺スキルである《無双之戦神》は使えないと踏んでいた。

だが、ゼクスはそんな前提を無視して《無双之戦神》を使用している。

さらに言えば、生産と備蓄《びちく》が必要なミサイルも即座《そくざ》に放っていた。

（……別の形でコストを払《はら》ってるのか？）

オリジナル同様のエネルギーセルではなく、ヌンの必殺スキルを使用するために別種のコストを支払っている。

そうでなければ実現不可能だと判断する。

（ＭＰやＳＰは莫大な量が必要だから恐らくない。バルドルのエネルギーセルのように、一定時間ごとにストック生産されるコスト？　いや、バルドルは時間だけでなく素材も要する。ヌンはバルドルと違ってアイテム加工能力はデフォルトでは持ってないはずだ）

何らかの形での莫大なコスト。

それによって、『変形する相手の発揮しうる力を最大限引き出す』スキル。

あるいは、『自らの知る限り引き出す』スキルか。

だが、ゼクスとシュウの関係からすれば、後者でも前者と同じことだ。

（コストは何だ？　強力な効果に見合うコスト。……特典武具？）

皇国の決闘王者である【魔将軍《ヘル・ジェネラル》】ローガン・ゴッドハルトが、特典武具を贄として神話級悪魔《あくま》を召喚《しょうかん》することはシュウも知っている。

ゼクスならば、捧《ささ》げる特典武具など大量に持っているだろう。

だが、必殺スキルを使う直前のゼクスが、何らかの物品を捧げた様子はなかった。

（だったら時間制限か？　例えば、一ヶ月に一度しか使えない？）

そうした長期スパンの必殺スキルも存在する。

カルディナ最強クラン〈セフィロト〉のクランオーナーの必殺スキルがそれであるし、皇国の【大教授《ギガ・プロフェッサー》】Mr.フランクリンの必殺スキルもその類だ。

そうしたタイプは長期間己の内に少しずつリソースを溜め込み、必殺スキルで解放する仕様だ。

（近い気はするが、違和感《いわかん》がある。ヌンはリソースを溜め込むタイプじゃない。むしろヌンが使ってきたのは……、……！）

そのとき、シュウの脳裏《のうり》に浮《う》かんだものは二つ。

一つは、ヌンの《シェイプシフト》の仕様。合計レベルに応じての変形能力。

もう一つは、彼《かれ》が雌狐《めぎつね》と呼ぶ一人の〈マスター〉……扶桑月夜《ふそうつくよ》。

彼女《かのじょ》のジョブ、【女教皇《ハイプリエステス》】の最終奥義——《聖者の帰還《ウルファアリア・エルトラーム》》。

「……分かったぞ」

シュウは、確信と共に呟《つぶや》く。

迫《せま》りくるミサイルの軌道《きどう》を予測し、掻《か》い潜《くぐ》りながら、それでも黒いバルドルを睨《にら》む。

「——レベルを捧げたな、ゼクス」

◆

〈超級エンブリオ〉、【始原万変《しげんばんぺん》　ヌン】の必殺スキル——《我は万姿に値する》。

それはスキル名のままに……姿と引き換《か》えにして自分を捧げるスキル。ストックした変形対象から一つを指定し、三〇分間だけその力の全てを使うことができる。

〈超級エンブリオ〉であろうと、スキルの行使に特殊《とくしゅ》なアイテムが必要であろうと、使えるようになる。

ただし、一度の使用毎《ごと》に……五〇〇のレベルを失う。

ティアンであれば、生涯《しょうがい》を賭《と》しても得られないかもしれないレベル。

コストの多寡《たか》で言えば、自爆《じばく》と同義の最終奥義にも匹敵《ひってき》する。

《犯罪史》でレベルを上げられるゼクスとはいえ、このコストは決して軽くない。

現時点でゼクスのレベルは二三九〇に減じている。使用に際してのレベル制限は《シェイプシフト》と変わらないため、次に使ったときにはシュウになることすらできない。

そも、このスキルを使いすぎればゼクスは……誰にも、何にも、なれなくなる。

彼自身であるヌンの存在意義の消滅《しょうめつ》。

諸刃《もろは》の剣、としか言いようのないスキルだ。

これまで一度もシュウに対して使わなかったことも道理である。

それでも今、ゼクスは使ったのだ。

◆

「…………」

〈戦争〉に乗じてこの戦いを仕掛《しか》けてきたが、それまでにもずっと備えてきたのだろう。

戦いのためにストックを集め、対価となるレベルを上げたのだ。

己の全身全霊を以て、シュウと最後まで戦うために。

お互いの全てを出し尽くした上で勝利し、理解するために。

「……分かったよ」

そして、そこまでを出し尽くしたゼクスに対し、シュウは……。

「こっちも、切り札を切る」

シュウにはこの戦いにおいて二つの目的があった。

第一に、ゼクスを倒し、彼による王国への凶行《きょうこう》を止めること。

第二に、この戦いの後に王国と皇国の〈戦争〉に急行し、戦力となること。

メッセージを送り、自分に期待しないようには言っていた。

〈戦争〉には十中八九参加できないだろうと考えていた。

それでも、まだ諦《あきら》めてはいなかった。

ゼクスを倒し、〈戦争〉に駆《か》けつけ、王国の窮状《きゅうじょう》を救う可能性はゼロではなかった。

可能性がゼロでないのならば、小数点の彼方《かなた》にでもそれがあるならば……掴《つか》むために動くのがシュウ……椋鳥修一《むくどりしゅういち》という男だからだ。

だが、彼は第二の目的を……この瞬間に切り捨てる。

それは諦めたのではない。

全てを賭して向かってくるゼクス……好敵手であり、大敵であり、友人であり、鏡写しである相手に対して……己《おのれ》も余念や余力を考えることを止めたのだ。

己もまた、全てを懸《か》けてこの相手と戦うことこそが……今の自分がすべきことだと覚悟《かくご》したからだ。

「俺《おれ》も全てを使ってやる。だが、さっき言った言葉は繰《く》り返すぜ」

空中を落下するように駆けながら、シュウは黒い巨神を指差した。

「殺し合った程度で――俺を理解できると思うなよ」

――お前も目的が叶《かな》わぬことを覚悟しろ、という意味を込めて……彼は再び宣言した。

『――』

空中で黒い巨神が吼える。

その身の内にはオリジナルのバルドル同様に、シュウの姿をしたゼクスがいるはずだ。

だが、その黒い巨神もまた全てがゼクス。内なる似姿は総体積のごく一部であり、黒い巨神の咆哮《ほうこう》は機関音の唸《うな》りではなく……ゼクス自身の叫《さけ》びである。

空を揺《ゆ》るがす音と共に、黒い巨神は胸部から、両手の指から、脚部《きゃくぶ》から、全身のスリットから、数多《あまた》の武装を行使した。

無差別の大蹂躪。あたかも破《は》壊《かい》の神の如く、黒い巨神は既《すで》に荒廃《こうはい》しきったはずの峡谷《きょうこく》を更《さら》なる破壊で染め上げる。

降り注ぐ砲弾《ほうだん》と爆炎の嵐《あらし》の中でシュウはバルドルに向かい、バルドルもまたシュウへと向かう。

共に全ての攻撃《こうげき》を避けること能《あた》わず、被《ひ》弾《だん》し、装備と装甲《そうこう》を砕《くだ》け散らせ、血とエネルギーを飛散させながら。

やがて、黒い巨神が地に降り立つと同時に、シュウはバルドルに降り立ち、
黒い巨神が音速を凌駕《りょうが》して地を蹴ると共に、シュウはバルドルへと乗り込み、
黒い巨神が必殺の拳《こぶし》を振り被《かぶ》った瞬間に、バルドルはその身を巨神へと変じ、

――再び、両者の拳が激突《げきとつ》する。
下から直線で放たれた鋼の巨神の拳が、弧《こ》を描《えが》く黒い巨神の拳を迎《むか》え撃つ。
衝撃《しょうげき》は、共に人の姿であったときの比ではなく。
一度の激突の余波で、二柱の巨神の周囲に壁《かべ》の如くあった峡谷が……消し飛んだ。
『『…………』』
それでも巨神達は揺るぎもせずに立っている。
同じ姿……鏡写しの巨神達は向かい合い、互いを見る。
巨神は、鋼色と黒色の二色に染まっている。
己を曲げず、ただ己自身として在り続けた鋼。
己を得るべく、数多の色を得た混沌《こんとん》の黒。
その色はまるで、両者の在り方そのものであるかのように。
そんな巨神達に、もはや言葉は不要だった。
鋼の巨神が地を蹴って跳ぶ。

放つ技の名は『捻花《ネジレバナ》』。

突《つ》き出した右の掌底が描く螺旋《らせん》の回転は、己の力を相手に捻じ込むためのもの。

対して、黒い巨神も己の右腕《うで》を突き出す。

同時に——その右手が超高速《ちょうこうそく》で回転を始める。

『ッ！』

鋼の巨神が用いた武術による螺旋ではない物理的な回転。あたかも螺旋衝角《ドリル》の如く手首から先が回っている。

そして廻《まわ》る二つの右手が接触《せっしょく》。鋼の巨神の右手は黒い巨神の右手を粉砕《ふんさい》したが、巨神の力と噛《か》み合った回転によって、鋼の巨神の右手からも二本の指が砕けて脱落《だつらく》する。

（……アレの特典武具か）

その回転が何を理由として起きたのか、シュウはすぐに察した。

シュウしか持たぬ装備があるように、ゼクスしか持たぬ装備もある。

かつて共闘《きょうとう》して倒し、そして特典武具はゼクスが持っていった回転の〈ＵＢＭ〉。

その特典武具が有するスキルの一端《いったん》であるとあたりをつけた。

（手首から先を強引《ごういん》に回転させて、俺の捻花を模倣《もほう》したのか？　体を回転させるスキル……だけだとアレの特典武具にしては弱い。まだ何かあると見た方が良い）

考察の間に、黒い巨神は砕けた手首から先を体から生やしている。

（……体がスライムなのは変わってない。そのくらいのことはやってくるか）

黒い巨神は鋼の巨神と同じ力を持ちながら、スライムゆえに物理的な損壊《そんかい》の一切《いっさい》を無視できる。物理破壊を可能とする《破壊権限》を持つシュウによる打撃《だげき》でも、破壊した部位の再構築までも防げる訳ではない。

だが、ダメージによるゼクスの総体積……ＨＰの減少までは無効化されず、確実に削れている。

（ゼクスもある程度はコンディションを保ちながら戦えるが、本来の体積が変形対象を下回ったとき、どこかに限界が生じる。やることは変わらない）

このまま黒い巨神に攻撃を続け、ゼクスのＨＰを削り、撃破《げきは》する。

それ以外に道はないが……。

（……削り合いの泥仕合《どろじあい》はこっちが不利だな）

機械である鋼の巨神と違い、正体はスライムである黒い巨神はその気になればＨＰ回復手段がある。持久戦の勝ち目の薄《うす》さを、シュウは理解した。

選ぶべきは短期決戦。

それゆえに己の切るべき札を、切る。

覚悟は既に決めているのだから。

「……!?」

だが、シュウがそれを実行する寸前、鋼の巨神は足を掬《すく》われた。

足払《あしばら》いでも受けたように、軸《じく》としていた右足が地を離れ、バランスを崩して倒れこむ。

「こいつは……！」

見れば、右足には先刻砕け散った黒い巨神の破片《はへん》が……ヌンの分体がこびりついていた。

だが、少量の分体だけで鋼の巨神を転倒《てんとう》させる程《ほど》のパワーは出せない。

それを為《な》すには他の要因が必要であり、

「特典武具の主目的はこれか！」

その要因を、シュウは既に察していた。

古代伝説級武具、【螺身帯《らしんたい》　スピンドル】。

かつて相対した回転の〈ＵＢＭ〉が有していた力を、『ゼクスの体を回転させる』ことに集束させた特典武具である。

しかしその効果はただの回転ではない。物理的な軸は不要であり、空中にあっても自由なベクトルに回転させることができる。

さらに言えば自転だけでなく、空間の一点を中心として公転させることもできる。

生前の《空間回転》に起因する回転能力は手首から先を回転させるに留《とど》まらず、飛散したゼクスの分体一つ一つに及《およ》ぶ。

それゆえ分体を付着させた相手ごと公転させることも可能である。

回転させる体積によって効果が増減するため、付着した分体だけでは回転させるには足りないが……それでも相手の動作に狂《くる》いを起こし、転倒させるには十分。

分体が付着している限り、正常な動作は不可能となる。

これもまた、武術においてシュウに劣《おと》るゼクスが同じ体を用いてシュウを上回るための戦術の一つ。

『――――』

体勢を崩した鋼の巨神に、黒い巨神が鉄槌《てっつい》の如く拳を振《ふ》り下ろす。

咄嗟《とっさ》にそれを防ごうとシュウは右手を上げようとするが、右手に付着していた分体の公転によってその防御《ぼうぎょ》はズラされ、黒い巨神の拳が胸部に直撃《ちょくげき》した。

『クッ……！』

一撃でシュウのいるコクピットまでも衝撃が走り、内部のコンソールが火花を上げ、フレームの軋《きし》みが聴覚《ちょうかく》と視覚に伝わってくる。

続く二撃目も振り下ろされ、胸部装甲が破壊された。

「バルドル！」

その一言で彼の〈エンブリオ〉は主の意図を察した。

――直後、鋼の巨神の胸部が爆裂する。

歪《ゆが》み、砕けた装甲板の内部で、発射口も開かぬままに《七十七連装誘導飛翔体発射機構》が作動。自身の内部機構と胸部装甲ごと……黒い巨神を爆発《ばくはつ》に巻き込《こ》んだ。

『……！』

弾頭《だんとう》種別はいまだ焼夷弾《しょういだん》。

ゼクスもある程度は装備によってカバーしているとはいえ、スライムとしての弱点の一つである高熱によって黒い巨神の表面が融解《ゆうかい》しかけ、咄嗟にその場を飛び退いた。

だが、ダメージで言うならば鋼の巨神がより深刻である。胸部装甲は全損。他の部位にまでダメージは伝播《でんぱ》し、焼夷弾の熱は機体表面を覆《おお》ってしまっている。

だがむしろ、それこそがシュウの狙《ねら》いの主眼だ。

全身を包み込む高熱によって、全身にこびりついた分体は全て焼けて、熔《と》け落ちた。

自らも傷つくことを選択《せんたく》し、動きを制限する要因を排除《はいじょ》したのだ。

だが、代償《だいしょう》は大きい。

『――トータルダメージ、四〇％を超過《ちょうか》。全装甲破損。胸部内部機構ダメージ甚大《じんだい》。胸部の《七十七連装誘導飛翔体発射機構》、及び全装甲スリットの《光学斬式近接防御網《ブラッディー・レイザーストーム》》使用不可』

「だろうな」

巨神の力が二度も胸部を直撃し、挙句に装甲内部での自爆紛《じばくまが》いのミサイル発射。むしろ半分も壊《こわ》れていないことが奇跡《きせき》である。

しかし、これで泥仕合の持久戦の勝ち目は皆無《かいむ》となった。仮に相手に回復能力がなくとも、この状況で競《せ》り合えば負けるだろう。

「ま、もうやることは変わらねえがな」

だが、元より泥仕合も、持久戦も、する気はない。

ゼクスが秘蔵の必殺スキルを使い、特典武具を使い、全ての手札を晒《さら》してきた。

「なら、こっちも切り札を晒すぜ」

今、ゼクスはシュウの持つジョブの力も、〈エンブリオ〉の力も有している。

だが、シュウの全てを得たわけではない。ゼクスは人や〈エンブリオ〉に変じることはできても、モノ《アイテム》に変形することはできない。

それはヌンの能力制限であり、恐らくはゼクス自身の本質から生じたもの。

人や〈エンブリオ〉になれることに比べれば、小さな不可。

しかしだからこそ、シュウにとっては重要だ。コンディションと保有スキル両面でオリジナルを上回ったゼクスを、超《こ》えられる唯一の可能性がそこに在る。

「バルドル、【γ《ガンマ》】を起こせ」

『了解《りょうかい》。【臨終機関　グローリアγ】、稼働《かどう》開始』

ソレは砕けた胸部装甲の隙間《すきま》、心臓の位置に見えるモノ。

鋼の巨神の他の内部機構と異なる由来を示すように、どこか生物的な機関。

ソレこそは【破壊王】シュウ・スターリングにとって……文字通り〝最後の〟切り札。


――魔竜《まりゅう》の遺《のこ》した呪《のろ》いそのもの。


胸の内に封印《ふういん》されていたそれは今、鋼の巨神よりエネルギーを通され、地に響《ひび》くような唸り声を上げ始める。

目覚めた呪いは、対価を求める。

シュウがこれを〝最後の〟切り札とするのは、その対価ゆえ。

「…………」

それでもシュウは、既に覚悟を決めている。

後の〈戦争〉に関することも、余力や余念も、既に彼にはない。

この戦いに、ゼクスとの戦いに全てを尽くす。

だからこそ、彼は宣言する。

最強の魔竜が遺した超級武具《スペリオル・アームズ》、【臨終機関　グローリアγ】の力の名を。

「――《既死壊世《グローリア》》」

『コード、確認《かくにん》』

彼が宣言し、バルドルが応えたその瞬間。

鋼の巨神の全身は、

『戦神艦《バルドル》――最終神滅形態《ラグナロックフォーム》』

――黄昏《たそがれ》の如き赤と黄金に染まった。

第九話　黄昏と夜明けの空に

□バルドルについて

バルドルとは北欧神話における光の神である。

そして、世界最大の巨船《きょせん》であるフリングホルニの所有者でもあった。

そうしたモチーフは、シュウの〈エンブリオ〉であるバルドルにも顕《あらわ》れている。

第一形態が光弾《こうだん》を射出するものであったこと。

第五から第七の形態がいずれも船舶《せんぱく》であったこと。

あるいは最初からその終着点を目指して進化を続けたような存在だった。

それは〈マスター〉であるシュウの本質を、バルドル自身が生まれる前に理解していたた
……理解させられていたからかもしれない。

だが、バルドルというモチーフにはあと二つ……特徴的《とくちょうてき》な側面がある。

一つ目は、悪神ロキの姦計《かんけい》によって弟である盲目《もうもく》の神ヘズに殺されたこと。

二つ目は、光の神である彼の死による光の喪失《そうしつ》を端緒《たんしょ》として、北欧神話の終焉《しゅうえん》である神々の黄昏……ラグナロクが始まるということ。

終わりの始まり。大破《だいは》壊《かい》の前兆。

それこそが北欧神話におけるバルドルという神の立ち位置である。

だが、〈エンブリオ〉としてのバルドルにその側面はなかった。

そう。なかった、だ。

今は——在る。

かつて相対した最大最強の魔竜、【三極竜《さんきょくりゅう》　グローリア】。

その討伐《とうばつ》によって得たものこそ、【臨終機関　グローリアγ】。

バルドル内部に搭載《とうさい》された第二エンジン。

それは普段は稼働せず、ただのデッドウェイトとして存在する。

稼働した時に全てが終わるからこそ、普段は動かない。

一度《ひとたび》稼《か》働《どう》すれば、その姿は熱量の赤と……魔竜の黄金に染まる。

そしてそうなれば……全ては終わる。
相対する敵も。
そして……。

◇◆◇

□■黄昏と混沌

赤と黄金に染まった巨神……黄昏の巨神が地に立つ。
ゼクスはその姿を生み出したモノが何であるかを知らない。
〈エンブリオ〉のスキルか、ジョブの奥義《おうぎ》か、あるいは特典武具か。
いずれにしても、それはゼクスの知らないシュウ。
ゼクスが全てを賭して引き出した、シュウの切り札。
正真正銘《しょうしんしょうめい》、本気でゼクスを倒すために全てを用いたシュウ。
だが、それだけでは足りない。
『まだ……』

引き出しただけでは足りない。

本気のシュウと戦い、彼を理解し、そして彼の彼たる理由を得なければならない。

それができると、それをしなければと、ゼクスはこの戦いに至ったのだから。

『まだ……！』

まだ、ここでは終わらせない。

まだ、ゼクスは何も得ていないのだから。

『――――』

黄昏の巨神が動く。

その動きは、元は同じ速度であるはずの黒い巨神よりも明らかに速い。

ステータス上昇《じょうしょう》型の変身スキルの一種であることは明らか。特典武具であればコピーは出来ず、ジョブか〈エンブリオ〉であっても今のゼクスには発動条件が分からない。

ゆえに、このままぶつかる。

あちらにステータスの上昇があっても、ゼクスにはスライムとしての形状復元の特性もある。多少の手傷を負っても、相手の情報を知れるならば高くはない。

相手の攻撃を受けることで理解する。それもゼクスのスタイルの一種だ。

ゆえに、次の行動と結果は必然だった。

黄昏の巨神が撃ちこんできた拳に、黒い巨神は遅《おく》れながらも拳を合わせる形で応じ、

——その右腕を跡形《あとかた》もなく失った。


『……!?』

その光景にゼクスでさえも驚愕《きょうがく》を覚えた。

彼としては珍《めずら》しいほどに、生の感情が黒い巨神の全身を波打たせる。

それほどの予想外。

相殺《そうさい》するどころか、交錯《こうさく》した右腕の全てを原子レベルで砕かれた。

【破壊王《キング・オブ・デストロイ》】の《破壊権限《デストロイ・オーダー》》の効果、だけではない。

あまりにも隔絶《かくぜつ》した彼我《ひが》の攻撃力《こうげきりょく》の差が、その結果を生み出している。

多少の速度上昇など、ただの余禄《よろく》。

黄昏の巨神の真骨頂は、この何物も及ばない攻撃力。

黒い巨神は、今のゼクスは、必殺スキルを用いたバルドルと同じステータス……いや、それ以上の力を持っているはずだった。

だが、黄昏の巨神の力は……それすらも勝負になっていない。

『シュウ、君は……！』

シュウの力を得るために、ゼクスは五〇〇レベルという対価を支払った。

ならばそれすら凌駕する今のシュウは……何を支払っているのか。

「――捻花《ネジレバナ》」

返された言葉は答えではなく、黄昏の巨神は追撃《ついげき》の右掌を振るった。

黒い巨神が咄嗟にガードしようと上げてしまった左腕《ひだりうで》の肘《ひじ》から先が消し飛び、その先の頭部までも抉《えぐ》られたように原子粉砕される。

『……！』

頭部を失う攻撃も、本来は黒い巨神にとって致命傷《ちめいしょう》ではない。

TYPE：ボディであるヌンに、急所という概念《がいねん》は存在しない。

総体積に余裕《よゆう》がある限り、頭や心臓にダメージを受けようが掠《かす》り傷《きず》でしかない。

だが、黄昏の巨神の二度の攻撃は、その体積を大きく削《けず》り取っている。

『シュウの切り札は……これほど』

絶大な物理攻撃力を有する黄昏の巨神。【破壊王】の《破壊権限》が組み合わさり、その手足は振るうだけで相手の全てをこの世から消し飛ばす最強の武器である。

少なくとも、元のバルドルをコピーした黒い巨神の防御力《ぼうぎょりょく》ではガードすらできない。

神話級金属を超える金属ならば防げるのか？

〝無敵〟と言われる〈超級〉ならば防げるのか？

どちらも不明だが、少なくとも……。

（この私《ヌン》のストックに、これを防ぐ術はない……）

元より物理防御に関しては隔絶した力を持つスライムの体。苦手なエネルギー攻撃に対しても、《熱量吸収》のヨツンヘイムなどを揃《そろ》えている。

だが、その上で……黄昏の巨神の攻撃力はもはやどうしようもない。

技量で勝るシュウに速度でさえも上回られては、回避《かいひ》できようはずもない。

今も少し逸《そ》らすのが限界であり、端《はし》から体積《HP》を削られている。

（【スピンドル】も、無意味）

触《ふ》れた端から原子分解され消滅しているのだ。先刻のように、砕かれた体を分体として張り付かせることもできない。

ゼクスの耐性《たいせい》も、講じた戦術も、今のシュウは全て力で貫《つらぬ》いている。

（……ノーリスクではないのでしょうが）

黄昏の巨神が振るう手足が反動で砕けていないところを見れば、ＳＴＲではなく攻撃力の最終発揮値を上げる類のスキル。

しかしそれでも、機体表面には罅《ひび》が増え続けている。

今の黄昏の巨神は高めすぎた攻撃力が空間を伝い、余波だけで機体を傷つけている。

それはスキル使用のデメリットではなく、ただの現象。

だが、いずれにしても長期戦などできようはずもない。

(短期決戦型の超級武具……)

超級武具自体は、ゼクスも保有している。

そして特典武具の相性《あいしょう》を考慮すればゼクスが優位だった。

五〇〇レベルを賭した必殺スキルが三〇分しか持たないことも、今も総体積を削られ続けていることも関係ない。ゼクスの有する超級武具、【再誕器官　グローリアδ《デルタ》】は短期決戦の相手にならば確実に勝てる。

正確に言えば、最終的に勝てる。そういう超級武具だ。

倒す、倒されるという勝負を前提から、覆《くつがえ》してしまう。〈Infinite Dendrogram〉の仕様そのものへの大叛逆であり、いま猛威《もうい》を振るう【γ《ガンマ》】にも決して劣らない超級武具だ。

だが、今のゼクスには『使えない武具』であり、持ち主と合わせて考えれば『史上最も意味のない超級武具』でしかない。

(……ラスカルさんは、それも踏《ふ》まえて『待て』と言っていたのでしょうが)

ゼクスにとって【グローリアδ】が使える時が来るまで待てば、〈ＩＦ〉の目的を達成させたならば、ゼクスは誰《だれ》と戦っても勝利できるようになる。

（けれど……）

しかしそもそも……。

『シュウとの闘争《とうそう》の勝敗は……私には要《い》らない』

戦いの勝ち負けなど、ゼクスにとっては重要ではない。

だから、シュウと戦って勝てる時期まで待つことに意味はない。

彼にとって、真に重要なのは……。

『彼を、私とはまるで違《ちが》う彼を、理解できるか……それだけなんだ！』

本気を出しきった彼との、正真正銘《しょうしんしょうめい》全てを曝《さら》け出した――魂《たましい》のぶつけ合い。

求めているのは、その結果だけ。

そしてその結果が得られるのはきっと……互《たが》いに最後まで戦い尽《つ》くした時だけなのだろうと、ゼクスは考えている。

『だから……！』

まだ彼は答えを得ていない。

だから……終われるわけがない。

『まだ、この時間を終わらせない……！　終われないんだッ……！』

そして焦燥《しょうそう》と魂の絶叫《ぜっきょう》を、黒い巨神が咆哮し……。

『――《スプリット・スピリット》ォォ!!』

――自身《ヌン》が有する最後の手札《スキル》を開示する。

瞬間《しゅんかん》――黒い巨神は六体に分裂《ぶんれつ》した。

混沌としか言えぬ有り様は、超級進化によってヌンが獲得《かくとく》した最終スキルによるもの。

スライムの特性の一つである分裂を発展させたスキル、《スプリット・スピリット》。

変形後の力を維持《いじ》したまま、最大六体まで分裂。それぞれで異なる対象への変形を行うことはできず、HPは元の残量を分裂した分だけ分割《ぶんかつ》される。

加えて、デメリットとして……スキル終了《しゅうりょう》後に最大HPが削れる。

スキル使用後に分身は残らず、最大HPは分割した状態で固定され、デスペナルティから回復するまで戻《もど》らない。

総体積を生命《HP》とするヌンにとって、死して〝監獄《かんごく》〟に落ちれば半永久的な刑《けい》を受けるだろう【犯罪王《キング・オブ・クライム》】にとって、そのリスクは計り知れない。
それでも、ゼクスは使う。
レベルを捧《ささ》げたように生命を捧げる。
――この時間を続けるために。
『『『『『――――シュウ――――』』』』』
混沌……六体の黒い巨神が叫びながら、黄昏の巨神に迫《せま》る。
駆け、跳《と》び、回り込み、這《は》い寄って、決して一度の攻撃軌道《こうげききどう》では仕留められない連携《れんけい》を
……全てが本人ゆえの一糸乱れぬ動きで肉薄《にくはく》する。
《スプリット・スピリット》を今になって使用したのはデメリットゆえではない。
このスキルが最も効果を発揮するのは、必殺スキルで圧倒的《あっとうてき》強者に変形した状態。
即《すなわ》ち、黄昏の巨神を取り囲むのは六体の鋼の巨神に等しい。
「――疾《シィ》ッ」
黄昏の巨神は、左の正拳《せいけん》を正面から突撃《とつげき》してきた一体目《アインス》に繰り出し、一撃《いちげき》でその胸部を
……胸部を中心とした上半身全てを消滅させる。
HPの六分割により、分身した六体は黄昏の巨神の一撃で砕け散る状態だ。
逆に言えば――六回まで受けられるということ。

『――シュウ！』

跳躍《ちょうやく》し、真上から飛び掛《か》かってきた二体目《ツヴァイ》は、叩《たた》き潰《つぶ》すように両手を組んで振り下ろしてくる。

対し、黄昏の巨神は右足を蹴《け》り上げる。

速度で勝るその蹴撃は、鉄槌の如き両腕《りょううで》を肘から消し飛ばす。

そして、蹴り上げた足を加速させながら降下――踵《かかと》落としで二体目を両断、消滅させる。

その間に、残る四体の攻撃が黄昏の巨神に炸裂《さくれつ》した。

全身の装甲がさらに砕け……黄昏の巨神の左腕が脱落する。

その有様に、四体は「やはり」と思考する。《最終神滅形態《ラグナロックフォーム》》は、攻撃力ほど速度は上がっていない。同様に、防御力に関しても攻撃力より劣る上昇に留まるのだろう。

むしろ攻撃の度に反動でダメージを負っている以上、より脆《もろ》くなっている可能性もある。

ゆえに、当たればダメージは通る。

そうであるならば……。

『――シュウ』

三体目《ドライ》が黄昏の巨神の前に立つ。

熊《くま》の如く、王の如く、両腕を大きく広げ、まるで「力比べでもしようか」と言っているようだった。

黄昏の巨神は、シュウは、その挑発《ちょうはつ》に乗る。

いずれにしても一体ずつ殴《なぐ》り倒《たお》し、消し飛ばすしかないのだから。

広域殲滅《せんめつ》火力に、《最終神滅形態》の強化は乗らないがゆえに、鋼の巨神と同等以上の分身を相手にするならば、その手足で叩き潰すより他に道はない。

黄昏の巨神は地を蹴《け》り、三体目に肉薄する。速度と技術で劣る三体目に、抗《あらが》う術などありはせず、広げた両手で相手と組み合う暇《ひま》もない。

黄昏の巨神は右拳を放ち、一体目と同様に三体目の上半身を消し飛ばす。

瞬間、胴体《どうたい》を失った三体目が――三体目の広げた両腕が眩く発光した。


「……ッ」

その光を……網膜《もうまく》を灼《や》き焦《こ》がして視力を奪《うば》う兵器を、シュウは知っている。

「【F弾頭】か！」

バルドルの放つ弾頭の一つであり、光によって視界を塗《ぬ》り潰す目潰しのミサイルだ。

かつて、【グローリア】との戦いでも使用している。

「チィ……！」

黒い巨神が同じ力を持つならば、ステータスだけでなくこうした特殊弾頭《とくしゅだんとう》も当然使用可能であるはずだと分かってはいたが、両腕からの発光は想定外。

本来は胸部から発射するミサイルであり、その胸部は初撃で消滅《しょうめつ》している。

だが、すぐに理解する。

鋼の巨神《バルドル》を模していても、その正体はヌン。

ならば、胸部に収められた【F弾頭】を、液化した体内を通して両腕まで運ぶ、くらいの芸当は出来るだろう。

その戦術は正しく、シュウの視界を一時的に奪い取った。バルドルが灼けついた視覚センサーを切り替《か》えるよりも早く、衝撃が黄昏の巨神を揺らす。

『シュウゥ！』

それは四体目《フィーア》。

視覚を失った隙《すき》に、両腕と両足で黄昏の巨神にしがみついている。

黄昏の巨神が体勢を崩《くず》しかけるが、その状態では四体目もまともな攻撃などできない。

対して、零距離《ぜろきより》であっても黄昏の巨神の攻撃力は、六分割の分身など容易《たやす》く撃破可能。

拳を当てて、粉砕するのみ。

「……!」

だが、シュウのその判断は一瞬《いっしゅん》で覆される、――物理的に。

視覚センサーが回復しない状態で、コクピットのシュウは天地がひっくり返るような感覚を受けた。

そしてその理由は、全く以《もっ》てそのままだ。

天地がひっくり返っている。


「これ、は……!」

四体目とそれにしがみつかれた黄昏の巨神は、諸共《もろとも》に空中でその全身を回転させていた。

それをなしえるものを、シュウは既に知っている。

「またあの特典武具かよ……!」

【螺身帯《らしんたい》　スピンドル】、ゼクスの体を回転させる特典武具。通常の分体程度のサイズでは多少体勢を崩す程度であり、黄昏の巨神相手では付着させることも困難だ。

だが、今は違う。黄昏の巨神と全く同じサイズの四体目がしがみつき、密着している。

この状態ならば諸共に空中で高速回転し、動きを完全に封《ふう》じることすらできる。

莫大《ばくだい》なステータスも、地に足をつければこそ。

黒い巨神が出現した直後の攻防《こうぼう》とは真逆の展開だった。

だが、違うことが二つある。

一つは、高速回転状態であるために拳《こぶし》を振り下ろす先が定まらないこと。下手をすれば四体目ではなく自身を叩き、過大な攻撃力でダメージを負いかねない。

もう一つは——まだ五体目《フュンフ》と六体目《ゼクス》がいるということだ。

高速回転状態で、回復し始めたセンサーが二体の姿を捉《とら》える。

体の黒い巨神は、共に同じ構えを取っていた。

「……！」

その構えを、シュウは当然知っている。

「《破界の鉄槌《ワールド・ブレイカー》》かッ！」

【破壊王】の最終奥義、《破界の鉄槌》。絶大な攻撃力と全開の《破壊権限》による空間破壊を合わせた必殺の一撃。
空間の破断によって自身諸共全てを破壊する。
それを、空中で拘束《こうそく》された黄昏の巨神に二体が同時に撃《う》ち放つ構え。
直撃すれば、黄昏の巨神であっても確実に破壊される。
「…………」
ゼクスがこれで勝負を決める算段であることを、シュウは理解した。
ここが最終局面。
だが、今のシュウに四体目の拘束から脱《だつ》する手段はない。
空中に浮《う》かせられてステータスを発揮できず、内蔵火器は全損している。
「身動きも取れず、地に足も着かない状態、か」
しかし、それでも……。
「——空に手は届く」
シュウの言葉と共に、黄昏の巨神が右拳を握《にぎ》る。
四体目を狙うのではない。
五体目と六体目を迎《むか》え撃つのではない。
ただ、そこにある空間を叩くのみ。

それだけで……黄昏の巨神には十分だ。

空中で拘束された黄昏の巨神に、五体目と六体目が駆《か》け出し、

『『――シュウ――』』

先んじて、黄昏の巨神の右拳が空を叩いた。

「――《破界の鉄槌《ワールド・ブレイカー》》」

その瞬間に――全ては終わる。

黄昏の巨神の攻撃力で放つ最終奥義。

極大の空間破壊の衝撃《しょうげき》が……その場の全てを飲《の》み込んだ。

◇◆

〈ノヴェスト峡谷《きょうこく》〉は、死んだ土地だった。

かつての〈超級〉と〈SUBM〉の死闘《しとう》で地形が変わり、交易路は失われ、《絶死結界》

で生命すらも消え失せた。

だが、それでも〈峡谷〉ではあっただろう。

けれど今の〈ノヴェスト峡谷〉は、違う。


——全てが消え失せていた。


すり鉢《ばち》のように半球形に抉れた地形は、元が峡谷であったことなど想像もつかない。

今度こそこの地はかつての名残《なごり》すらもなく、終わったのだ。

それでも、この地の全てが終わっても。


「……ラス一、だな」

『ええ……』

まだ、立っている者達がいる。


一人目は、【破壊王】シュウ・スターリング。

黄昏の巨神は脱落《だつらく》した左腕に続いて、《破界の鉄槌》を放った右腕《みぎうで》が消滅していた。

全身の装甲《そうこう》もほぼ残っておらず、砕《くだ》けかけた両足で辛《かろ》うじて立っている。

史上最大の威力《いりょく》で放たれた最終奥義に耐《た》えたのは、攻撃力に付随《ふずい》して多少でも上がっていた防御力の効果か。あるいは「使えば死ぬ」と同義の最終奥義でも、使用者への最低限の加減があったのか。

二人目は、【犯罪王】ゼクス・ヴュルフェル。

黒い巨神は、もはや六体目を残すのみ。

それとて《破界の鉄槌》が炸裂する直前に五体目が盾《たて》にならなければ、消滅していただろう。より爆心地《いい》の近くにいた四体目は言わずもがなだ。

唯一《ゆいいつ》残った六体目も……その中身は既《すで》にないに等しく、辛うじて形を維持している。

六体分裂の《スプリット・スピリット》に、体積《HP》が減じても形とサイズを維持できる付加効果がなければもうこの姿ではいられないほどだ。

共に、相手の攻撃をあと一度でも受ければ死ぬだろう。

「それで、理解はできたか？」

『…………』

何を、とは聞き返すまでもない。もう間もなく終わるこの戦い、殺し合いの中で……ゼクスはシュウを理解できたのか、ということだ。

答えは……。

『……いいえ』

否、だ。

『掴《つか》めそうで、掴めない。分からない。分かると思ったのに、どうして……』

「ああ。そりゃそうだろうよ。分かる訳がない」

理解できないことが分からないと言うゼクスに、シュウはそう言った。

『なぜ？』

「なぜもクソも……」

そしてシュウは嘆息《たんそく》をして、

「──俺《おれ》は戦うだけの人間じゃないし、お前とも殺し合うだけの関係じゃないからだ」

『………』

シュウは様々なトラブルに巻き込《こ》まれる人間だ。

戦いによって、多くを解決してきた人間だ。

それでも、彼《かれ》の日常の全てが戦いであったわけではない。

この〈Infinite Dendrogram〉で、彼は彼として生きてきた。

着ぐるみを着て、子供にお菓子《かし》を配った。

たまに料理を作っては、城の中の友人に届けもした。

友人や知人の誘《さそ》いに乗って、遊びにも行った。

戦うだけが、この世界での生き方ではなかった。

戦わない日常もまた、彼の構成要素。

その日常の中には、ゼクスと過ごした時間もある。

「だったら、殺し合うだけで俺の全部を理解するなんて、できるわけねえだろ」

『…………………』

その通りかもしれない。

むしろ、ゼクスが抱《いだ》いていた『全てを出し尽くし、魂をぶつけ合うことで理解できる』という考えが、論理的に破綻《はたん》していたとも言える。

『……どうして』

「『どうして自分は気づかなかったのか』って意味なら想像はできるぞ」

ゼクスが茫然自失《ぼうぜんじしつ》と漏《も》らした言葉を、シュウが引き取る。

『それは？』

「お前は地球でもこっちでも、命のやりとりが人と関《かか》わるベースになってるからだ」

先刻、自ら明かした臓器移植用クローンという出生。

オリジナルに命を渡《わた》すためだけに作られた命。

オリジナルが死んだあとは遺伝子を、命を繋《つな》ぐだけのリアル。

そしてこの地に於《お》いても、自らの生き方を決める自由の賽《さい》で選んだのは悪の道。

必然的に、命のやりとりは常となる。

「お前は、命の奪い奪われが前提の生き方しかしてこなかった。だから、根っこの部分で考え方がズレてるんだよ」

『…………はは』

その笑いは、二つの色を含《ふく》んでいた。

一つは、自らが手法を間違《まちが》えたことに対する落胆《らくたん》の乾《かわ》いた笑い。

もう一つは、喜びだった。

（シュウは……私のことを、よく分かってますね……）

自分では分からない自分という在り方。

そんな自分でも、誰かに理解してもらえたことが……嬉《うれ》しかった。

涙《なみだ》が、零《こぼ》れるほどに。

（私は、まだシュウを理解できない。けれど、それでも……きっと私を知る術はシュウとの関わりの先にある。そして何より……）

この手法が間違っていることは分かっても、ゼクスは自分の在り方を曲げない。

シュウを理解することを諦《あきら》める気はないし、自らが選んだ『悪』を止める気もない。

そこで自分を曲げていては、今度こそ理解なんてできないだろうから。

誰よりも曲がらない男を、理解したいのだから。

「ま、今後は犯罪以外もやってみることだ。例えば、料理作り、とかな」

『犯罪を止めろ、とは言わないんですね』

「言葉でも拳でも、お前はそこを曲げたりしないだろ？」

『……ふふ』

本当によく理解している、とゼクスは笑った。

『さて……』

「おう」

そして、シュウとゼクス……黄昏《たそがれ》の巨神と黒い巨神は向かい合って……。

『決着を、つけましょう』

「ああ。これで終《しま》いだ」
互いに向けて、真っすぐに駆けだした。
もはや戦術などはない。
駆け引きもない。
崩れそうな体で、吹《ふ》けば飛ぶような生命で突《つ》き進み、先に相手を打つのみ。
強《し》いて言えば、両手足がある黒い巨神が有利であっただろう。
黄昏の巨神の速度の優位も両足が砕けかけていては発揮できようはずもない。
『——シュウウウウウゥ!!』
そして、黒い巨神がその拳を振《ふ》るい、
「——ゼクスウウウウゥ!!」
黄昏の巨神が、砕けかけた右足を蹴り上げた。
そして、朝陽が昇《のぼ》る空に……最後の衝撃音《しょうげきおん》が木霊《こだま》する。

両者の攻撃は――どちらもが命中していた。

黒い巨神の拳は……黄昏の巨神の頭部を千切り飛ばし。

黄昏の巨神の足は……黒い巨神の胴体を逆袈裟に両断していた。

共に、人であれば致命《ちめい》の一撃。

だが……。


『…………シュウ』

「何だ？」

黒い巨神の両断された断面から少しずつ罅が全身へと広がる。

黒い巨神は全身を砕け散らせ、光の塵《ちり》へと変わりはじめた。

『また、会いましょう』

「……ああ」

消えゆくその姿を、シュウはバルドルを出て直接その目に映す。

『それと……また戦いましょう』

「……懲《こ》りないな」

『ええ』

「……ま、いいぜ。だが、今回みたいな脅迫紛《きょうはくまが》いの果たし状はなしだ。……昔、ハンプティの奴《やつ》にもこんなことを言った気がするな」

『ふふ……そうですね、今度は別の形で……リベンジをしましょう』

「いや、今回は引き分けだ」

『……?』

黒い巨神の最後に残った頭部が、自力で首を傾《かし》げたのか、それとも砕けて転がったのか、どちらにしても疑問を呈《てい》すように傾《かたむ》いて。


同時に、黄昏の巨神の全身が光を失って灰色に染まり……砂のように崩れ始めた。


「こっちも、もう時間切れだ」

見れば、シュウの体も光の塵へと変じていく。

その有り様に、ゼクスはやはり強い反動のある力であったのだろうと理解した。

『……それでもこの結果は私の敗北ですよ』

「頑固《がんこ》だな」

『ふふ』

小さな雫《しずく》となり消え去る寸前のゼクスは、シュウの言葉に笑って……。

『きっと、それも……〝私〟ですから……』

――跡形もなく、消え去った。


王国最悪の犯罪者。

〈ＩＦ〉のクランオーナー。

【犯罪王】ゼクス・ヴュルフェルは……こうして〝監獄〟に収監《しゅうかん》された。


「お前なら俺という鏡に映さなくても……いずれ自分で自分を見つけられるだろうよ」

消え去った強敵の、友人の、鏡写しの自分の姿に、シュウはそう呟《つぶや》いた。

「さて、……この後はどうなるかね」

シュウもまた全身を光の塵へと変じさせながら、天を仰《あお》ぐ。

「戻ってくるまでに、王国が残ってりゃいいんだが。最悪、テレジアのあれこれで全部駄《だ》目《め》になっちまうか。……ま、そこはドーマウスが何とかするだろう」

その言葉はまるで、自分が暫《しばら》くいなくなるかのようで。

「……一ヶ月後の世界は、神のみぞ知るってか。笑えねえ」

そんな言葉を呟いて、彼と彼の〈エンブリオ〉も……ゼクスとヌン同様に消え去った。

◇◆◇

□バルドルについて

北欧《ほくおう》神話のバルドルに関して、もう一つ逸話《いつわ》がある。

ロキの姦計《かんけい》で死したバルドルは、『もしも全世界の者が彼のために泣いたならば、生き返ることができる』という蘇生《そせい》の機会を与《あた》えられた。

しかし、その蘇生もまた、ロキの姦計によって妨《さまた》げられた。

そうして、バルドルは蘇《よみがえ》らぬまま……長き時を経る。バルドルが蘇ったのは、ラグナロクによって世界が滅《ほろ》び、新たな世界が始まってからだったという。

そんな逸話になぞらえたわけではないだろうが……超級武具《スペリオル・アームズ》【臨終機関】のスキル、《既死壊世《グローリア》》には二つのデメリットがある。

一つは発動から五分後の確定デスペナルティ。

機関を搭載《とうさい》したバルドルだけでなく、シュウ自身も確実にデスペナルティとなる。

だが、こちらのデメリットはまだ軽い。

もう一つのデメリットは、より重い。


それは――デスペナルティの一〇倍化。

地球の時間で二四時間を経て蘇るはずのアバター。

しかし、このデメリットにより、シュウは復活に二四〇時間を要する。


〈Infinite Dendrogram〉の時間で言えば三〇日、丸一ヶ月だ。

そんなスキルを〈戦争〉の最中に使うことの意味を、シュウは当然知っていた。

だからこそ、使うにはゼクスとの戦い以外の全てを捨てる覚悟《かくご》が必要だった。


【破壊王】シュウ・スターリングのアバターが蘇り、再び〈Infinite Dendrogram〉の地に立ったのはこの世界の時間で一ヶ月後。

〈第一次騎鋼戦争《きしだんちょう》〉と呼ばれた戦いは……全てが終わっていた。

王や近衛騎士団長《きしだんちょう》をはじめとした……多くの犠牲《ぎせい》と共に。

そうして、この戦いの全てが終わった。

シュウはゼクスを倒し、ゼクスはシュウに倒された。

しかしゼクスを倒したシュウは〈戦争〉に駆け付けることができず、何も出来なかった。

望み通り魂をぶつけ合ったゼクスも、シュウを理解しきることはなかった。

ゼクスは自身の敗北であると言い、シュウは引き分けだと言った。

答えはきっと、両者の言葉の通りなのだろう。

そうして〈第一次騎鋼戦争〉と、その裏で起きた勝者なき戦いは終わった。

◇
◆

けれど、また始まる。

どちらの戦いも。

エピローグ

□【破壊王《キング・オブ・デストロイ》】シュウ・スターリング

どこかから小鳥のさえずりが聞こえて、瞼《まぶた》を開く。

ぼやけている視界で……自分が眠《ねむ》っていたことに気付いた。

「……寝《ね》てたか」

かつての出来事について考えている内に、意識が落ちたらしい。

そのせいか、ひどく懐《なつ》かしい夢を見ていた気がする。

アイツと……最後に会ったときの夢だ。

「へくしっ……」

寝惚《ねぼ》けていた意識が覚醒《かくせい》するにつれて体の感覚が戻り、少しの肌寒《はださむ》さを覚えた。

温暖なギデオンの夜だが、着ぐるみすら着ていなかったのは失敗だった。

「考え事は部屋に戻ってからにすりゃ良かったかな……」

四桁《けた》以上のEND《耐久力》があるため、一晩屋外にいたくらいで病気になるほどやわではないが、それでも体は冷えていた。

《瞬間装着》でいつもの着ぐるみを着こむ。

そうする間に空も白み始め、日が昇ろうとしていた。

『ん？』

ふと闘技場《とうぎじょう》に視線を落とすと、舞台《ぶたい》の出入り口から玲二《れいじ》とルークが現れた。

それも全身フル装備だ。今日の〈トーナメント〉のための最後の調整をするため、早朝から闘技場設備を使うつもりらしい。

ルークはそのスパーリングパートナーなのだろう。現時点でも、ルークは《ユニオン・ジャック》を使用すればステータスとスキルの数は一線級だ。融合《ゆうごう》相手も高筋力高耐久《たいきゅう》のマリリン、飛翔《ひしょう》と遠距離攻撃《えんきょりこうげき》のオードリー、物理無効高速攻撃のリズの三種から選択《せんたく》できる。〈トーナメント〉で戦う猛者《もさ》の仮想敵としては十分だ。

『……ふぅむ』

二人は闘技場の結界の中で、模擬《もぎ》戦を始めた。結界機能を使った早回しの戦闘《せんとう》だが、竜《りゅう》魔人《まじん》のルークとそれに対抗《たいこう》する玲二の姿がよく見える。

ルークが竜魔人を選んだのは順番にやるから一つ目にそれを選んだだけか。

それとも勝つつもりでやっているので、固定ダメージや炎《ほのお》を使う玲二に対してリズの鋼魔人では相性《あいしょう》が悪いと踏《ふ》んだからか。

ステータスの差ははっきりしているが、それでもギリギリまで食《く》らいついている。

最初は状態異常対策の《逆転》を使いながら受けに回り、ダメージカウンターを溜《た》めたら《追跡者《チェイサー》》の対象をＡＧＩに絞《しぼ》って反撃《はんげき》に出ている。

双剣《そうけん》でルークの槍《やり》に対抗しているが、単純なステータスでは竜魔人になったルークにダメージを与えられない。

攻撃手段は【瘴焔手甲《しょうえんてっこう》】と《復讐《ヴェンジェンス》》に絞られる。

いや、ここで玲二があの斧《おの》をアイテムボックスから《瞬間装備》した。

『装備しないっつってただろうに。ま、結界内での試し打ちってとこか』

〈トーナメント〉での使用を前に、ここで試す心算か。装備してもまだ異常は見えない。

突き込んできたルークの槍撃に対し、盾代わりに使って防御もしている。

だが、俺の予想が正しければ……。

『あ』

瞬間、轟音《ごうおん》が響《ひび》く。

結界を透過《とうか》するほどの爆発音《ばくはつおん》が聞こえると同時に、あの斧はクルクルと宙を舞《ま》っていた。

それを持っていたはずのあいつの右腕は……粉々に吹っ飛んでいた。

防御《ぼうぎょ》から転じて、斧を攻撃に使おうとしたのだろう。

しかし振り下ろすことすらできず、振り上げただけで右腕が砕け散っている。

『……ま、呪《のろ》いの武器ってのは本来そういうもんだからな』

使用にリスクが伴《ともな》って当然。中でもあの斧は俺がこれまで見てきた中で一番ヤバい。

大別すれば俺の【グローリアγ《ガンマ》】も呪いの装備だが、あれよりもヤバい気がする。

……少なくとも、〈トーナメント〉までに使えるようにはならない。

「「…………」」

右腕の破裂《はれつ》に二人とも驚《おどろ》いた様子だったが……それでもルークは追撃《ついげき》して首を刎《は》ねた。

容赦《ようしゃ》ない。……鍛《きた》えたのは俺だけどな。

それで一セット目が終了《しゅうりょう》して結界も解除された。結界内ではＨＰがゼロになれば試合終了。【死兵《デス・ソルジャー》】の《ラストコマンド》が発動することもない。

発動しても首を刎ねられれば体は動かせないけどな。

……それも踏まえてルークは首を刎ねたのか？

「……まーけーたー！」

「あはは。今のは事故みたいなものですよ」

玲二は右腕も戻《もど》って五体満足になっている。
……あの斧は結界内での傷でも治らない類かと思ったが、そこは治るのか。
「……これ、暫く封印《ふういん》だな」
『うむ。もう少し解呪を進めるまで、危なっかしくてこれにレイの片手は預けられぬ』
玲二はあの斧を恐《おそ》る恐るアイテムボックスに仕舞《しま》った後、
「……よし！　もう一回だな」
気を取り直してあっさりと二セット目を始めた。
模擬戦でも、普通《ふつう》は腕が吹っ飛んだらもうちょっと思うことがありそうなものだ。
これまでもフィガ公やランカーと模擬戦でやり合ってきたらしい。その結果だろうか。
『…………違《ちが》うか』
玲二がこっちに来てから、どれくらいの時間が過ぎたか。
リアルでも一ヶ月以上が経《た》ち、あいつもルーキーの範疇《はんちゅう》からは脱したように思える。
数々の強敵に遭遇《そうぐう》し、乗り越《こ》えて、あるいは敗れても折れず、今まで続けている。
そうする度にあいつは経験を積んで強くなっていった。
レベルが上がり、技術も向上した。

それでも、心は……きっと昔から変わっちゃいないだろう。

昔から、あいつは心が強かった。
弱さを抱《かか》えながら、傷つきながら、それでも強いのがあいつだった。
ゼクスは俺が『強い正しさ』を持っていると言っていた。
だが、俺に言わせれば……『強い心』はあいつのものだ。
それはここでも変わらず。
心に合わせて、〈エンブリオ《ネメシス》〉という力も得た。
『……それでも、まだだな』
それでも……まだ早い。今はまだ、その時じゃない。
『……ゼクスの奴もこんな気持ちだったのかね？』
俺が上級職で燻《くすぶ》っていたとき、あいつも同じようなことを想《おも》ったのだろうか。
『…………』
あいつの待ち望んだ戦いがあの時だったのなら、俺の望みはいつ叶《かな》うのか。
そんなことを思いながら、俺は二人の模擬戦を眺《なが》め続けた。

■〝監獄《かんごく》〟

◆◆◆

その日の朝、〝監獄〟はとても静かだった。

【疫病王《キング・オブ・プレイグ》】キャンディ・カーネイジが〝監獄〟内の都市に散布した細菌《さいきん》によって、ほぼ全ての〈マスター〉が死に絶えたからだ。

そして例外的に生き残っていた者も、ガーベラによって始末されている。

この街で生きているのは、〈IF〉に属する者だけである。

そうして今、彼らの住居でもある喫茶店《きっさてん》〈ダイス〉にはゼクスの姿だけがある。

他の二人の姿はなく、煌玉人《こうぎょくじん》であるアプリルもアイテムボックスに仕舞われているため、本当に一人きりだ。

「…………」

ゼクスは、店内の椅子《いす》の上で目を閉じ……眠っている。

昨晩は一人で喫茶店を店仕舞《みせじま》いしていた。

〝監獄〟を出ると決めた以上、もはやここに戻ってくることはない。

だから、それなりに思い出のあった店を片付けていたのだ。テーブルも椅子も、ゼクスが今使っているもの以外はアイテムボックスに仕舞われている。

立つ鳥が跡《あと》を濁《にご》さないように、食器や家具もアイテムボックスに仕舞われている。

唯一、壁《かべ》に掛《か》かったままの時計を除いて。

「……朝、ですか」

壁の時計が六時を指し示し、夜明けの光が差し込むと共にゼクスは目覚めた。

〝監獄〟内には夜明けも夕暮れもあり、天候も変わる。

まるでSFの移民船のように、人工的に制御《せいぎょ》された環境《かんきょう》を持っている。

それはレドキングだけではなく、他の管理ＡＩの力も借りているのだろう。

だが、ゼクスがこれからなそうとすることに対しては、レドキング以外の管理ＡＩは関《かん》与《よ》しない。

彼らにしてみれば、それもまた自由であるから。『可能ならばすればいい』と言っているのだ。

「……懐かしい夢を見ましたね」

それはこの〝監獄〟に落ちる直前の記憶《きおく》。

最後にシュウと会ったときの……戦ったときの思い出だ。

その夢の感覚の残滓《ざんし》に、ゼクスは我知らず微笑《ほほえ》む。

あの戦いで、ゼクスは『自分』を得られると思っていた。

自分とまるで違うシュウと全てを……魂《たましい》をぶつけ合えば、誰《だれ》でもない自分にも『自分』が生まれるのではないかと思っていた。

だが、そうではないのだと……シュウ自身の口から諭《さと》された。

実際、『自分』を得た感覚などゼクスにはない。あったとしても、きっと分からない。

彼にとって、彼自身は変わらない。

けれど、少しだけ変わったこと……変えたこともある。

あの戦いの後から、己《おのれ》の定めた方針――『悪』以外に目を向けた。

シュウが言っていたようにこれまでやってこなかったことを始めた。

その結果がこの喫茶店だ。

コーヒーの淹《い》れ方を学び、ガラス細工に手を出し、店を開いた。模範囚《もはんしゅう》らしく、レドキングの企画《きかく》したイベントにも参加した。本を読んで、感想文を書いてみたこともある。

皮肉にも、〝監獄〟での日々がゼクスにとって最も真っ当に生きた時間だっただろう。

それは、リアルを含めても、だ。

日々を送り、知人と話し、仲間と過ごし、時折起きる傍迷惑《はためいわく》な騒動《そうどう》に向き合う。

それはまるで……シュウのような生き方だったかもしれない。

『自分』というものはそうして生きていく中で少しずつできるもの。

あるいは……ここでずっと過ごしていれば、いずれゼクスは気付かぬうちに『自分』を得られたのかもしれない。

されどここでの日々は……もう終わりを迎える。

「さてと……」

ゼクスは壁に掛けたままの時計を見る。

「あと六時間足らずで、ここともお別れですね」

六時を少し過ぎた時刻を見てゼクスは椅子から立ち上がり、歩いて店の外に出る。

外に出てから軽く跳躍《ちょうやく》して……背中に翼《つばさ》を生やした。

それは収監される前からストックしていた、ジュリエットのフレーズヴェルクの翼。

〝監獄〟で幾度《いくど》かの入れ替《か》えを経ても、シュウのストックと同様に残し続けた一つ。

「………」

そのまま黒い翼で羽ばたいて、ゼクスは〝監獄〟の空へと上がる。

どこまでも飛んでいけそうな晴れ渡る空。

しかしゼクスは知っている。この空は、高度一〇〇〇メテル程度に壁がある。

結局は檻《おり》であり、籠に過ぎないのだと知っている。
刑期《けいき》を終えるまで誰も出ることのできない、出たこともない脱獄《だつごく》不可能の檻。
かつて、〝鳥籠《とりかご》の化身《けしん》〟と呼ばれた〈エンブリオ〉が作り出した亜空間《あくうかん》の籠。
そんな小世界を見下ろしながら、ゼクスは呟く。
「小さくも、全てが揃《そろ》っていましたね」
大罪を犯《おか》した〈マスター〉を隔離《かくり》できる仕様、それが〝監獄〟だ。
それは罪を犯した〈マスター〉との戦いで、罪なき〈マスター〉を育てるため。
そして〝監獄〟に収監されまいとする、罪を犯した〈マスター〉を育てるため。
そのどちらもの奮闘《ふんとう》と、成長を促《うなが》すための仕組み。
それゆえに、敗れて隔離《かくり》された地であるここにも全てが揃っている。
街がある。ダンジョンがある。希少なアイテムもある。
ジョブクリスタルも各国のものを揃えている。
ティアンはいなくとも〈マスター〉はいる。
仲間も作れるだろう。あるいは、囚人《しゅうじん》同士での闘争《とうそう》もあるだろう。
それゆえに、成長もあるだろう。
〝監獄〟に落とすための成長。

〝監獄〟に落ちないための成長。

そして、〝監獄〟に落ちた後の成長。

ここもまた、一〇〇の〈超級エンブリオ〉を揃えるためのシステムの一つ。


事実、この〝監獄〟で〈超級〉へと至った〈マスター〉が二人いる。

ここは隔離のための〝檻〟であり、隔離した上で成長させるための〝鳥籠〟である。

囚人達《たち》はレドキングにとって雛鳥《ひなどり》――〈無限〉未満の〈エンブリオ〉に過ぎない。

自由にさせるのも、決して出られぬという確信あってのもの。


「…………」

そんな、〝鳥籠〟の天辺《てっぺん》で。

誰もいない無人の街と化した〝監獄〟を、ゼクスは静かに見下ろして……。

「……今日で、お別れですね」

いまだ数百年でも足りない刑期を残した男はそう呟いた。

彼が正攻法《せいこうほう》で出られる日ははるかに遠い。

ゆえに、彼が告げる別れの手段は……邪道《じゃどう》にして罪。

「レドキング」

ゼクスは天井《てんじょう》のある空を……、その先で自分も含めた全てを見下ろしているだろう相手を見上げて。

「――今日、脱獄《出》ていきますね」

――脱獄を宣言した。


彼がなぜ、翼を背負って飛んだのか。

それは、己がいた小世界の姿を、二度と戻る気のない場所を最後に目に焼き付けるため。

そして、〝鳥籠〟の中の雛鳥が、自由を求めて「出ていく」と伝えるため。

既《すで》に、翼は得ている。

〝鳥籠〟は不要と、雛鳥は告げた。

ギデオンでの〈トーナメント〉開催《かいさい》初日。

〝監獄〟で、不可能と言われた大罪《脱獄》への挑戦《ちょうせん》が始まる。

あとがき

猫「うーん……うーん……」

羽「あとがきの時間だナ。羽こと迅羽ダ」

狐「狐こと扶桑月夜やー。ちなみに今回、熊やんとゼクスはお休みやね」

羽「本編で疲れてんのカ？　……で、チェシャは何を唸ってんだヨ？」

猫「あ。猫ことチェシャでーす。いやー、ちょっと悩んでてねー……」

羽「悩むって何をだヨ？」

猫「この巻のあとがきのことで問題があって……」

羽「問題？」

猫「…………今回七ページもあるのにあとがきで話すネタがないんだ。ネタ切れなんだ」

羽「……あとがきのネタ切れってなんだヨ」
猫「と、という訳で今回のあとがきもこぼれ話！」
猫「二人にこの巻の内容に沿った未出情報を話してもらいます！　まずは迅羽から！」
羽「何だよその無茶振り……。仕方ねーナ」
猫（すんなり乗ってくれるあたり、迅羽って人がいいなぁ……）
羽「レイ達が『闘技場』を入手したことだし、王国と他国の闘技場事情でも話すカ」
狐「国によってそんな違うん？　グランバロアに闘技場ないゆうんは聞いてはるけど」
羽「ああ、そっちは十七巻で出てたナ。だから他の国の話ダ」
羽「まず、王国の闘技場事情は普通じゃないゾ。王国スタートだと分かりづらいけどナ」
狐「そーなん？」
羽「他の国と比べて数が多い。他の国の闘技場全部足してもギデオンの方が多いくらいダ」
羽「オレの所属する黄河だって国内の三つの街に一棟ずつあるだけだゾ」
狐「ギデオンには大小合わせて十三棟もあるんになぁ」
羽「で、黄河はその三棟もイベント行事やランク戦の予約が優先されるかラ」

羽「模擬戦や秘密特訓のために闘技場を使える機会が王国より遥かに少なイ」
羽「王国みたいに気軽にレンタルできないから、不可視モードでの試しも限られル」
羽「だから秘密特訓するには山奥でデスペナのリスク込みでやらなきゃならねエ」
羽「もちろん結界がないからMPSPやアイテムの消費もそのままダ」
狐「それは難儀やねぇ」
羽「黄河の土地自体は修行向きのマップが多いんだけどナ」
羽「黄河の〈超級〉の一人、名捨なんかはずっと山籠もりしてるゾ」
羽「まぁ、そんな訳で闘技場がいつでも使えるギデオンは俺も気に入ってル」
羽「そして今回闘技場そのものを本拠地にできたレイ達はかなり羨ましいナ」
猫「闘技場の本拠地化は前代未聞だからねー」
羽「ちなみにグランバロア以外の他国も大体黄河と同じだガ」
羽「天地は普通にデスペナや死亡前提の野仕合で切磋琢磨してるゾ」
狐「それは普通やあらへんし頭おかしいと思うわ」
羽「つーか何でギデオンだけあんなに多いんだヨ、運営の猫」

猫「それ僕達に言われてもー……」

猫「元始聖剣やジョブと同じで、僕らが手を加える前からあるものだから分からないよ」

羽「……お前らって実はかなり大雑把な運営してるよナ」

猫「返す言葉もないかなー……。でも地域ごとのバラつきには理由があるよ」

羽「？」

猫「僕らの介入後も壊れず残った闘技場が今の配置ってこと」

猫「で、複数闘技場が隣接したものの中で、偶然ギデオンだけ原型保ったんだねー」

羽「……何をどうしたのか気にはなるが、深くは聞かないでおくゾ」

猫「そうしてー」

狐「ほんなら次はうちやね。うちからは『本拠地』の小ネタでも話そか」

狐「まず、クランの本拠地は、『何』を本拠地にしてもええんよ」

狐「掘立て小屋でも豪邸でも本拠地は本拠地や。船を本拠地にしとるところもあるな」

狐「規模の大きいクランほどしっかりした本拠地にする傾向やね」

羽「オレはクラン入ってないけど、本拠地って何か意味あるのか？」

狐「本拠地というか建造物に補正がついとる場合があるんよ」

狐「たとえばやけど、MPやSPの自動回復スピードの上昇やね」

狐「他に生産職用で生産スキルの成功率とクオリティアップ効果なんかもあるんやけど」

狐「〈月世の会〉の場合は、回復魔法スキルのMP消費やクールタイムの削減やね」

狐「突然大勢の患者が来ても安心やー」

羽「それだけ聞くと宗教じゃなくて病院みてーだナ」

狐「デンドロの宗教施設って、聖職者系統の回復スキル前提で半分医療施設なんよ」

羽「ああ、そうなるのカ」

狐「実際、十五巻のときはフル活用されたらしいわぁ。うちはおらへんかったけど」

羽「お前らって王国にとって油断ならない相手なのに、いないと困る存在なんだな……」

猫（だから余計に性質が悪いんだろうなー）

猫「さてと、これでページは十分。こぼれ話も済んだところで作者のコメントタイム！」

羽（マジで尺稼ぎだったのか……）

読者の皆様、ご購入ありがとうございます。作者の海道左近です。

お待たせいたしました十八巻、お楽しみいただけたでしょうか。

十八巻は当初三月発売の予定でしたが、クオリティアップのために一ヶ月発売を延ばさせていただきました。お待たせしてしまい、申し訳ありません。

しかし、その甲斐あって文章のブラッシュアップが叶い、何よりタイキさんによる素晴らしいイラストをお届けすることができました。見所はカラーページのクランメンバー集合絵、そしてついに全貌が明らかになったバルドルです。

余談ですが、バルドルのデザイン自体はアニメ放送時に設定されていました。

アニメは五巻までの内容なので戦艦形態しか出ないのですが、デザインとしてはロボット形態が先でした。変形後を基準に変形前である戦艦が描かれた訳です。

バルドルに限らず、アニメスタッフの方々にデザイン設定を用意いただいたキャラクターやアイテムはいくつもあり、とてもありがたく思っています。

そして今回は二年の月日を経てロボット形態のバルドルを皆様にお届けできました。

『この巻でバルドルを挿絵に！』は作者のリクエストでしたが、読者の皆様に『バルドルはこんなに格好良かったのか』と思っていただければ嬉しいです。

さて、十八巻はレイの日常とリザルト、そしてシュウとゼクスの過去を描きました。
本作は登場人物の対比を頻繁に描きますが、二人の関係はその決定版とも言えます。
自分が良しとする選択をするシュウと、世界が悪しとする流れに落ちるゼクス。
自分という芯が揺らがないシュウと、自分という核がなかったゼクス。
この二人の戦いと、それだけではなかった物語が皆様の心に届いていれば幸いです。
さて、ストーリーは次巻に続きます。
新たな装備を得たレイが挑む新たな戦い〈トーナメント〉。
準備を整えたゼクスが目論む外界への脱獄。
二つの挑戦の先に待ち受けるものとは……。
今後ともインフィニット・デンドログラムをよろしくお願いいたします。

海道左近

猫『十九巻はたぶん二〇二二年八月発売です！』

狐「コメント終了に合わせて発売告知入れよったわ」

羽「けどこいつ……小声で『たぶん』って言ったゾ」

猫「♪～……（口笛）」

狐「あ。分かったわ。この巻の発売が延びてもうたからびびってるんやね」

猫「ぎくっ」

羽「あー、そういうことカ」

狐「チェシャがさっさと告知したんもファジーな告知にしたかったからやろ」

羽「身も蓋もねーナ……」

猫「……た、たぶん予定通り出るはずなので次巻もよろしくお願いしまーす！」

発売予定!!

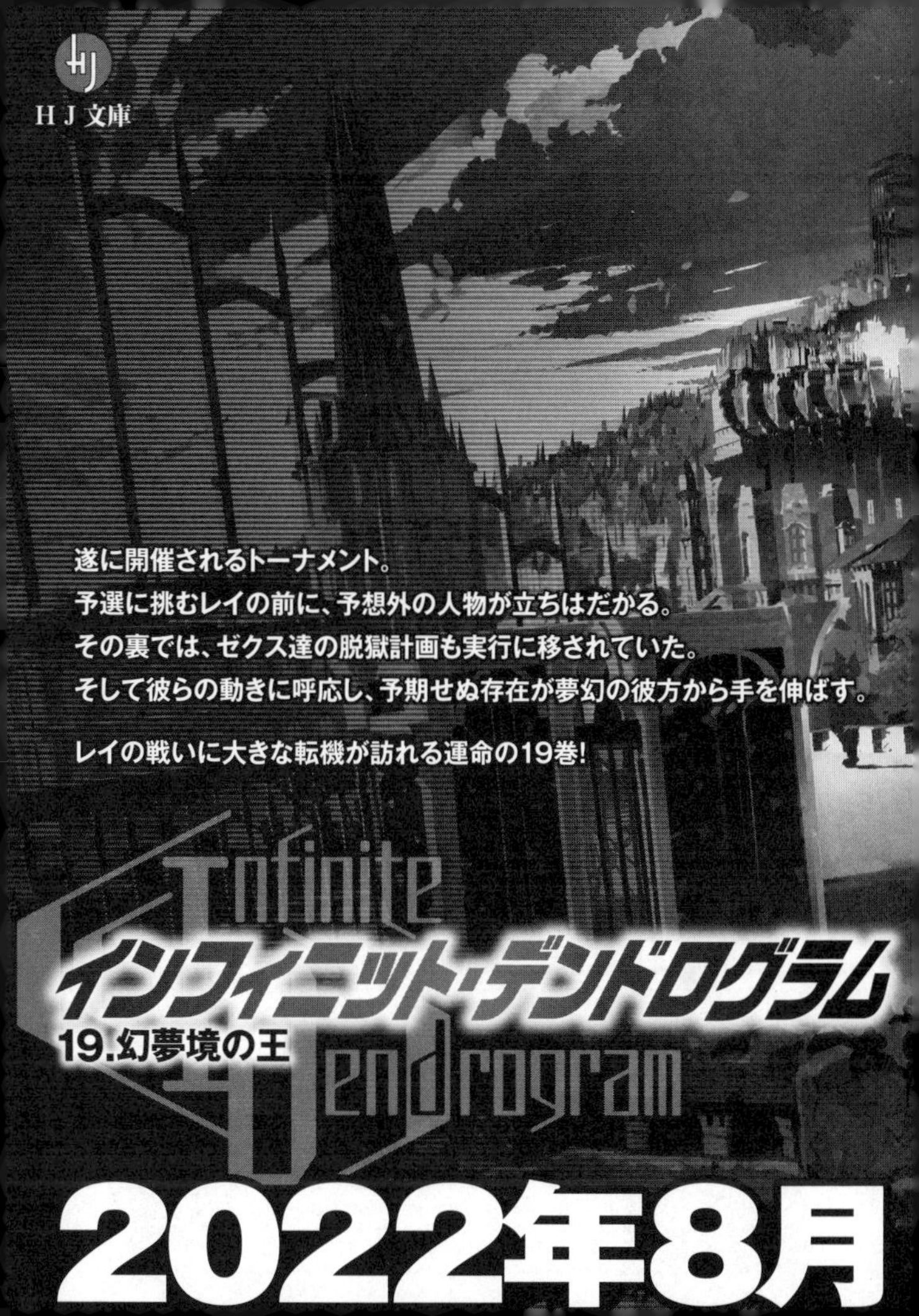
HJ文庫
遂に開催されるトーナメント。
予選に挑むレイの前に、予想外の人物が立ちはだかる。
その裏では、ゼクス達の脱獄計画も実行に移されていた。
そして彼らの動きに呼応し、予期せぬ存在が夢幻の彼方から手を伸ばす。
レイの戦いに大きな転機が訪れる運命の19巻!
Infinite Dendrogram
インフィニット・デンドログラム
19.幻夢境の王
2022年8月

HJ文庫 https://firecross.jp/
987

〈Infinite Dendrogram〉-インフィニット・デンドログラム-
18.King of Crime
2022年4月1日　初版発行

著者――海道左近

発行者―松下大介
発行所―株式会社ホビージャパン

〒151-0053
東京都渋谷区代々木2-15-8
電話　03(5304)7604（編集）
03(5304)9112（営業）

印刷所――大日本印刷株式会社／カバー印刷　株式会社広済堂ネクスト
装丁――BEE-PEE／株式会社エストール

Printed in Japan
ISBN978-4-7986-2756-4　C0193

ファンレター、作品のご感想お待ちしております
〒151-0053　東京都渋谷区代々木2-15-8
(株)ホビージャパン HJ文庫編集部 気付
海道左近 先生／タイキ 先生